풀잎 아래

꿈의 아재

채희윤 소설

민음사

차례

사인정에서

그것은 쥐였다. 이곳에 와서 제일 먼저 친해진 생명체, 그를 친구로 받아들인 날, 나는 그들이 베푸는 성대한 환영 잔치의 꿈을 꿨다. 모든 것이 검은색이었다. 궁궐도, 의자도, 교자상과 접시, 음식, 카펫도 심지어 나를 위해 켠 촛불 역시 검은 색깔이었다. 그들이 입고 있는 예복은 더욱 검었다. 마치 염색 통에서 금방 건져 내온 듯이 검정 물이 뚝뚝 떨어졌는데 그것은 땅에 닿자마자 검은 연기로 변해 세상을 검기울게 했다.

그들의 환대는 대단했다. 애크러배트, 원무, 달리기와 뛰기 등등의 묘기는 나를 아찔아찔하게 만들었다. 나는 환호와 함께 눈물까지 흘렸다. 규환(叫喚)이란 매우 특별한 정서라는 것을 그때 알았다. 그들의 묘기에 소리 지르는 나를 응시하는 눈빛을 보니 비로소 자신들의 친구로 받아들인 것을 알 수 있었다. 초대를 했을 때만 해도 아직은 나를 친구로까지 여기기에는 좀 어렵지 않겠느냐는 공론이 있었던 것임에 분명했다. 왜냐하면 나를 맞아 앉히는 것, 접대하는 동작이 몹시 딱딱했기 때문이다. 그렇다. 그들은 일종의 불가침 협정서를 나누는 듯한 행동으로 나를 맞대하고 있었다.

미친 듯 소리를 질러 대는 내 모습이 어떻게 그들을 감동시킬 수 있었을까에 대해서는 전혀 아는 바가 없다. 그러나 그런 내 모습에서 그들은 뭔가 친밀감을 발견해 냈고, 그것이 적어도 내가 자신들을 향해 무기를 들이댈 상대는 아니라고 판단할 근거가 되었을 것이다. 그래서 그들은 더욱 정교하고, 더욱 힘이 드는 기예를 제공하기 위해서 전력을 다하는 모습을 보여 주었다. 그들의 행위에 좀 더 숭엄한 것이 있다는 것은 나중에야, 한참 지난 후에야, 스스로 속내를 열어 주었을 때에야 알았다. "얘! 저기 봐라. 글쎄, 다람쥐가 왜 까치밥을 따 먹으려 한다니." 나를 불러내어 검지를 우뚝 세워 나무를 가리키던 할머니의 목소리가 그들이 주정 삼아 내뱉은 고백 속에서 들려왔다.

아무튼 첫 대면에서 그들은 나무 쥐처럼 딱딱했다. 그리고 그것은 나를 두려워한 데서 비롯된 것이라 생각했다. 그러나 천만에. 그놈들이 무서워한 것은 내가 아니었다. 내 뒤, 바로 문밖에서 뭔가가 어슬렁거리며 사푼사푼 기척을 낸 것이었다. 몸을 돌리자 달빛을 타고 짐승의 실루엣이 흐릿하게 보였다. 도둑괭이나 오소리, 혹은 너구리인지 모른다. 그놈을 두려워했던 것이다. 어떻든 첫날 그들과 짐승 사이에 내가 끼어 있었다.

물론 내가 사인정에서 살기까지는 적잖은 생각이 필요했다. 정직히 고백하자면 결정이 아니라 결단이었다. 끊어 내야 했다. 쥐며느리의 발 같은 족쇄의 촉수들을 끊어 내기 위해서 나는 위치를 바꾸어야 한다고, 아니, 방향을 바꿀 수밖에 없다고 믿었다.

결단이라고 했지만 사실은 회피였다. 어떤 것을 처리하는 방법은 둘밖에 없다. 피하는 것과 맞서는 것. 나는 피하는 것을 택했다. 그것이 나를 더 나답게 할 것이라 믿었다. 도피처가 어머니의 자궁이기를 바랐지만 나는 너무 커서 그곳으로 다시 들어갈 수 없었다. 그 아늑함, 둥둥 떠다니는 표박함, 양수의 알맞은 온도와 습도에 잠겨 숙면에 빠지고 싶었다. 그렇게 하기 위해 나는 사인정을 찾아왔다. 대체용으로.

느닷없이 들이닥친 나를 보고 허둥대던 관리인 부부에게서 평정을 깨뜨리는 누군가에게 보여 주는 가멸찬 동물적 적의가 인간에게도 존재한다는 사실을 다시 한번 확인했다. 그들은 거의 동물적이었다. 허둥댐이란 결국 그들만의 세계로 돌연히 틈입한 내게 보이는 자기 영역 보호라는 본성의 미숙한 퇴화에 다름 아니다. 어둠 역시 그렇다. 빛이 아니라 어둠이 빛의 가름대가 되는 것이다.

물론 그들은 자신의 본분을 깡그리 말소하지는 않았다. 부리나케 방을 치우고, 손 빠르게 사인정의 보일러를 가동하는 등 바빴다. 특히 갓 시집왔다는 여자는 걸레질을 하면서 쩔쩔맸다. 충분히 들어오지 않은 난방에 떨려서인지도 모른다. 그렇다고 시월에 한기까지 느꼈을까. 나는 두 개의 수트 트렁크를 마루에 놓고 청소하는 그들을 피해서 사당으로 갔다. 중문 넘어 둥두렷 솟는 달을 보았다.

초여드레 달은 그렇게 떠오르고 있었다. 노송을 헤집고, 누각 기둥에 걸린 채 뻑뻑하게 머리를 디밀며 솟아오르고 있었다. 사당은 음험한 함정처럼, 누군가 걸리기만 하면 올가미로 엮어서 내버릴 듯한 기세로 거침없이 서 있었다. 나는 그림자를 헤집고 들어서는 바람처럼 어둠 속으로 잠입했다.

사당의 중앙에 있는 넌출문에는 굵은 자물쇠가 채워 있었다. 관리인을 불러올까도 했지만 그냥 곁문을 슬며시 밀자 돌쩌귀에 기름이 말라 거슬리는 소리를 내며 열렸다. 그것이 오히려 그들을 한결 힘들게 했던 모양이다. 손전등을 켜서 들고 쫓아 나온 관리인에게 미안하다고 말하며 나는 사당으로 들어갔다.

달빛은 묘한 정서적 환기물이다. 그것은 어수룩한 남자 아니면 영리한 여자의 수단이다. 나는 그러므로 어리석은 남자다. 달빛에 젖은 문을 투과하여 들이비치는 어스레한 조명을 이불 삼아 나는 발을 뻗고 누웠다. 이슬로 응고되던 밤공기가 파르르 요동하며 날갯짓하는 바람에 한기가 일었다.

쥐를 본 것은 그때였다. 쥐는, 아니 쥐들은 낡은 옷을 입은 사람처럼 나를, 영역을 침해한 나를 불쾌하다는 듯한 눈으로 노려보았다. 불경스럽게도, 4대조 할아버지의 영정 밑 제단에서였다. 최근에 제단을 석재로 바꿔 이를 갉지도 못할 터인데 녀석들 대여섯 마리가 거기에 앉아서 나를 상대할 묘책을 생각하고 있었다. 나는 몸을 모로 세우고 다리로는 일어설 마련을 하면서 녀석들의 행동에 대항할 방법을 생각했다. 한꺼번에 공격을 해오면 어떤 상태로 맞서는 것이 좋을까? 누워서 발로 한 마리씩 툭툭 차 낼까, 아니면 서서 한꺼번에 쫓을까. 그러나 녀석들은 나보다 더 신중한 듯했다. 녀석들은 갑자기 머리를 조아리더니 하나 둘 몸을 돌려 떠나기 시작했다. 그러나 오산이었다.

　녀석들은 몹시 민첩했다. 한 놈이 앞 놈의 꼬리와 엉덩이 부분을 물었다. 물린 놈이 단 아래로 매달렸다. 다음 놈이 매달린 놈의 등을 타고 내려가서 앞발로 녀석의 머리를 안았다. 다음 놈이 내려와 매달리고 하는 식으로 녀석들은 사다리를 만들었다. 사다리가 다 만들어지자 어디에 숨어 있었는지 20여 마리 되는 쥐들이 쏜살같이 내려와 나를 응시했다. 그러나 상거(相距) 5미터 정도 떨어져서, 어디까지나 염탐의 시늉으로 미동도 않은 채 있었다. 나는 바닥에 바짝 몸을 눕혔다. 그리고 그들을 바라보았다. 그 순간 달빛이 찢어진 창호지를 뚫고 바로 내 앞에 쏟아졌다. 순간 무슨 신호라도 된 듯이 그들은 후닥닥 산개하며 도망갔다. 나는 손을 내밀어 그들을 불렀다. 이티 와. 나도 도망가고 싶으니, 그냥 나하고 같이.

한동안 나는 그렇게 있었다. 묘하게 눈물이 나왔다. 감정이 없어도 눈물이 나올 수 있는 것일까. 아니면 내가 환기된 감정을 자각하지 못한 것일까. 아무튼 턱까지 흥건히 흘러내려 괸 눈물이 차가워져서야 몸을 일으켰다. 불이 켜진 것은 그때였다.

"도련님! 여기 계신당가요?"

노복의 목소리였다. 젊은 관리인의 아버지가 소식을 듣고 왔다. 눈을 닦고 고개를 돌리려는 순간 16대조, 형조좌랑을 지냈다는 할아버지의 초상화 위 걸개에 그때까지 남아 있는 한 마리 쥐를 보았다. 그는 들보로 가려진 그늘에 의지하며 나를 감시하고 있었던 것이다. 내가 운 것도, 부스스 몸을 일으키는 것도 놈은 척후병으로 남아 다 보고 있었다.

"사당에 들어갈라믄 불이나 키 놓고 들어가제 어둔 데서 믄 한데여?"

"이 늦은 밤에 할아범은 왜 왔어?"

나는 이 노복에게만은 좀처럼 관대할 수가 없다. 어렸을 때의 버릇이다. 그는 언제나 내 친구 겸 만만한 투정 상대였다.

"얼릉 나오랑께. 아래로 내려가십시다. 으뜩게 여기서 자라. 존 집 놔 두고라."

"나는 여기서 살려고 왔어. 그러니 할아범이나 가, 요."

뒤에 서 있던 젊은 관리인은 자신의 아버지에게 함부로 하는 나를 보고 몹시 마뜩찮은 표정이었지만 내가 그렇게 하는 것은 일종의 친밀감의 표시였다. 그러자 아예 신을 벗고 들어온 노인이 내 손을 잡아당겼다.

"그라믄 내일부터 주무시쇼이. 청소 칼칼이 해 논 담에 오잔 께는. 방도 찬디."

"아니, 됐어. 난 오늘부터 여기서 잘 거야."

할아범은 결국 나를 끌어냈다. 나는 그를 따라 마을로 가야 했다.

그날 밤 기어이 나는 사인정으로 다시 올라오고 말았다. 쫓아온 작은아버지가 극구 만류했지만 나는 고집을 꺾지 않았다. 나는 사인정에서 홀로 살고 싶었다. 사실 관리인이 없었으면 좋겠다는 생각도 했다. 그러나 때때로 사람들이 방문을 하므로 — 이 고장에서 사인정은 의미 있는 역사적 장소이고, 더구나 인근에 이만한 장소가 없었으므로 — 그들이 필요했다. 대신 나는 그들과 격해서 안쪽에 있는, 아버지가 그야말로 혁혁하던 시절에 중수한 정자로 옮겼다. 그것은 사당 서편에 있는 곳으로 풍관이 명미했다. 발 아래로 강이 보였고, 들판 저 너머로 서해가 한눈에 들어온다.

노복이 나를 만나는 유일한 사람이었다. 그것은 식사를 그곳에서 하기 때문이었다. 노복의 집은 바로 우리 집이었다. 그들 부부는 은퇴를 하고도 집을 떠나지 않고 유일한 혈육인 자식에게 사인정 관리를 맡기고 아예 본채로 들어왔다. 1년에 겨우 몇 차례 사용하는 비어 있는 안채를 사흘거리로 쓸고 닦으며 세월을 보내고 있었다. 충직성이 그의 재산이었다. 그러나 동물적 귀속성이다. 이곳을 떠나면 모든 것이 사라질 것을 알기 때문에 못 가는 미련한 예속성.

산에도 오르고, 갯가로 낚시도 갔다. 들판을 헤매기도 하고 강가에 앉아 물수제비를 뜨기도 했다. 나는 되도록 단순한 것을 찾으려 했다. 읍내에서 테니스 코트를 하는 사촌 형과 몇 시간 내내 공을 치기도 했다. 날아오는 공을 보며 뛰어다니는 것은 간단하고 직접적이라 좋다. 한 차례 어깻짓으로 이쪽 코트의 모든 것이 종결된다. 다시 올 때까지. 미련이 남지 않은 것은 아름답다.

낮은 그런 대로 보낼 수 있었다. 처음에 보여 주던 적개심이 사라지고 난 다음, 젊은 관리인 부부도 내게 각별했다. 나는 그들과 그리 많은 시간을 보내고 싶지 않았고, 그럴 마음도 없었다. 가끔 들리는 그들의 웃음소리마저도 내게는 별다른 흥미가 되지 못했다. 임신을 한 새댁은 나를 보면 괜스레 얼굴을 붉혔다. 아침에 기상해서 문을 열고, 대문 앞을 쓸면 끝이었다. 지방 문화재로 등록되어 일주일에 두 번 읍사무소에서 청소대가 나왔다. 관리인 부부가 작게 벌여 놓은 가게를 지키며 앉아 있는 것이 고작 그들의 일이었다.

그러나 밤이 되면 상황은 달랐다. 불투명한 어둠이 드리운 세계는 끔찍한 절리(節理)의 공간이었다. 동편에 있는 관리인 숙소나, 불이 꺼진 마당, 대나무 잎 스치는 소리, 괴괴한 나무들의 호흡 소리, 새들의 횃짓, 짐승들이 짖는 소리, 산길을 미끄러지는 시냇물 소리, 그리고 달빛. 지표를 핥듯이 스치며 가라앉는 달빛이 정자의 마룻바닥에 깔릴 때면 나는 막막했고 외로웠다. 낮은 빛이 주는 가시(可視)만큼의 혼잡과 분산으로 흩어져 조각나므로 가볍다. 그러나 단일한 어둠은 다른 것을 허용치 않고 온통 하나로 수렴되게 한다. 그렇게 여축없이 시작되어 내가 기진할 때까지 조금도 물러서지 않았다.

그 야행성 동물을 다시 생각한 것은 그즈음이었다. 첫날 나를 반겨 주었던 그들에게 나는 아직 한 번도 고맙다는 인사를 하지 않았다. 도리가 아니다. 교분이란 서로를 인정해 주는 데서 비롯되는 것이다. 적어도 이 작은 공간에 공서(共棲)하는 우리에게 목례 정도는 의무 아닐까.

그렇게 생각하니 내가 인사하지 못한 것은 많았다. 낮에 만나는 것 말고 밤에 만나는 것들과 나는 조금도 교분을 갖지 못했다. 그들이 있다는 것은 소리를 통해 이미 알고 있었지만, 교통할 방법이 없었다. 일어서서 그들에게 인사를 해야 했다. 나는 밖으로 나갔다. 바람이 멈추며 내가 지나가기를 기다렸다. 나는 지나갔다. 안녕. 인사를 건넸다. 그러나 그들은 나를 외면했다. 개의치 말자. 선택은 상호 간에 있는 법이다. 나는 그를 수용할 마음이 있지만 그는 아직 그럴 준비가 되어 있지 않을 테니까. 갑자기 친해져요라고 손을 내미는 것도 무례다. 그리고 내가 가장 친해지고 싶은 것은 이것들이 아니라 쥐들이다. 그들

에게만 예의 바르게 인사를 하면 되는 일이다. 나는 갔다. 사당
은 멀었다. 어둠이 자꾸 발길에 차여 빨리 나아갈 수 없었다.

　모르모트는 앙증맞게 생겼다. 그들의 눈은 몹시 수줍어 어떨
땐 주사기를 대는 것도 마음이 아팠다. 그러나 우리는 찔러야만
했다. 사실 그들은 그러기 위해 존재하는 짐승이다. 기능하지
못하는 것은 도태하게 마련이다. 도태는 무능이다. 사인정에 온
것은 도태였다. 그러므로 사인정에 사는 것은 내 무능을 확인하
는 일이다.
　분명 그런 징후가 있었다. 때때로 폐암으로 인해 물이 찰 경
우를 대비해서 난 흉부 천자(穿刺)를 해야 했다. 늑막염일 수도
있지만 암이 전이되었을 가능성 또한 무시할 수 없었다. 검사
오류가 있다는 것을 알았으므로 한 번 더 검사를 요구했다. 두
번이나 해도 없는 병인데 무슨 정성으로 또 할 것이냐고 그의
부모가 화를 내며 거절했다. 물론 비용과 고통은 따른다. 환자
자신은 못 견딜 만큼 아팠을 것이고, 그만큼 가족들도 힘이 들
었을 것이다. 소견서를 그렇게 썼다. 아직은 보이지 않지만 매
우 의심쩍다고. 그들은 '아직은'을 '전혀'로 대치했다. 그리고
나를 찾아와서 횡포를 부렸다.
　그러나 병이란 모르모트에게 투여된 병균처럼 산술적 공식
이 아니다. 우리들의 몸에서 기인되는 병인, 환부, 병원체들은
계산된 수량을 투여하고 경과를 살필 수 있는 것이 아니다. 구

멍 난 럭비공처럼, 여름 소나기처럼 제멋대로 돌아다니는 살아 있는 생명체다.

인체도 모르모트처럼 공식화되어 있지 않다. 물론 모르모트라고 공식적이고 정격적(正格的)인 병의 진행을 보여 주진 않지만, 난 최선을 다했다. 녀석 역시 최선을 다했겠지만 자반 뒤집기에 견딜 수 없었을 것이다.

피하에 적립해 둔 병원체가 확산되고 수렴되는 전이 과정을 기록하는 것처럼 간단한 것이라면 뭐든지 할 수 있으리라는 자신감을 얻은 것도 모르모트 덕분이었다. "새벽 쥐라 태 곯지 않고 살 팔자를 타고났으니 걱정이 뭐니? 넌 평생 밥 걱정할 팔잔아냐." 나중에 알았지만 다람쥐가 아니라 청설모인 설치류 짐승을 쫓으며 할머니는 말씀하셨다. "왜 그리 조용하고 힘이 없니. 쥐란 게 여간 사나운 짐승이 아니다. 할아버지도 쥐띠였어. 느이 아버지도 쥐띠였으니 그리 드셨지. 그러니 갑자기 쥐처럼 사인정으로 쪼르르 스며들어 날밤 새고 오곤 하잖았니? 멀쩡한 집을 두고 왜 꼭 거기서 생각을 해야만 묘책이 떠오른다니? 그게 다 쥐띠 습성이지. 작은아버지허고 비교도 안 돼."

자정이 넘은 시간, 고요함에 젖어 든 고목들을 넘어 사당으로 흘러 들어왔다. 나는 문을 열었다. 달빛도 가라앉은 초사흘 밤이었다. 사당은 수묵화처럼 무겁고 고요했다. 나는 그 그림 속으로 시인의 언어같이, 만나러 가는 바람 말고 만나고 가는 바람같이 들어섰다. 습성상 그들은 아직 공격성을 갖추고 있지 않을 것이다. 설치류 짐승들의 깨어남은 류머티즘성 관절염과 같다. 일어나서 모든 기관이 제대로 작동하기 전에는 쓸 수 없는 기관. 그것이 병이다. 일정 시간이 지나면 그것은 다른 기관의 작동에 겨우 눈을 뜨고 일어나서 기지개를 편다. 그때까지 그의 몸은 기다려야 했다. 이부자리에 눕든, 침대에 눕든 일정량의 시간을 필요로 한다.

하루 동안 쌓인 먼지뿐 아무도 없었다. 나는 불을 켰다. 상막한 기억이 도리 없이 떠올랐다. "말도 안 되는 일이지. 어떻게 그렇게 몽땅 모아다가 충신열사로 만든다니? 아무리 자기 돈이라지만." 할머니는 끝내 아들의 일이 마땅찮은 모양이었지만 그런 데 워낙 무심한 아버지는 귀도 안 기울이고, 무당서방 같은 읍사무소 관리들에게 직권을 이용한 위협과 회유, 한 움큼의 돈을 주어 가며 성사시켰다. "7대가 모두 충신이야. 느이 집이 원래는 그렇지 않지. 근근하게 관직은 안 놓고 살았지만 19대 이후로 중앙에 진출은 못 했다고, 느이 외증조부가 그러더라. 개 발에 편자지. 사당인지 뭔지는 모르지만 사람들 훤소(喧騷)하는 소리도 안 들리는지 몰라? 야젓하기로야 느이 작은아버지다. 부엉이셈처럼 세상엔 어둡지만 좀 점잖고 진퇴를 가릴 줄 아니. 진국이지."

그렇게 만든 7대조의 영정들이, 분파해서 나온 중시조를 중심으로 나열해 있다. 나는 중앙 문에 앉았다. 서늘한 나무 기운이 스며들었지만 참기로 했다. 그리고 불을 켰다. 적어도 친구로 삼기 위해선 예의라는 것이 필요하다. 야행성인 그들이 오는 길에 최소한의 예의를 지켜 줘야 하지 않겠는가.

좌선하는 양 눈을 감자 긴 호흡이 발목 위로 소나기처럼 내린다. 나는 도대체 무엇을 찾으러 왔는지. 이러한 내 행동이 몹시 비소하고 문득 허황되게 느껴졌다. 차라리 내려가 친지나 친구를 찾아가 술에 취하는 것이 더 바람직하지 않을까 생각했다. 그러나 나는 그러지 않았다. 그럴 것이라면 굳이 이렇게 궁벽한 곳에 내려올 필요도 없었다. 이상하다. 내 멱살을 잡고 승강이를 하는데도 나는 목을 잡혔다는 생각 대신 인생을 잡혔다는 생각이 들었다. 내 인생이었다. 그들의 손아귀에서 흔들리고 있는 것은 내 목이 아니라 내 인생 전부였다. 그럼에도 불구하고 난 화가 나지 않았다.

바로 그것이다. 정작 내가 아무 말 없이 집에서 나온 이유는. 왜 나는 내 생 전부가 타인에 의해 흔들리고 있는 데어 분노도, 대응도 하지 않았을까 하는 데에서 시작된 부지(不知)에 대한 회의 때문이다. 하다못해 자신의 밥그릇을 지키기 위해 목숨 걸고 칼을 휘두르며 시녀를 뿌리며 호소하는 사람들도 있는데 나는 생 자체가 흔들리고 있는데도 왜 분노하지 않았을까-, 아니면 못 했을까. 어느 쪽으로든 나는 문제적이다.

소리가 났다. 바스락거리는 소리, 종이를 젖히며 책장을 넘기는 소리가 들렸다. 누구세요? 나는 묻는다. 친구가 될 생각이라면 들어오세요. 아니, 이미 들어왔으니 내게 신호를 보내세요. 그러나 곧 소리는 그쳤다. 나는 바짝 긴장했다. 관절이 조금 빨리 풀린 녀석이 친구를 찾으러 나왔는지 모른다. 빠르다는 것은 지나침이다. 지나침은 어디에도 견줄 수 없는 약점이다. 부족함이 낫다. 부족함은 채워 쓸 수 있지만 지나침은 결코 채울 수 없다.

나는 눈을 감고 더 견디기로 한다. 다시 소리가 났다. 좀 더 큰 소리. 그러나 사뿐한 소리. 나는 눈을 떴다. 어디서 왔을까. 인광에 푸른빛이 도는 것으로 보아 설치류는 아니다. 그놈은 바로 정면에서 나를 보고 있다. 나는 손에 깍지를 끼고 뼈를 꺾었다. 우두둑 소리가 나자 퍼런 인광이 명멸한다. 다시 한번 우두둑 꺾었다. 놈은 움직였다. 자신의 뼈를 꺾는 상대가 무섭다는 것쯤은 그도 충분히 알 것이다. 놈은 자세를 틀어 좀 더 왼쪽으로 옮겼다. 그러자 갑자기 나는 좀 더 확실한 우정을 보이기 위해 그를 쫓아내야 한다는 생각을 했다. 그리고 일어서서 불을 켰다. 인광이 사라지고 날카로운 소리를 내며 녀석은 풀썩 대청 가운데로 뛰어내렸다. 나는 그를 향해 방석을 던졌다. 녀석은 날렵하게 쪽문으로 피했다. 나는 들고 다니던 죽비를 놈을 향해 던졌다. 녀석은 후다닥 날려 도망간다. 이에엥. 날카로운 소리가 들렸다.

나는 불을 끄고 앉았다. 환청처럼 들리는 이에엥 소리 때문에 그들의 발소리가 요란했지만 눈치채지 못했다. 나는 가부좌를 한 채 머리를 마루에 댔다. 코를 대고, 턱을 대고, 빗장뼈까지 바짝 붙이고 그대로 마루와 하나가 되어 싶었다. 네 겁을 지나도 여전히 나무인 채로 있고 싶었다. 그때였다. 침향을 맡은 것은 그때였다. 보들눅진하면서도 저미듯 느껴지는 속 깊은 향. 과하지도 약하지도 않아 언제나 그대로 있는 향. 아버지가 하나를 구해 대들보 중수에 사용했다는 그 향의 기운이 빈 공간에 자맥질하듯 스며들며 감돌았다.

그래서, 바로 그래서 짐승들의 냄새가 나지 않았던 것임을 알 수 있었다. 침향. 적어도 이백 년, 삼백 년을, 아니 오백 년을 가라앉혀야 한다는 나무를 아버지는 어디에서 가져왔을까. 또 선인들은 어떤 오의(奧義)를 알아서 자신이 쓰지 못하는 것들을 깊이깊이 바다에 간직했을까.

"네가 의사냐? 사람 죽이는 면허증 가진 놈이라고 안심허지 마. 살려 놔! 내 새끼 살려 내!"

그들은 떼관음보살처럼 달려들어 나를 포위했다. 도대체 뭐라고 해야 할까. 나는 할 말이 없었다. 무슨 말을 할 수 있으며, 해야 할 것인가. 정작 녀석의 죽음에 충격을 받고, 슬픈 것조차 그들에게 결코 뒤지지 않는데.

"너, 이 새끼. 사람 잘못 봤어. 기껏 의사 주제에. 내 아들 살려 내!"

따귀를 치며 남자가 달려들었다. 간호사와 직원들이 그를 떼어 냈다.

"잘못도 없으면서 그렇게 당하면 어떡하냐? 그러니 저쪽에서 기를 쓰고 덤비는 것이지. 네 양심 깨끗한 것 너나 알지, 그 사람들이 알아주기나 해?"

어머니는 먹피가 진 내 목덜미에 뜨거운 습포를 하며 말했다.

"……."

"형이 잘 처리하겠지만 너도 잘했어야지. 천생 막내다. 어찌 그리 용해 빠졌어. 넌 의사야. 석란지계란 것도 모르니? 싸워 득 되는 일이야 없겠지만 겉수작에 물러설 수도 없잖니? 왜 그런 악착스러운 사람들에게 그저 당하기만 했니? 그걸 잘못의 시인이라고 우겨 댄다는 게야, 그치들이."

스물하나였다. 녀석은 보디빌딩 한 것을 온몸으로 증명하듯 잘 빠져 있었다. 어떻게 병에 걸릴 수가 있을까 싶은 몸매였다. 그런데 이미 그는 병을 앓고 있었다. 피부는 탄력을 잃고, 내부에서 균열되는 음성을 냈다. 한 번만 더 해 보자는 나의 오더대로 했더라도 아마 그는 살지 못했을 것이다. 그래도 지나쳤다. 자살이라니. 그는 마지막 조직 검사의 결과를 통보받던 날 밤에 7층에서 몸을 던졌다.

검사실에서는 신속히 반응을 보였다. 실장은 유명 검사소에서 보내온 샘플의 소견서를 들고 원장에게 잘못 없음을 보고하고, 과장은 자신의 약견을 기록한 차트를, 주치의가 나로 기록된 그것을 내보이며 이 사고와 자신이 무관함을, 절대로 나태나

무능에서 온 것이 아니라 격무에서 빚어진 것임을 주장했다. 그 후 그는 애원심을 불러일으키며 한마디도 내 욕을 하지 않으면서도 자신의 결백을 보장받았을 것이다. 그게 더욱 얄밉다. 자신은 전혀 책임이 없다는 듯이 모든 것을 내게 미뤘다. 간호사들 역시 나와 시체, 그의 가족들을 번갈아 보면서, '애송이 의사 혼쭐이 나는군. 그래야지, 그렇게 혼이 나지만 오늘밤 위로 회식에서 마신 술 한 잔으로 모두 잊어 버릴걸. 도대체 의대는 왜 머리로만 선발해. 가슴으로 선발해야 하는데.' 하며 비웃는 표정이 역력했다.

짐승이었다. 궁하며, 관계가 뒤틀리며, 틈이 생기면 서로에게 잔인한 욕망뿐인 동물들이다. 동시에 그들은 기계들이다. 동물이면서 그들은 기계였다. 자신의 사유가 필요치 않았다. 누군가에 의해 주어지는 의견이나 생각에 기대어 자신을 싣는다. 나 역시 마찬가지다. 주어진 진단대로 처방하고, 조사하고, 진료했다. 모르모트에게 투여한 세균들이 어떻게 변해 가나를 보듯, 내가 내린 진단과 처방 결과가 환자라는 몸뚱이 속에서 어떤 경로로 치유나 전이나 악화되는가를 살피는 기계였다.

의료 사고란 얼마든지 유리하게 해결할 수 있는 문제이고 특별한 실수가 아니어서 문제가 없다는 것은 나도 안다. 굳이 형의 도움을 받지 않더라도 형사상, 민사상의 면책을 받을 수 있다는 것 정도는 안다. 면책 특권. 타인의 불행한 상황이나 심지어 죽음 앞에서조차 얻어지는 직업상의 권위. 실수에 대한 완벽한 자유. 그러나…….

그의 시체를 보는 순간 나는 내가 거기에 있다는 것을 알았다. 그의 시체 위에 스며들어 겹쳐진 내가 있었다. 시체가 퍽 가깝게 여겨진 인턴 때가 있었다. 생명이 거세된 순연한 본질로서의 인간. 설명이 다 되어 이제 본체로 환원된 시체는 한 존재의 모든 것을 가림 없이 밝혔다. 비 온 후 곤죽 된 시골 길 말고, 잘 마른 황톳길, 버석버석 돋아나는 소금기마저 느껴지는 그런 상태를 보여 주었다.

시체를 담보 삼아 덤비는 그들에게는 넌더리가 났다. 적어도 이미 사라진 사람들에겐 최소한의 예의를 표시해야 하지 않을까. 생명의 빈 그릇. 삶의 찌꺼기. 한 생의 모든 흔적들을 고스란히 간직한 낡은 목차. 바로 앞에서 우리와 함께 호흡한 그를 처치실로 옮기지 않고 그대로 놓아둔 채 왁다글거리는 행위에 나는 슬펐다. 우리가 해야 할 것은 덜 그려진 화폭의 여백에 지매질을 하는 것뿐이다.

풍장을 하든, 조장을 하든, 화장을 하든, 매장을 하든 말이다. 그런데 그들에겐 그것이 무기가 되었다. 나를 겨누는 비수가 되고 창이 되었다. 부식되어 가는 시체로 방패도 없는 내 폐부를 찔렀다.

내내 기다렸지만 친구들은 오지 않았다. 대신 분노를 머금은 그 탐욕스러운 짐승이 사당 주위를 맴돌며 내게 주술을 걸듯이 소리를 질러 댔다. 마침내 젊은 관리인이 나와 살펴볼 정도로. 그는 나를 보더니만 고개를 꾸벅하고 총을 겨누며 소리 나는 쪽으로 향했다.

"오소리 아니면 족제비지라. 뭐든 잡으면 돈이 되죠. 산달 닥쳐온다고 아부지는 말리지만 누가 그걸 믿어요. 족제비면 가죽을 벗기면 되고, 오소리는 고기가 짭짤하거든이라."

"건물이 상하면 어떻게 하려나?"

"건물이사 다치게 하것소, 다 방법이 있어라. 보고만 계시쇼."

그는 총을 들고 포복하듯 낮게 무릎걸음으로 소리가 나는 뒤쪽으로 갔다. 별들이 초롱하고, 한기가 배어든 바람이 등을 떼밀어 나는 내 방으로 돌아왔다. 바람보다 더 처량한 걸음으로.

정작 내가 그들을 만난 것은 사흘 후였다. 그날은 관리인 부부가 제사를 위해 처갓집에 가서 그야말로 완벽하게 비어 있었다. 나는 작은집 형과 읍내의 술집에서 만나 오래 앉아 있었다. 나중에 형은 나를 사인정에 내려다 주고 곧장 갔다. 사인정. 15대조는 누구를 그리며 이 정자를 지었을까. 사람을 그리워하다니. 사람을 그리워하는 시대가 정말 존재했을까.

담배를 피워 물며 나는 비석 뒤편 소나무 가지 사이의 구멍에 손을 넣어 자물쇠를 열었다. 그리고 문을 막 여는데 전조등 빛이 나를 비췄다. 나는 형인 줄 알았다. 뭔가 전갈할 것을 잊었다가 다시 올라오는 것으로 생각했다. 그러나 차가 달랐다. 형의 차는 지프 형이었는데 올라온 차는 승용차였다. 불빛은 곧 꺼졌다. 엔진의 배기음이 사라지기 전에 문이 열리며 누군가 내렸다. 남자였다. 그는 뚜벅뚜벅 걸어 곧 내게 다가왔다.

"사인정이죠, 여기가?"

"예, 그렇습니다."

"결국 와 보게 되는군요. 지나다닐 때마다 언젠가 꼭 한번 들러야지 했는데 겨우 이런 묘한 시간에 와 보게 되는군요."

"개장 시간은 이미 지났습니다. 결국 못 보시게 되는군요."

"어떤 것은 어두울수록 더 잘 보이죠."

"그런 것도 있습니까?"

"제 말이 아닙니다. 누구를 만났더니 그렇게 말하더군요. 시력보다 더 강한 어떤 것이 작용하는 관계에서만 그렇다고."

"스님이거나 도를 닦는 사람 중 하나겠죠?"

"아닐걸요, 내가 아는 한."

나는 마침내 자물쇠를 열고 문을 열었다. 경첩이 삐이익 소리를 내며 돌아갔다. 기름이 말라서 소리가 요란했다. 나는 잠시 망설였다. 사인정을 보려고 10시가 넘어서 언덕을 올라온 남자를 위해 잠시 개장을 해서 가문의 위대성과 허무한 역사를 보여 주어야 할까 말까를 곰곰이 생각했다. 그러나 결국 그렇게 해야 할 이유가 없다는 것을 알았다.

"흐릿한 기억이지만 난 여기서 하루를 묵었던 적이 있죠."

문을 닫으려고 할 때 그가 말했다. 나는 조금 지체해야만 했다. 피곤했다. 취기가 올랐다. 더구나 낮에 산을 탔고, 오늘 같은 날 나는 반드시 해야 할 일이 있었다.

"어떤 남자와 잠을 잤어요, 이곳에서."

"조씨는 아니시죠?"

나는 성을 물어야 했다, 우리와의 관계를 알려면. 성(性), 성(姓), 성(成). 그는 조씨는 아니었다. 일단은 나와 무관하므로 부담을 덜었다.

이제 그가 좀 더 분명한 태도를 보여 주는 것이 원츠이다. 가장 좋기로는 차를 타고 내려가는 것이며, 가장 나쁜 것은 기왕의 고생을 성취하게 해 달라는 부탁이었다. 올라왔으니 일단 들여보내 주오.

"아침에 일어나니 강과 바다가 보이는 정자였던 것 같은데."

"여기가 유명한 것은 그것 때문이죠. 여름이면 온통 장바닥이 되는 것도 그렇고."

"선생은 굉장히 목적 추구형이네요."

"예?"

느닷없는 그의 공격에 나는 멍해졌다. 목적 추구형이라는 말이 물질을 위해 전력투구하는 생존경쟁형이라는 말과 동의어로 들려서 언짢았다. 나는 그런 사람이 아니다. 그랬다면 여기에 올 이유도 없었다. 그들에게 멱살을 잡히지도 않았을 테고, 병원도 떠나오지 않았을 터였다. 조금 남은 사람다움이나 영혼을 마취시키고, 육체와 욕망을 자극하여 흥분시키는 방법을 나는 안다. 아니면 그야말로 깊은 세계, 일반으로 다다를 수 없는 세계의 심연에 도달할 수 있는 여러 가지 방법도 나는 안다.

"남자와 잠을 자고 그 장소가 강과 바다가 동시에 보이는 곳이었다는 말의 어느 한 부분, 지금 선생이 관심 있는 부분에만 대꾸를 했어요. 내 생각엔 사람이 더 중요한 것 같은데."

나는 그의 시답잖은 췌사(贅辭)에는 관심이 없었다. 형과 술을 마시기 시작하면서부터 나는 쥐를 만나고 싶었다. 그들이 나를 기다리고 있을 것 같았다. 오늘은 우리가 정식으로 친구가 될 수 있을 것 같다는 묘한 예감이 나를 잡아끌고 있었다. 나는 문을 닫고 빨리 가야 했다. 지금쯤 사당은 그들로 가득 차 있을 것이다. 전날 오소리를 잡은 총의 화약 냄새가 배어서 다른 짐승들이 피하고 있기 때문에 오직 그들만의 세상일 것이다. 잔치를 할는지도 모른다. 그러면 마음이 관대해지고, 우리는 더 쉽게 친구가 될 수 있을 것이다. 목적 추구형.

"그 남잔 조씨였소."

"아, 그래요. 그래서 그곳을 보고 싶으시다고요? 내일 새벽에 오시죠. 제가 미리 문을 열어 놓을게요. 지금은 관리인도 없고, 폐관 시간도 지켜야 하고요."

"그 남자의 말이죠. 어두운 데 있어도 더 잘 보이는 것이 세상 도처에 있다고."

취객임에 분명하다. 그리고 나도 취기가 오르고 있다. 술 취한 사람 둘이 만나면 끝엔 싸움이다. 그래서 나는 결국 문을 걸고 들어가기로 했다. 경첩에서 빽빽거리는 소리가 들리자 남자는 라이터를 꺼내 담배를 피워 물며 던지듯 말했다.

"그땐 군 내무과장을 하다가 본청으로 승진해 갔지."

이윽고 나는 동작을 멈췄다. 그는 나를 알고 있다. 아니 그는 사인정을 알고 있다. 그리고 그는 시비를 걸기 의해서 온 것이다.

"산판 사업을 동시에 하면서 큰돈도 만졌던 사람이고."

파르스름한 연기가 인광을 내며 퍼지고 있었다. 나는 문기둥에 붙은 스위치를 올렸다가 다시 내렸다. 왼쪽 아크릴 등에 빛이 보이다가 사라졌다. 그는 홍살문에 기대었다. 신경을 쓸 이유가 없다. 시비를 걸러 온 사람이다. 우리를 잘 아는 사람이다.

"아버지를 닮았군."

나는 이윽고 문을 걸었다. 널빤지 사이로 내다보았지만 그는 움직이지 않고 있었다.

"나는 그때 고등학교 2학년이었어."

그는 닫힌 문의 정면에 다리를 벌리고 반듯하게 섰다. 마치 국기에 대한 경례라도 올리는 듯 반듯이.

"산림녹화 계몽 웅변대회에 나갔지. 상을 받고 식사에 초대를 받았다가 그를 만나 이리 왔어. 좋은 곳을 소개시켜 준다고 해서."

나는 방범등을 껐다. 이제 암흑이었다. 소리는 이어졌다.

"여섯 발자국을 떼면 계단이 나와. 관리인이 있으니 주의해서 먼저 사당으로 가 있어. 계단은 열아홉. 거기서 반듯하게 서른여덟이나 아홉 걸음 가면 사당이 나오지. 다시 계단을 올라. 계단은 스물네 개. 24성숙(星宿)에 맞춘 거야. 자, 그 왼쪽으로 돌아. 층계가 있어. 거기서 기다려. 나는 관리인한테 들렀다 갈 테니.”

나는 걸었다. 한 번도 계단을 세어 본 적은 없었지만 지금 세어 보기로 했다. 열아홉이었다. 나는 서른여덟 걸음을 걸었다. 계단이 나왔다. 올랐다. 스물네 개. 24성숙에 맞춘 것. 그의 말은, 딴은 생청붙인 것은 아니었다.

“그는 내게 성을 가르쳐 주었지.”

성(性), 성(成), 성(姓). 그중에서 어느 것? 나는 계단 끝에 서서 담 너머로 비치는 빛을 보았고, 엔진 소리를 들었다. 후아앙 소리가 나고 차가 내려가는 소리가 들렸다. 그러나 사실 나는 그 차가 홍살문을 뚫고 가운데 문을 박살 내며 들어오기를 바랐다. 그러나 정적이었다.

빛이 꺼진 세계에는 소리만 있었다. 나는 소리를 따라 몸을 움직였다.

사당 문이 열렸다. 아니면 내가 연 것일까. 들어섰다. 아니면 내가 떠밀려 들어선 것일까. 나는 문을 열었다. 거풍(擧風)을 시키려는 것처럼 모든 문을 열었다. 가운데 넌출문은 한 번에 열렸지만 오른쪽 문들은 끝내 열리지 않았다. 뭔가 잘못되었는지 아예 거멀못이 박혀 있었다.

나는 그대로 반듯이 앉았다. 상체를 굽혀 얼굴을 마루에 대며 나는 입을 열었다. 갑작스러운 차가움에 딸꾹질이 나왔다. 그것을 멈추기 위해 나는 침을 흘려 냈다. 더 많은 위액을 분비해서 완화하고자 했다. 무릎을 방석에 대고 내가 할 수 있는 모든 소리를 내며 손으로 바닥을 쳤다. 그들이 내게 가까이 왔다. 그들이 내게 손을 내밀었다. 나는 그들의 초대에 감사학으로 응했다. 그들이 나를 상좌에 모시고 대접하기 시작했다.

맨 처음 그들은 원무를 췄다. 그리고 도약을 했다. 그들은 전심을 다해 나를 즐겁게 하기 위해 노력했다. 그러나 나는 이윽고 눈물을 흘려야 했다. 그들의 기예가 깊어지면 깊어길수록 나는 슬퍼졌다.

그들의 기예는 생명을 건 도전이었다. 공중에서 실수로 떨어져 죽은 쥐를 다른 쥐가 밖으로 날랐다. 마침내 나는 통곡을 했다. 울음을 통해 나는 내 본질에 도달하고 싶었다. 한없이 울어 눈물 속에 침몰하여, 울음 속으로 잠수하여 나는 나를 만나고 싶었다.

그들이 내 어깨 위에 앉으며 말했다. 괜찮아. 그러니 네 맘대로 해. 우리는 다 알아. 그러나 아는 것을 말로 할 수 없기 때문에 네게 말하지 못해. 어떤 것은 말보다 더 잘 이해될 수 있는 거야. 보는 것보다 잘 알 수 있다는 것을 나는 들었어. 오관보다 더 중요한 기관들이 있어. 눈물도 그중 하나지. 그러니 소리쳐 울어도 좋아. 그들은 내게 아주 따뜻한 포옹을 해 주었다. 결코 사람에게서 느낄 수 없는 깊은 포옹. 악다문 이 사이에 덜 빠져 나간 서러움이 걸렸다.

버려. 버리면 가벼워져. 낮을 버렸기 때문에 밤을 즐기는 거야. 혹시 쥐의 탑에 가 보았니? 우린 스스로 죽는다. 탑을 만들어. 흉년이 들거나 홍수가 나서 식량이 없으면 우리는 스스로 사라져. 비극이 아니라 숭엄이야. 그래야 우리가 사는 것을 알기 때문이지.

도무지 왜 운 것일까. 죽은 녀석을 위한 진혼이었을까. 아버지의 뒷그림자에 대한 연민이었을까. 갑자기 생긴 먹살 잡힌 사실에 대한 억울함과 분노 때문이었을까. 아니면 정말은, 취기 때문에 울었을까. 어느 것이라고 정확하게 꼽을 순 없었다. 울었다는 사실은 분명했지만, 진혼이라니. 내가 누구를 위해 진혼을 할 수 있단 말인가. 지금 이렇게 불현듯이 찾아와 손님처럼 손을 내미는 내 혼조차 위무(慰撫)할 수 없는 내가 누구의 혼을 달래 줄 수 있다는 건가.

몸을 돌려 나는 밖으로 나왔다. 인후가 부어 호흡이 곤란했다. 그리고 정신이 몽롱했다. 코마. 현기. 돌연히 바람이 불어 미선나무를 흔들어대더니 발 앞에까지 와서 스러졌다. 나는 서서히 앞으로 나아갔다. 신도 신지 않고 나는 대문께로 나아갔다. 그리고 문을 열었다. 앙바틈한 비석의 그림자가 나를 가로막았다. 열조의 위업이 새겨진 돌 하나. 역사를 이고 있는 비석은 이제 지쳤다는 듯이, 밤을 틈타 비스듬히 몸을 누이고 그것

34

의 무게를 덜어 내고 있었다. 나는 받침대 위에 걸터앉았다. 허허로운 공간. 비탈진 언덕 너머 비워 나간 논밭이 어둠을 잔뜩이고 누워 있었다.

나는 비석을 밀었다. 움직이지 않았다. 화강암 조각은 완강하게 버티고 있었다. 침향보다 더 오래된 이 비석은 판독이 불가능했다. 그렇게 만든 것이 아버지와 노복이라는 것을 우리 가족 누구나 안다. 아버지는 모호한 것만 남기고 나머지는 해독 불가능하게 만들었다. 빛나는 역사를 위해, 자신의 빛나지 못한 역사의 뒤안길을 알기에 더욱 그랬을까.

"남자와 잠을 자고 아침에 일어나서 강과 바다를 보았어."

다시 한번 힘을 다해 비석을 밀었다. 그러나 발만 뒤로 밀릴 뿐이었다. 다시 한번 밀었다. 사질토라 땅거죽이 벗겨지며 발이 미끄러지는 통에 나는 앞으로 넘어졌다. 일어서지 않고 그대로 있었다. 턱과 입이 차가운 돌의 모서리에 놓였다.

비석은 밀리지 않고 나만 밀렸다. 비린내가 났다. 피가 흘렀지만 나는 닦지 않았다.

나는 그 녀석을 사랑했다고 말해야 했다. 그의 죽음이 내게 더 큰 아픔이라고 해야 했다. 진실로 나는 녀석을 위하 모든 것을 다했다. 그것이다, 내 문제는. 내가 협약할 수 없는 것, 아니 해선 안 되는 것을 했다는 것. 용납도 추인도 받지 못할 기묘한 관계였다는 것을, 그러한 영혼들은 보는 것보다 어둠 속에 두고 검정색으로 채색하는 편이 좋다는 것을 아는 것이다.

녀석은 느릿한 블루스 곡을 틀어 놓고 있었다. 「램프 라이트 인 뉴올리언스(Lamp light in New Orleans)」. 일인용 병실에 자정이 넘은 시간이라 맘을 놓고 있었다.

벽 아래쪽에 켜진 낮은 조도의 방범등만이 병실을 밝히고 있었다. 컨퍼런스가 늦게 끝났지만 나는 녀석에게 가 봐야 한다는 직업적 소명으로 그의 방에 들어섰다. 녀석은 짧은 브리프뿐, 벌거벗고 블루스를 추고 있었다. 흐느적흐느적. 보디빌딩으로 가꾸어진 몸매라고는 믿을 수 없을 만큼 유연하게 움직이고 있었다. 나를 보고 녀석은 멈칫했다. 나도 멈칫했다. 입원실에서 그런 해프닝은 처음이었다. 갑자기 녀석이 나를 안았다. 뭐라고 할 사이도 없이 음악에 맞춰 스텝을 밟았다. 한 손에 서약서 용지를 든 채 나는 녀석을 따라 움직였다. 내가 겨우 자세를 바로 했을 때에 녀석의 어두운 얼굴은 윤곽만 보였을 뿐이다.

음악이 멎고 동시에 녀석은 침대 위로 나를 쓰러뜨리고 올라탔다. 나는 아주 가까이에서 녀석의 얼굴을 보았다. 간절함이 있었다. 아니 거부할 수 없는 핍절(乏絶)함이 있었다. 울고 있었다. 녀석은 울고 있었던 것이다. 그러고 보니 내 가운을 축축하게 만든 것은 녀석의 눈물이었다. 더 이상 진행은 없었다. 녀석은 그저 나를 깔고 누웠을 뿐이다. 호흡의 곤란만 느낄 뿐 기분이 나쁠 정도는 아니었다.

녀석은 떨기 시작했다. 마침내 울음이 터지고 목소리가 떨렸다.

"죽는 것은 아니죠."

"아직 결과도 채 나오지 않았어."

일어서며 나는 말했다. 녀석은 방해하지 않고 옆으로 몸을 틀어 나를 자유롭게 했다.

"스물한 살입니다. 살 가치는 없지만, 이유는 있을 나이지요. ……에이즌 줄 알았는데. 암이라니 믿을 수 없어요."

"그럼?"

"예, 체육관에서 알게 되었어요. 관장이 그것이었죠. 자신을 그림자라고 불렀죠. 그렇게 어두운 사람."

"왜 내게 이런 행동을 했나? 그런 사람으로 보였나?"

"그런 사람은 없어요. 그럴 수 있는 사람만 있죠."

"이런 상황에서도?"

"그걸 제어할 수 있다면 내 인생도 의미가 있겠죠."

나는 녀석에게 서약서 용지를 내밀고 쓸 것을 지시했다. 녀석은 내일 써도 되느냐고 물었다. 그렇게 하라고 말하고 나오는 바로 그 순간 녀석의 거친 손이 뒤에서 나를 안았다. 팔뚝이 목에 닿았고, 엄청난 힘으로 나는 질식할 지경이었다.

마지막 검사 결과를 알리려 그에게 갔을 때 그는 미소 지었다. 나는 거짓말을 할 수 없었다.

"사실이야. 늦었지만 확률이란 불가능하기에 만들어 놓은 가능성의 창문이니 일단 열어 보자."

그는 웃었다.

"가능성의 창문을 닫으면 난 확률로만 남겠네."

그는 내게 나가 달라는 손짓을 했다.

나는 그렇게 꼬박 밤을 샜다. 세수를 하고, 옷을 갈아입었다. 생채기는 없었다. 그런 다음 는적거리는 늦가을 아침을 맞으며 문을 열었다. 이슬이 두두둑 떨어져 내렸다. 노복이 자전거를 끌고 올라오고 있었다.

"오메, 내가 헐라고 불나게 왔는디 도련님이 해부요이. 새인 정에 산께 좋지라?"

"사인정이라니까."

"아따, 진짜로는 새인정이라고 했당께라."

그랬다. 원래는 사인정(舍人停)이었다. 누구를 그리워하는 사인정((思人停)이라고 이름 붙인 것은 아버지였다. 아니 나도 사인정이라고 붙이고 싶다. 그것이 집이라는, 아니면 옛적 벼슬 따위의 이름보다는 한결 운치가 있지 않은가. 누군가를 그리워 하는 것은 무엇보다 중요한 것인지도 모른다. 무언가를 그리워 한다는 것. 비록 그것이 협정이나 추인되는 공적 거리가 아닐지 라도.

차가 올라오고 있었다. 흰색 승용차였다. 중년 여자가 내렸 다. 그녀의 손에는 카메라가 들려 있었다. 그녀는 아무 말 없이 사인정의 홍살문을 찍었다. 마치 거수경례를 하려는 듯한 자세였다.

　“사인정이죠, 여기가? 언젠가 한 번 여기서 묵고 갔던 적이
있는데.”

15호짜리 풍경화

눈이 내리고 있었지만, 차는 여전히 규정 속도 이상으로 달리고 있었다. 갑자기 내리는 눈으로 사장은 부랴부랴 집으로 퇴근했다. 그는 직원들에게 반드시 규정 시간까지 외판의 문을 내리지 말라고 당부했으며, 2층의 방들에 보일러를 올리라고 명령했다. 장로인 그는 삼일 예배의 시간을 맞추지 못하면 안 된다며 당조짐으로 으름장을 놓고 차를 몰아 갔다.

지배인 윤 씨가 실실 웃으며 내장으로 외장으로 돌아다니고 있다. 눈이 휘몰아치는 것이 배경으로 깔려 그의 큰 체구가 오늘은 작아 보였다. 여자는 피에타 상을 마른걸레로 닦아 내며 다시 한번 밖을 본다. 눈이 하염없이 내리고 있다. 이런 속도와 양으로 눈이 내리면 세상은 곧 흰 눈 속으로 가뭇없이 사라질 것이다.

남자 직원 몇이 창고에서 탱크로리를 끌고 밀며 외장의 싸구려 기념품 판매대 앞에서 멈춘다. 반 톤짜리 탱크로리에는 스노 체인이 가득 올려 있었다. 외장 기념품 판매대의 정 양은 부리나케 다른 물건들을 처리하여, 체인을 진열해 놓을 공간을 만들고 있다. 남자 직원들이 체인을 한 아름씩 들어 쌓아 놓고, 윤 씨는 흰 이를 드러내며 농담을 하고 있는지 개수를 헤아리는 정 양의 뒤에 바짝 붙어 서 있었다. 분명히 한 손을 자연스럽게 움직여 그녀의 신체 어디든지 닿을 것이다, 필경은. 사장의 명령이 분명했다.

이 정도의 눈이라면 두어 시간 후면 안전 장구 미부착 차량은 곧 통행 금지를 당할 것이다. 아니나 다를까, 글씨를 잘 쓰는 식당부 김 씨가 태피터 천에 '대설주의보 발령/체인 없는 차량 운행 금지!'라고 쓴 플래카드를 양손에 들고 나타났다. '대설'과 '운행 금지'라고 쓴 피처럼 선연한 붉은색 페인트가 덜 말라서 선지피같이 줄기를 이루며 흘러내리고 있어서 섬뜩했다. 여자는 이제 성 아가사의 상으로 다가갔다. 그녀의 눈초리가 땅을 향해 있어선지 기도가 아니라 하소연을 하고 있다는 느낌을 주어 가끔 여자는 멈추곤 한다.

"기도는 호소와 동의어임에 분명해, 그렇지?"

그녀는 소리를 내어 자신에게 물었다.

"그렇기는 해도……."

여자는 스스로에게 대답한다. 커피를 마시고 싶다는 생각을

했다. 말을 그만 듣기 위해서인지, 아니면 자제력이 그녀를 막
는지 모른다. 사장은 손님을 대접하지 않을 때나 손님이 권하지
않는데도 커피를 마시는 것을 끔찍하게 싫어했다. 직원들이 근
무시간에 딴 짓을 하는 것은 계약을 위반하는 것이고, 그것은
자신에 대한 불경이라고 믿었다. 또 손님들을 위한 공간에서 종
업원들이 마치 주인처럼 행세하는 것은 주제를 모르는 행동이
라고 생각하는 것이 분명했다. 예외적으로, 그 여자는 그러한
면에서 선택을 받은 종업원이었다.

침을 넘기며 밖을 보자 플래카드는 램프가 설치된 입구에 한
개가 걸리고, 주유소 캐노피에도 걸려 있었다. 어느새 주차장은
차들이 반 넘게 점령하였고, 손님들이 내장의 식당가나 외장의
스낵류 판매장, 스노 체인 등 월동 장비로 채워진 외장의 기념
품 판매대 쪽에서 웅성대고 있었고, 자판기 판매대에서도 내리
는 눈처럼 조용하게 움직이고 있었다. 비교적 한적한 그녀의 매
장으로도 남녀 두 쌍이 잠적하듯 들어섰다. 그녀는 버릇처럼 상
의의 뒤여밈을 잡아당겨 제복을 단정히 하고 입구 계산대에 곧
추서서 보는 듯 마는 듯 그들 일행의 뒤를 눈으로 쫓았다. 짧은
햅번 스타일의 머리를 한 여자는 남자의 왼팔에 기대어 따라다
니며 가끔 깔깔거리는 웃음을 날렸다. 폭설이 내리는 휴게소 밖
과 그녀의 밝은 웃음은 어울리지 않는다고 여자는 생각했다. 스
웨이드 반코트를 입은 다른 커플은 먼저 들어온 사람들과 반대
방향으로 전시실을 돌며 고개를 끄덕이기도 하고, 그림이나 조

각들을 손가락으로 가리키기도 하며 나직하게 속삭였다. 여자는 자신도 모르게 고개를 밖으로 돌렸다. 눈이 강낭콩만 한 크기로 변해 있었다. 들어서는 차량과 나가는 차량들로 복잡한 땅과는 반대로 한적하게 유폐된 하늘, 떨어지는 눈발 사이로 남자를 떠올렸다.

"차 한 잔 하실래요?"

여자는 우정 소리 높여 그들에게 말을 건넸다. 그는 아직도 봉합되지 않은 상처와 같다. 바늘도 지나가지 않은 환부에 뿌려진 소금처럼 쓰라릴 뿐이다.

"차도 주시나요?"

햅번 스타일의 여자가 순간적으로 뒤돌아보며 물었다. 녹록하지 않은 의심이 그 속에 가득했다. 그러니만큼 반항적인 기분이 실밥처럼 톡톡 튀어나고 있다.

"미술관 관람자들에게만 드리는 서비스입니다."

"커피도 돼요, 아메리칸 스타일로? 여보, 당신도 같이?"

"예, 됩니다. 저, 손님들은요?"

그들은 서서히 걸어서 그녀 앞으로 왔다. 여자의 광대뼈가 높아서 날카로울 것 같은 느낌이 들었지만 다가오자 그녀의 둥그런 눈매가 그 날카로움을 깎아내리고 있어 편안했다.

"귀찮지 않다면 홍차를 주셨으면 하는데요."

"괜찮습니다. 조금만 구경을 더 하고 계십시오. 아니면 뒤편 소파에서 환담이나 나누시던가요."

"이 산중에 고속도로 휴게소도 고마울 노릇인데, 미술관까지 있다니 조금 놀라운데요?"

여자는 스위치를 넣고 커피를 내리면서 말 대신 웃어 보였다. 두 쌍의 부부는 소파에 앉아 다시 한번 전시장을 둘러다본다.

"진품도 있고, 모사품도 있어요. 저쪽은 모두 모사품이고요, 이쪽은 진품입니다. 사장님이 워낙 문화적인 분이시라 이런 시도를 했는데, 생각보다는 괜찮아요. 작년에는 영호남 여류 화가전을 두 달간 했는데 퍽 성공적이었어요."

"많이 팔렸나 보죠?"

"상업적으로도 그렇고, 처음 시도한 기획이라 평판도 좋았지요."

"저쪽 모네는 모사품인지 알겠지만, 여기 K 선생님의 「가족」은 정말 진품입니까?"

"예, 이쪽은 모두 진품입니다. 선생님께서 개인전 끝나고 판매되지 않은 것 두 점을 직접 가져다 전시해서 한 작품은 팔리고 저것만 남았어요. 조금 커 워낙 고가라서요."

"전시회장하고 같은 금액입니까?"

"반드시 그렇지는 않습니다. 여긴 다르잖아요."

"그런 분이라면 이런 곳에 전시하지 않으셔도 충분히 팔 수 있을 텐데요."

"저희 사장님과 깊은 교우 관계가 있다고만 들었습니다. 자,

여기 커피를 먼저 드시고요.”

“몇 호짜리지요? 아니 호당 얼마면 살 수 있지요? 반드시 그렇지 않다니 욕심이 생겨서 묻습니다만.”

“잠시만요. 진품은 사장님이 가격을 정하시거든요. 전화를 한 번 하겠습니다.”

사지 않을 것이다. 놀러 나온 사람들이, 보아하니 스키장에 가는 사람들 같은데 그림을 사 가지고 갈 이유가 어디 있겠는가. 더구나 이 사람들은 충동구매를 하는 그런 종류의 사람들이 아니다. 그러나 손님들의 요구에는 대꾸를 해야 한다. 물론 그림의 가격은 그녀도 안다. 최하 호당 50만 원은 일단 불러야 한다. 7호니까 350만 원일 것이다. 그러나 전시실의 최종 가격은 250만 원으로 책정되어 있다. 그 이하는 안 된다. 4 대 6이 사장의 조건이었다. 그녀는 우러난 홍차 잔을 그들 앞에 놓으며 말했다.

“우유를 넣어 드릴까요, 아니면 레몬을 드릴까요?”

광대뼈의 여자가 그제야 여자를 올려본다. 그녀는 가볍게 웃으며 말했다.

“레몬, 한 조각만요. 우리 집 양반은 그냥 마시거든요.”

여자는 냉장고를 열어 레몬을 접시에 올려 가져왔다. 그리고 전화를 들었다. 눈이 잠시 멈췄나 보다. 흐린 하늘 위로 어둠이 덧칠하듯 내려앉는다. 사장은 횡재를 만났다는 듯이 반색을 하며 책정 가격을 지켜서 팔라고 했다.

수화기를 내려놓고 그녀는 서랍을 열었다. 그리고 K 화백의도록을 찾아 그들 앞에 가져다 놓았다.

"안 사셔도 좋습니다. 사장님이 한 권 드리라고 해서요. 아이콘 구경도 재미있잖아요? 이렇게 어두워지는데 스키장까지 가시려면 한 시간 30분은 녹록하게 걸릴걸요."

"맞아요. 여보, 우리 빨리 출발해요."

"괜찮아, 길 좋은데. 눈이 이렇게 오는데 날씨를 봐서 다시 결정을 해야지."

여자는 일어서서 다시 판매대 유리 상자 뒤에 섰다. 어둑해지는 하늘에 눈이 다시 내리기 시작했다. 버스에서 내린 손님들이 화장실로 황급히 가는 것이 보였다. 그 가운데, 초로의 여자가 스카프를 머리에 쓰고 뛰고 있었다. 어머니. 여자는 이제 감감해진 어머니의 얼굴을 떠올리며 잠시 밖을 바라봤다.

"사장님은 뭐라고 하시던가요?"

남자의 나직한 목소리가 들렸다. 부드럽고 낮지만 몹시 정확한 발음이었다. 여자의 남자도 그랬다. 너무 정확해서 어느 때는 정나미가 떨어졌다. 그래서 혼자 운 적도 있었다.

"아, 예. 되도록 손님 편의에 따르라고요. 예술품을 지나치게 흥정하면 화백에게나 작품에 미안하다고요."

"어머나, 당신 정말 살 생각이야?"

이럴 때에는 여자의 의견을 무시하고 직접 상담에 적극적으로 나서야 한다. 여자는 웃으며 말을 이었다.

"최하 300만 원 정도까지는 내려갈 수 있습니다."

“화실로 가면 더 깎을 수도 있다고 하던데요.”

여자가 말을 낚아채며 남편을 말리려고 한다.

“그 정도면 구미가 당깁니다. 진품이라는 것만 책임지신다면 사겠습니다.”

“진품입니다. 그것은 제가 책임을 지죠. 화백님과 대화를 원하시면 직접 통화하게 해 드리지요. 우리는 판매보다 전시가 우선입니다. 그리고 이 정도면 어디를 가서도 최저가로 구입하신 소장자가 되실 겁니다.”

“카드로도 됩니까?”

“물론입니다. 여행하시는 분들이 고액을 가지고 다니지는 않으실 테죠. 여기 선생님 전화번호와 직접 사인하신 명함이 있습니다. 혹 의심나시면 이것을 가지고 가면 흔쾌히 맞아 주실 겁니다.”

“당신, 어이가 없어. 호호호……. 스키장까지 신고 다닐 거야?”

“오실 때 가져가셔도 되는데요. 아니면 택배로 우송도 해 드립니다.”

“좋습니다. 올 때 들러 가지요. 자, 여기 카드 있습니다.”

햅번 스타일의 여자는 자꾸 왼쪽 입술을 추켜올리며 비아냥거리는 모습이다. 그녀의 남편 역시 멋쩍다는 듯이 헛기침이었고, 남자의 부인만은 계산이 끝나자 적극적으로 그림 앞으로 가서 요모조모 살피고 있었다.

계산이 끝나자 그들을 배웅까지 하며 여자는 밖으로 나왔다.

밝은 불빛 아래에서 보니 눈이 지나치게 많이 내리고 있었다. 그들의 차에까지 가서 여자는 인사를 했다. 둘 다 비싼 외제 차였다. 스키 홀더에 스키가 단단히 고정되어 있었고, 스노 체인도 타이어를 단단히 감싸고 있었다.

대형 주차장에는 벌써 트럭들이 빼곡하게 들어찼다. 여자는 머리가 아득했다. 오늘밤 편히 보내기는 글렀다. 종업원의 숙소로 쓰이는 3층을 임시 여관으로 운영하는 것은 사장의 소위 마케팅 전략이었다. 장거리 트럭 기사들이 주고객이었다. 방 하나에 두 명을 재우는데, 1인당 8000원을 받았다. 말도 안 되는 가격이지만 숙박비로만 따질 수 없다며 사장은 철저하게 저가 공략으로 나서 사실 휴게소는 퍽 짭짤한 소득을 올리고 있었다. 이렇게 일기가 좋지 않는 날에 특별히 바쁘지 않은 기사들은 8000원으로 쉬고 가는 것이 좋다고 했다. 도계(道界)를 가르는 딱 그 지점에 있는 휴게소는 명성을 얻고 있었다. 오늘도 그런 양상이 계속될 것이다. 새시 판 두 장으로 양분된 복도인지라 기사들이 술 취해 떠드는 소리나 싸우는 소리, 화투를 치는 소리, 심지어 음담패설까지도 여과 없이 들렸다.

한 작품이면 장사는 성공적이다. 그녀는 벽시계를 보았다. 5시 30분이다. 폐점까지는 아직 한 시간이 더 남았다. 그녀는 그림을 떼어 내어 포장을 하기 시작했다. 스티로폼을 앞뒤로 깔고, 옆면으로 빙 둘러 해면을 돌린 다음, 골판지로 초벌 포장을 하고선 깨끗한 두꺼운 종이로 마감을 한다. 그런 다음 캐비닛에 넣고 구매자 이름을 적은 다음 열쇠를 채웠다.

사장에게 판매 보고를 하는데 지배인 윤 씨가 들어선다. 그녀는 물끄러미 보면서 미동도 하지 않았다. 사장은 성공적인 판매에 치하를 하며 흔전거리며 웃는다. 수화기를 뚫고 침이라도 튀길 정도의 웃음이 싫었지만 그녀는 먼저 끊어 주길 기다리며 듣고만 있었다. 수화기 내려놓는 소리가 들리자 여자는 전화를 끊고, 찻잔을 치우려고 소파에 가까이 갔다. 윤 씨가 먼저 소파에 주저앉는다. 찻잔을 씻으려면 식당까지 가야 한다. 전시실은 수도 시설이 되어 있지 않은 곳이었다.

"나도 차 한 잔 주쇼."

"손님용 차밖에 없어요."

"나, 당신 손님이고 싶은데."

"윤 지배인은 손님이 아니죠, 상사지."

여자는 찻잔을 쟁반에 놓으면서 가볍게 웃는다. 짜증이 날 때마다 웃는 것은 이곳에 와서 생긴 버릇이다. 지배인은 아무 대답 없이 여자를 지켜만 보다가 일어섰다. 여자는 안심이 되어 몸을 일으켰다. 지배인이 씩 웃으며 내뱉듯 말했다.

"그렇게 나를 이상한 놈으로 보지 마쇼. 나 당신이 생각하는 것만큼 나쁜 놈 아니오."

여자는 다시 한번 희미한 웃음을 지었다. 이런 말에 대꾸를 하는 것처럼 어리석은 행동이 없다는 것을 그녀는 안다. 내리는 눈처럼, 흐르는 물처럼, 승들의 염불 소리처럼 그렇게 흘려보내

라. 어느 것도 마음에 놓아두면 안 된다. 마음에 놓아두는 것은 웅덩이에 괴는 물처럼 물도, 자신도 썩게 만드는 첩경이다. 버릴 수 있으면 빨리 버리는 것이 좋고 또 옳다.

눈이 내리고 있다. 눈은 이미 발목까지 쌓여 있다. 뉴스에서는 대설주의보가 발령됐음을 알리고, 월동 준비를 갖춘 차만을 통과시키는 작업이 휴게소 밑 1킬로미터 거리에서 실시되고 있었다. 겨우겨우 산을 넘어 휴게소에 들어선 차들은 내리막길을 달릴 자신이 없어 멈칫거리거나, 숨을 고르며 쉬고 있어 이미 주차장은 만원이었다. 주차장 관리인인 정 씨, 나 씨 모두 나와 호루라기와 신호 램프를 들고 바쁘게 움직이고 있었다.

그녀는 식당에서 밥을 먹고 숙소로 올라오다 계단참에서 멀리 있는 산을 보았다. 어두워서 전혀 보이지 않았지만 휴게소에서 산까지의 좁은 평지에는 눈이 쌓여 있었다. 희뜩거리는 눈이 사라졌다 이어지는 공간을 보며 그녀는 가슴이 답답해지는 것을 느꼈다. 그리고 끔찍한 단애를 가로지르는 어둠도 끊겨 있었다. 사이를 가르는 단절이 여자에게 고통으로 다가왔다. 여자는 계단참에 있는 비상구를 열고 밖으로 나갔다. 난간에 몸을 내밀며 그녀는 주머니를 뒤져 보았지만 담배는 없었다. 하루에 두 개비 정도 피우는 담배를 주머니에 넣어 놓을 필요가 없었지만 지금은 절실하다. 여자는 문득 그림을 사던 부부를 생각했다. 그리고 남편의 행동에서 그 남자의 체취를 느꼈다. 그도 그랬다. 작정한 일을 마치 우연처럼 처리해 버리는, 그래서 어느 것이 진실인지 분간할 수 없었지만, 너무 진지하고 저돌적이어서 그녀를 꼼짝할 수 없게 했다.

'정말 그는 나를 단 한순간이라도 사랑했었을까, 진실로.'

확인할 수 없는, 아니 확인도 못 하고 궁벽한 곳에 이끌리듯 와 버린 자신이 더욱 비참하게 느껴졌다.

갑자기 경적이 날카롭게 울린다. 대형 트럭이 주차할 공간을 찾지 못하고 승용차들을 위협할 때 쓰는 수법이다. 그녀는 바짝 정신을 차린다. 이마에 선뜻선뜻 차가운 눈이 부딪친다. 그녀는 몸을 돌려 안으로 들어와서 방으로 갔다. 안내 방송을 담당하는, 언제나 지나치게 차분한 연미의 목소리가 고음을 내며 약간 흔들리는 것은 휴게소에 차가 많아 이제 주차 공간이 거의 없다는 증거다. 안내 방송실에서 확인할 수 없어, 무전기에 기댈 수밖에 없는 불안감이 감춰지지 않고 벌거벗겨지듯 드러나고 있었다. 제 잘못도 아니며 그럴 필요도 없는데. 자신도 마찬가지였다. 먼저 사랑한다고 고백한 것도 아니었고, 같이 살자는 것도 아니었다. 그런데 그의 아내가 둘 사이를 알아내자마자 그는 냉담해졌고, 그녀는 수치감과 함께 좌절감을 톡톡하게 맛보아야 했다.

'너도 나도 지나치게 유약하다.'

불을 켜지 않아도 적당히 사물을 피해 볼 일을 볼 수 있을 만큼 밝았다. 더구나 이동하는 차들의 전조등이나 상향등 불빛으로 창문은 희부연했다. 그 명도가 수면을 방해할, 딱 그만큼 기분 나쁠 정도의 조도를 항용 유지하고 있어서 처음 며칠은 그녀의 고통을 오히려 덜어 주었다. 어차피 좌절과 상실감으로 잠을 잘 수 없었다. 창을 열면 들리는 소음마저도 고마웠다. 얼굴 하나 내놓을 정도로 문을 조금 열어젖히고, 그녀는 거의 뜬눈으로 멀리 고속도로를 달리는 차들을, 그것들의 불빛이 그리는 기형적 곡선과 비구상 형태를 아침이 와서 구상으로 바꾸어 놓을 때까지 바라만 보았다.

"대설주의보가 여전히 발령 중입니다. 하행선은 내리막길입니다. 장비를 갖추지 않고는 통과할 수 없으니……."

연미의 목소리는 침착하고 떨림이 없다. 제가 알고 확신하는 것들에 대해서는 내면의 목소리든지, 외면의 목소리든지, 두려움이 없는 법이다. 호루라기 소리, 경적 소리 위로 연미의 안내 방송은 힘차게 비행하고 있다. 눈을 뚫고.

이 휴게소는 고속도로 휴게소 중 가장 고도가 높은 곳에 위치해 있다는 것으로 유명하다. 그것은 관광지로 향하는 차들에 미끼가 된다. 반면 고속도로 중에서 가장 위험하고, 교통량이 적다. 더구나 이 산을 기점으로 눈이 많이 내리는 동부에 있는 겨울철 관광지인 스키장은 남부 지방의 유일한 스키장이기 때문에 겨울에만 부쩍 교통량이 는다. 동고서저의 지형을 유지하여 완만한 경사로를 따라 올라오던 차들이 이곳에 오면 갑자기 단애처럼 나타나는 교량과 산지를 오르면서 일단 휴게소에 들르게 되는 심리를 갖게 되는데, 그것을 사장은 절묘하게 이용했다.

스키와 스노보드는 일단의 용기와 경제력을 동시에 과시하게 하는 스포츠다. 스키 홀더에 스키를 매달아 놓은 차는 그렇지 않은 차들과는 달랐다. 트렁크에 들어가는 골프 가방과 달리 그것은 반드시 차체에 부속되어 있어야 하기 때문이다. 그러한 점이 과시욕이 강한 세대인 30대 중반부터 40대 중반까지의 안정된 사람들과 젊은 청년들을 매혹하는지도 모른다. 어쨌든 스키장에 가는 사람들 중 백발노인들은 현저히 그 비율이 약했다.

오늘 같은 날이 스키를 즐기는 사람들에게는 가장 좋은 때다. 인공으로 만든 눈이 아니라 자연의 눈으로 가득한 슬로프를 타고 달린다는 것, 최고의 경사를 자랑하는 스키장에서 겨울과 맞대응한다는 것이 오늘 스키장으로 향하는 사람들의 마음을 설레게 한 이유일 것이다. 지나친 눈, 대설주의보만 아니라면 말이다.

아마 대부분의 운전자가 용기와 모험심을 갖고 어떻게 할 것인가를 궁리할 것이다. 이 휴게소에만 있는 회차로를 따라서 되돌아가든지 아니면 눈과 스릴이 넘치는 스키장에서 즐거움을 만끽하기 위해 계속 달려가든지 두 가지밖에 없다. 회차로는 잦은 눈사태로 돌아서는 차들을 위하여 만들어지기는 했지만 급경사에다 좁아서 겨우 한 대씩 통과시키므로 적잖은 시간을 소비해야 했다.

　겨울철의 낭만을 즐기려는 사람들이 꾸역꾸역 몰려들어 휴게소는 만원이다. 즐거운 일이다. 계절을 즐긴다는 것은 어쩌면 사람들이 할 수 있는 최대의 호사인지도 모른다. 철에 따라서 달라지는 풍경과 산야와, 그것들의 유흥이란 당연히 얻어야 하는 은택일 것이다. 그런데도 그녀는 그러한 것을 즐기는 사람들에 대한 마음이 결코 단순하거나, 긍정적이지 않았다.

　"언니!"

　누군가가 노크를 한다. 그녀는 문을 열었다. 겨우 옷을 갈아입고 엉덩이를 붙이려는 참이었다. 그녀는 문을 열었다. 스낵부의 점원이었다.

　"왜?"

　"지배인님이 좀 나와 달래요. 그림을 사겠다는 사람이 있다고."

　그녀는 더럭 겁이 났다. 반환일지도 모른다. 「15F호 풍경화」를 사 가지고 가던 그들이 눈에 막혀 되돌아오다가 아무래도 미심쩍거나, 아내의 설득과 권유에 못 이겨 반환을 요구할는지도. 그녀는 아랫입술을 지그시 깨물면서 밖으로 나갔다. 제복을 입지 않은 것이 걸리기는 했지만 근무시간 밖이다.

　화장을 지우지 않은 게 다행이다. 그녀는 계단을 내려가서 휴게소 전면으로 돌아섰다. 눈이 그녀의 머리 위로 쏟아지듯 내리고 있었다. 제설차가 제아무리 염화칼슘을 뿌려대도 이런 눈에는 조족지혈이다. 도로공사 직원들과 경찰들이 램프 앞에 서서 체인을 검사하고, 안전 운전 감속 운전을 당부하고 있는지 램프 쪽이 시끌벅적했다.

눈으로 덮인 차들뿐이었다. 휴게소를 가득 메운 차들에서 뛰쳐나온 아이들의 맑은 웃음과 젊은이들의 눈싸움도 한쪽에 있었다. 매점마다 사람들이 가득했다. 사장의 기도가 오늘따라 효력을 발휘하는 것 같다. 이러다가 기록적인 매상을 올릴지도 모른다. 눈은 그야말로 쌀을 튀겨 놓은 듯이 알들이 굵고 색깔이 분명한 흰색이었다. 흰색은 무채색이 아니다. 그녀는 혼잣말을 하면서 사무실에 들러 열쇠를 되돌려 받았다. 연미가 손을 들어 봤다는 신호를 한다. 그녀도 고개를 끄덕여 주었다. 그러면서 잔을 들어 마시는 시늉을 했다. 커피를 가져다주겠다는 약속이었다. 지켜지지 않은 약속처럼 공허한 것은 없다. 그것은 고독보다 끔찍하다. 둘 다 개별화된 자아의 각성이지만, 고독은 내부에서 응결되어 서서히 외현화되기 때문에 자각될 수 있고, 그래서 처방이 가능하다. 그러나 약속이란 외부에서 맺은 쌍방의 공유에서 일방적으로 깨어져 나오기 때문에 대처가 불가능하다. 그것이 깨어진 이후에야 비로소 효력을 갖고, 회오리바람처럼 갇히고 난 뒤에야 자각된다. 그때는 이미 늦다. 고통의 한가운데 버려져, 처방을 얻기가 힘들다.

외장을 지나 전시실로 갔다. 지배인이 연인으로 보이는 한

쌍의 남녀와 나란히 서서 담소를 나누고 있었다. 그녀는 고개를 숙여 인사를 하고 자물쇠를 열었다. 24시간 개장되기는 했지만 이중문으로 단단히 단속해 놓은 전시실 외문은 지배인이 열어 놓았나 보다. 그녀는 유리문을 열고 불을 켰다. 밀폐된 실내에 머물던 온기가 달려들자, 고글을 윗머리에 얹고 있던 여자가 벗어 손에 든다. 난방이 잘 되어 있지만 왠지 적적하다. 게다가 몇 개 있는 조명은 좀 시간이 지나야 제 기능을 발휘할 것이다. 그나마 그것이라도 있어야 욕을 덜 먹을 수 있다.

밤에 고르는 그림이라니. 그것이 얼마나 착시와 혼란을 주는지 이들은 모르는 것일까. 전시실이라고 하지만 시내 화랑가의 전시실과는 조명부터 다르다는 것을 왜 모를까. 이런 시간에 그림을 보는 것은 정상인이 점자를 읽는 것과도 같다. 그림의 본질은 색이지 구도가 아니다. 색은 그림의 처음이며 마지막이다. 색이란 햇살이 있을 때에 제 본체를 가장 극명하게 드러낸다. 밤에 고른 그림은 무효화된 약속처럼 허무하다.

"추우시죠? 먼저 차를 한 잔 하시고 천천히 구경하세요."

"나도 줍니까?"

지배인이 그녀에게 물었다. 그녀는 웃었다.

"당근이겠죠. 여태껏 우리에게 서빙을 했잖아요?"

연인 중 여자가 말했다. 그녀는 방한복에 고글을 걸고, 모자를 벗어 탁자에 놓으며 의자에 앉는다.

"같이 앉으세요, 지배인님도. 녹차를 드시지요. 좋은 차가 있거든요. 아니면 레몬 티도 있고요."

남자는 녹차를 주문했다. 손끝이 깨끗하고 정갈했다. 의사나 약사의 손처럼 정갈한 남자의 손가락이 방한복 지퍼를 내리고 있었다. 그도 그랬다. 손가락이 유난히 굵고 손이 컸지만 정갈했다. 종이를 만지는데도 그의 손은 유난히 깨끗하고 희었다.

물은 곧장 끓는 소리를 냈다. 조명도 들어오고 그녀는 몇 마디 그림에 대한 이야기를 한 뒤 의례적으로 그들의 근황을 물었다. 그들은 부부 의사이며, 대학 동창들과 스키장에서 미팅을 갖기로 했으며, 따로 근무하다가 이제 로컬로 개업했다고 했다. 개업 때 누군가가 조각 작품을 한 점 선물했는데, 보답으로 뭘 할까 고민하다가 우연히 오늘 전시실이라고 쓰인 것을 보고 이런 곳에 사는 것도 의미 있다고 생각되어 들어왔다고 했다.

찻잔을 그들 앞에 내려놓으며 그녀는 웃음으로 대꾸했다. 그리고 자신이 선물을 한다면 정물화를 고를 거라고 했다. 턱없이 가격 차이가 나지만 선물에 대한 답례는 너무 크면 좋지 않고, 더구나 조각을 선물할 정도의 기품 있는 분에게는 정물화가 좋다고 그녀는 특별히 생각하지도 않은 말을 했다.

사장은 최근 어디에선가 누드만 그리다가 정물로 돌아선 그녀의 오래된 남자 친구의 그림을 구해 왔다. 어떤 삶이 친구를 통과했는지 그녀는 정물화를 보면서 알 수 있었다. 누드와 정물 사이에 친구의 삶이 무형으로, 무색으로, 비구상으로 투명하게 보였다. 그림을 걸면서 그녀는 울었다. 자신도 누군가에게 현재의 이 모습으로 삶이 들여다보일 것이다. 그리고 그것은 자신이 전혀 원치 않았던 것임을 읽히고 있을지도 모른다.

"아이가 중병에 걸리자 갑자기 화풍을 바꾼 남자 화가의 것이라고 하는데, 쌈 직하고 그림도 좋다고 해서 몇 점 가져오라고 했소."

사장은 그렇게 말했다. 그사이에 놓인 친구의 고통과 삶의 생채기는 결국 쌈 직한 경제 단위로 변해 못에 걸려 있다. 우리는 누구나 타인들에 대하여 모르는 법이다. 하물며 그들의 내부야. 이렇게 극명하게 내비치는 내부 역시 모르는 법이다.

"어디에 걸린 건데요?"

"좌측에서 여섯 번째요. 차를 드신 후에 제가 안내하겠습니다."

"어찌 됐든 우리 집에서 사 가시면 한국 최저 가격입니다. 우리는 문화적 입장에서 그림을 전시하는 것이제 팔려는 목적이 아닙니다이. 그러니 화가에게 받아 온 그 가격에 넘기지요."

지배인이 나선다. 그녀는 어쩔 수 없이 미소로 손님들에게 확신을 주어야 했다. 그들은 고개를 끄덕이며 그럴 법도 하다고 했다. 그러고 보니 지방신문에서 우리 휴게소의 소개를 읽었다고도 하며, 전시회 기획이 있어 세인의 이목을 끌었다는 내용이었다는 이야기도 했다. 여자는 행복에 겨워했고, 남자는 그런 여자를 기꺼이 포용하고 있었다. 행복이란 것이, 포도송이처럼 톡톡 여물어 터져 나오고 있는 듯한 그들의 모습에 그녀의 가

숨이 날카롭게 에인다.

차를 마시고 그녀는 그들을 오른편에서 출발시켰다. 그들은 그녀 앞에서 재잘거리는 여자의 목소리와 대꾸하는, 시냇가의 섶돌 같은 남자의 나직한 목소리로만 들렸다. 멈추고 질문하고 응답하고, 20분이 좋이 걸려 정물화 앞에 섰다.

막걸리를 유난스럽게 좋아하던 친구였다. 대학 근처 맥주집에서도 반드시 막걸리를 먼저 주문하여 마신 다음에야 맥주를 들이켰다. 누드야말로 그림이라고 주장하던 그가, 자식이라는 사랑 앞에서 꽃과 나비를 그리고 있었다. 돈이 안 되는 그림으로 나중에 화가가, 말 그대로 화가가 되겠다는 친구의 삶이 자신의 손에서 돈으로 바뀐다는 현실에 그녀는 퍼뜩 정신을 차렸다.

"그림이 좋아 보여요. 뭔지 모르지만 행복한 순간에 그린 그림 같습니다."

남자가 말했다.

"예, 사연이 있거든요. 사랑하는 사람을 위해 그린 그림이니까요. 가장 사랑하는 사람을 위해서요."

"그렇다면 인물화나 초상화를 그렸어야 하는 것 아녜요?"

여자가 냉큼 그녀의 말을 낚아채며 물었다.

"어떤 화가들에게는 대상의 데포르마시옹이 사물로 나타나거든요. 너무 사랑하는 사람은 못 그리는 법이죠. 뭔가 다른 것으로 환치해야 가능한, 지극한 사랑이라는 것도 있지 않겠어요?"

둘은 고개를 끄덕인다. 나는 그에게 무엇으로 환치되었고, 변용되었을까. 사랑이라고 믿어도 좋다는 말인가. 지배인이 그녀를 보았다. 말수가 적은 여자이고, 특별히 조용한 여자인데……. 지배인은 씩 웃었다.

"그림 값은 얼마나 되죠?"

현실적인 여자가 물었다. 그녀는 고통요, 라고 하고 싶었다. 그의 아픔과 눈물요. 좌절과 허무요. 불행과 불확실한 미래요.

"150만 원입니다."

"몇 호짜리죠?"

"7호입니다. 마침 적당하죠."

"그럼 호당 20만 원이 조금 넘네요."

"예. 하지만 그 정도보다 더 되는 작갑니다. 소장하셔드 좋고, 선물하셔도 손색없을 겁니다. 조각을 선물하신 분이라는 데에 초점을 맞춰 권해 드렸습니다."

나도 팔고 싶지 않답니다. 나보다 더 아팠을 그를 보고 많은 위로를 받았으니까요. 당신들이 사 가면 내일 저 자리엔 난초가 그려진 판잣집 그림을 붙일 수밖에 없거든요. 너무 예쁘기만 해서, 나보다 더 슬픈 사람이 있다는 것을 내게 상기시킬 것마저도 나는 잃게 된답니다. 당신들이 이 그림을 사 가시면요.

"보증서는 주시는 거죠?"

"물론입니다. 도록에도 나와 있고, 맨 첫 장에 화가가 직접 서명도 했습니다.”

두 남녀는 눈을 맞추고 웃었다. 여자가 배시시 밝게 웃으며 돌아서서 말했다.

“그래도 좀 깎아 주세요. 흥정은 해야 맛이잖아요.”

“잠깐만요. 그러면 배달료로 5만 원 정도, 절대 그 이상은 안 됩니다.”

“됐습니다. 그것도 큰데요. 여기 있습니다.”

남자가 지갑을 열었다. 그리고 수표를 꺼냈다. 10만 원권 열네 장을 그녀에게 내밀고, 만 원짜리 지폐를 다섯 장 진열대에 하나씩 꺼내어 늘어놓는다. 그녀는 돈을 챙기고, 지금 가지고 가겠느냐, 아니면 택배를 원하느냐 물었다. 그들은 택배를 택했다. 주소를 적고 서명을 받은 다음 그녀는 다시 차를 대접했다. 언뜻언뜻 훔쳐본 밖에는 여전히 눈이 쏟아지고 있었다.

문을 잠그는데 지배인이 기다리고 있다 외문을 내렸다. 그녀가 고맙다는 표시를 하고 돌아서는데 그가 어깨를 잡았다. 불쾌감이 그녀를 짓눌렀다. 그녀는 몸을 틀어 그의 손아귀에서 벗어났다. 몸을 돌리지도 않고 그녀는 앞으로 나아갔다.

“나 그렇게 나쁜 놈이 아니라니까. 소문처럼 바람둥이도 아니고.”

그녀는 번잡한 휴게소 광장으로 내려섰다. 차들로 가득 찬 공간에서 그녀는 곧 그들 중 하나가 되었다. 그녀는 휴게소를 가로질러 주차장 끝까지 갔다. 대형 주차장에는 트럭들과 트레

일러들이 있었다. 간혹 시동을 걸고 있는 운전자들은 여차하면 떠날 준비를 하고 운전석에서 잠들어 있을 것이다. 그녀는 8톤 트럭 뒤로 돌아섰다. 눈이 그녀의 머리에 쌓이기 시작했다. 차들도 뜸했다. 그녀는 그대로 주저앉았다. 그리고 울었다. 소음으로 시끄러운데 누가 듣겠는가. 그녀는 선뜩해서 오금이 저릴 때까지 울고 또 울었다.

숙소를 제공한다는 것이 그녀가 이곳을 선택한 유일한 이유였다. 일단 그 남자와의 기억이 스친 곳을 벗어나야 한다는 것 밖에 다른 생각은 할 수 없었다. 그녀의 모든 생각 세포는 초점처럼 하나로 모였다. 자신의 눈에 띄는 갖가지 추억과 흔전거리는 잔상들로부터 도망쳐야 한다는 생각뿐이었다. 한때 느꼈던, 같은 도시에 그 남자와 함께 있을 수 있다는 행복감이 이제는 상처처럼 그녀를 들쑤셨다.
나는 그가 있기에 이 도시를 사랑한다며 누구에게라도 자랑처럼 말했던 공간이 올가미로 변해 자신의 목을 매달아 질식시키는 듯했다. 이 도시의 모든 것들, 골목을 빠져나오는 바람, 키득거리는 연인들의 낮은 목소리, 빗방울이 영그는 채색된 유리창, 남자와 즐겁게 이야기했던 따뜻한 찻집, 화려한 조명 아래 진열된 각양각색의 옷들, 시끌벅적 떠들며 마셔 댔던 맥줏집, 다붓하게 앉아서 손을 꼭 잡고 보았던 영화관 등등이 이제는 날카롭게 날을 세우고 그녀의 기억 속을 헤집고, 절개하며, 도려내기 때문에 그녀는 이 도시를 떠나는 것 이외에 어떤 해결 책도 없다는 아이러니에 오히려 당황했다.

그때 생활 정보지에 모집 공고를 보았다. 운명이라고 생각했다. 그를 만난 것이 운명이라면, 그를 떠나는 것도 내가 수임해야 할 운명이라고 정리했다. 그리고 아무에게도 말하지 않고 짐을 챙겨 무작정 이곳으로 왔다. 어떤 큐레이터도 이런 곳에 근무하기를 자청하지 않는다. 그녀는 이력서를 내고, 다음 날 면접을 보고, 그 자리에서 근무하기로 결정했다. 그날 남자의 부인이 왔다. 그녀는 남편과 다르게 냉정하게 말했다. 헤어지라고는 안 한다, 그러나 내 가정을 깨뜨리는 것은 법적 제재를 받을 수 있다는 것을 알아야 한다고 낮게 읊조리듯 말했다. 낮아서 들릴 듯 말 듯한 부정확함이 주는 애매함이 더욱 위협적이었다.

아니었다. 그의 무관심이 그녀에게는 절망이었다. 아내가 다녀간 뒤, 남자는 얼굴을 비치기는커녕 전화도 받지 않았다. 마지막으로 그는 전화번호마저 바꾸고 말았다. 절망이 그녀를 엄습했다. 목숨과도 바꿀 수 있다는 사랑이 이토록 허무하게 꺼져 버릴 수 있다는 현실에 경악했다. 튼튼한 지반이라고 믿었던 자신의 영지가 황폐한 불임의 땅, 풀 한 포기 틔어 내지 못하는 황무지라는 것을 받아들일 수 없었다.

트트트르.

갑자기 그녀가 숨어 있던 트럭의 시동이 걸렸다. 덜 탄 경유의 매캐한 냄새가 역겨웠다. 그녀는 일어섰다. 다리가 잘 펴지지 않았다. 쌓인 눈이 재처럼 떨어지고 있었다. 눈이 아직도 내리고 있었다. 한기가 들고 가슴이 답답했다. 7호짜리 정물화를 그린 친구가 생각났다. 그의 절망은 그 깊이가 그녀보다 깊었을까. 아닐지도 모르지만 절망했다는 것은 분명하다. 자기의 생에서 한두 번 절망하지 않은 삶이 어디 있겠는가.

그녀는 몸을 돌려 숙소로 향했다. 지배인이 식당 앞에서 누군가를 향해 소리치고 있었다. 그도 절망한 적이 있을 것이다. 그녀는 계단을 올라 그를 스쳐 지나갔다. 그가 잠시 소리를 멈추는 듯했다. 연미의 목소리가 피곤에 젖어 있었다. 커피. 그녀는 문득 약속이 생각났다. 자판기에 가서 커피를 뽑아 들었다. 조명등이 환하게 밝혀진 부분으로 눈이 송골송골 떨어지고 있었다. 그 아래 두 남녀가 눈을 뭉쳐 던지며 눈싸움을 하고 있었다. 캐비닛에 넣어 둔 「15F호 풍경화」가 생각났다.

사실과 다른 풍경들이 화폭에서만 현실로 나타나고 있었다. 아, 그럴지도 모른다. 다시는 사랑을 믿지 않으리라 생각하는 것이 정말은 새로운 현실을 갈망하는 몸부림인지도 모른다. 아무것도 영구하지는 않다. 모든 것은 변한다. 친구의 정물화가 다른 집의 벽에 걸리면 그림에 담겨 있는 화가의 고통도 사라지리라.

곰보 아재

곰보 아재의 딸이 우리 앞에 나타났을 때, 우리 모두는 아연
했다. 우리는 그 아이의 존재를 냉혹할 정도로 잊었으며, 아재
의 죽음이나 작은숙모의 재가는, 1년에 두 번 다니는 성묘 길에
서 복병처럼 만나는 차량 지체를 인내하기 위한 정서적 기제나,
성묘가 싫어 짜증을 내는 아이들을 위무하기 위해 사용하는 심
심풀이 땅콩 이상 이하도 아니었다, 적어도 내게는.

딸은, 그렇게 불손하게 죽은 배다른 아재, 생인손 같은 존재
를 달가워 않는 것도 당연하다. 그런데도 아재는 우리 가족의
흉사에, 불길한 그림자로나 아니면 징조로서 다가오곤 했다. 어
머니가 돌아가신 날 신새벽에, 큰누나는 전화를 걸어 곰보 아재
를 꿈에서 보았다며 어머니의 죽음을 예견했다. 충분히 이해될
수 있는 일이었다. 누나와 아재는 솥과 이맛돌처럼 돈독한 사이

였지만, 그는 누나의 인생에 결정적 타격을 주었다. 큰누나는 결혼 이후 자신이 겪는 고난을 모두 아재의 죽음에 전가했다.

도대체 왜 아재는 그렇게 죽었을까가 자살 사건에 관계될 때마다 드는 우리의 첫 의문이었다. 어머니는 딱 잘라 사람 제 못난 덕에 비관하고, 비관만 하다 보면 자실이 되는 법이라며, 억척스럽게 우리를 독려했다. "꼭 느그 막둥이 데련님 짝이다"가 어머니의 가장 큰 질책이었다. 큰누나는 제 말대로, 인생을 두 번째 시작한 날 핵폭탄을 맞았다. "핵폭탄을 맞은 땅에는 풀도 안 자란다. 아무리 좋은 것을 심어 본들 내가 잘 되겠냐?" 세 번이나 사업에 실패한 배후에는 늘 그렇게 아재의 어두운 그림자가 벽처럼 놓여 있었다.

아재의 제사와 누나의 결혼기념일은 같은 날이다. 멀쩡한 집을 놓아두고, 집 안에 손님이 많다는 명목으로 아재는 집에서 채 100미터도 안 떨어진 무허가 여인숙에 묵었다. 아버지는 시뜻한 마음으로 몇 번 만류하다가 종내 그저 "끄응" 하는 보깬 소리로 불쾌감을 표시하고는 입을 다물었다.

사촌 형들이 그들의 집으로 끌고 갔지만, 큰집 형에게 가서 고작 소주를 두 병 비운 게 다였다. 그때 돌을 갓 넘긴 딸 이야기, 삼거리 이발소를 처분한 사연, 큰누나 어릴 때 이야기 등등 자정을 넘어서까지 대중없이 이야기하다 일어서 짐을 맡겨 놔 여인숙에서 자야 한다고 우기며 허위허위 건너간 것이 마지막이었다.

"고모가 집안을 뒤집어 놓더니만, 그라도 복 받은 혼산가 봐. 뭔 눈이 이라고 탐실할까."

큰집 형수의 말이 미처 끝나지 않았는데, 서설은커녕 재를 트럭으로 뿌릴 양 황급히 달려온 여인숙 과부가 입에 게거품을 물고, 금붕어처럼 입을 여는데 소리도 못 내고, 그저 어머니를 잡아끌기만 했다. 형수가 대신 쫓아가 보니, 곰보 아재가 시신이 되어 누워 있었다. 종이 박스 네 개, 비료 포대 일곱 개, 이불보 같은 것으로 싼 보퉁이 다섯 개가 장돌뱅이인 그의 신원을 깔축없이 보증하고 있었다. 그것들은 벽 한편에 높이 쌓여 올려진 채 자신들을 내팽개친 주인을 조소하듯 바라보고 있었다.

"오메 으짤끄나! 아재! 경재 데련님! 아이고! 전화! 전화!"

"전화고 뭐고 우짠데야. 경찰덜이 안 그래도 단속이니 뭐니 공알에 낀 쌩보리 까시같이 볶아 댄디 이 웬수가 나한테 뭔 원수 척질 일이 있다고 뒤져 분데, 해필 여기서이! 자살이 뭐여, 자살이!"

"오메! 이 여편네. 시방 믄 소리허고 있다냐! 시방 사람이 죽었는디 지만 살라고 지랄이여! 누가 죽였는지 시방 으뚱게 안다고 입 싼 소리를 헌다냐?"

"음마, 무시라고? 이 여편네가 양잿물 묵고 속 게우는 소리 허네! 베개 옆에 약병은 하늘에서 떨어졌것냐? 인자 사람까정 잡을라고 무고를 허네이!"

큰집 형은 옷도 채 다 못 꿰고 뛰어와서 목욕탕에서 막 돌아온 아버지께 자초지종을 이야기했다. 아버지는 아랫목에 앉아 대청으로 난 두 짝 창호지 문 위에 걸린 사진틀을 우두망찰하게 바라봤다. 그는 분노와 절망의 경계를 오가는 눈빛으로, 갓을 쓰고 도포를 입은 채 좀 민망하다는 듯 대문 앞에 서 있는 자신의 아버지, 할아버지의 사진을 보았다.

오히려 떨고, 긴장하며, 조바심 내는 사람은 어머니였다. 시집가는 큰누나는 아랑곳없이 어머니에게 미장원에 가자고 바장거렸다. 여느 때 같으면 역정을 냈을 아버지는 그날은 오히려 조용하게 분부를 기다리며 초조해하는 큰집 형들을 대청에 한참 세워 두었다. 그사이 여인숙 과부는 열 번도 넘게 전화를 걸어 재촉했다. 시간은 흘렀다.

이윽고 아버지는 사람들 모르게 조용히 처리하라 지시하고, 트럭 기사와 듬직한 종업원 둘을 묶어 큰집 형들을 따라 공동묘지로 보냈다. 파출소장이며, 병원장, 또 누군가와 몇 차례 전화 통화를 하면서도 내내 그 사진을 보았다.

문제는 할머니였다. 할머니는 결혼식 때문에 집에 머물고 있었다. 작은아버지는 그 시간, 식솔들을 이끌고 시골에서 오고 있었다. 말하기도 그렇고, 그렇다고 말하지 않는다면 노인네가 당할 애통함이 너무 클 것 같아 고심했지만, 아버지는 일단 식을 끝내고, 장지로 모시기로 결정했다. 드물게 세우는 어머니의 주장을 아버지는 예상을 깨고 쉬 수용했다.

　한 시간 넘는 성당의 예식을 끝낸 다음 아버지는 부랴부랴 집으로 돌아와 중요한 손님들만 건성건성 맞고서 할머니를 모시고 장지로 갔다. 전혀 영문을 모르던 할머니가 택시 안에서 어찌 서럽고 크게 우시던지 아버지와 동행했던 이모부는 차가 잠수함이 될 뻔했다고 전했다. 눈 때문에 작은아버지가 드착하지 못한 것은 그나마 다행이었다. 대설 경보로 버스가 끊겨 50리 눈길을 걸어오니 기차는 이미 출발한 뒤였다고 했다. 그 덕분에 혼례 잔치를 마칠 수 있었다.

　할머니는 그 길로 친척들을 따라 기차를 타고 시골로 돌아가 버렸다. 정작 작은아버지가 나타난 아재의 삼우제 날은 누나가 신혼여행에서 돌아온 날이었다. 아버지는 큰누나의 친정보다 동생의 삼우제에 더 신경을 썼다. 큰집 형, 형수, 사촌들은 물론 우리도 모두 곰보 아재의 묘소에 데려갔다. 아버지가 망자인 아우에게 해 줄 수 있는 최고의 예우였다.

　"객사헌 사람이 생체로 선산에 들어갈 수도 읎고, 들이더라도 어른들이 받아 줄란가도 모르고. 마지막 감시로도 작은아부지헌테 짐이란 짐은 다 부려 놓고 간다야."

　큰집 형은 혼잣말처럼 푸념했지만, 겨우 두 살 더 많은 작은아버지는 묵묵히 산비탈을 걷기만 했다. 아버지는 허위허위 걸어 그대로 맨 앞에 서고, 잔설로 미끄러운 비탈길에 나는 누나들에게 짜증을 냈다.

　"비석을 안적 안 세웠냐?"

아버지가 묻자, 큰집 작은형이 일주일은 걸린다고 말했다.
작은 봉분이, 원추형인지 사각형인지 모르게 엉성히 만들어져
있었다. 떼도 입히지 않은 봉분이 찬 눈과 센바람 속에 누워 있
었다. 아버지는 한숨을 내쉬었다.

"살아서도 외롭게 혼자 떠돌드만 죽어서도 이렇게 혼자 눴
냐, 이 자석아."

눈물 한 방울 없다고 믿었던 신뢰 그대로, 아버지는 눈물도
없이 내뱉었다. 오열은 작은아버지가 터뜨렸다. 작은아버지는
봉분에 몸을 던지며 흐느꼈다. 숙모도 그리고 아재의 부인인 작
은숙모도 통곡을 했다. 뒤따라 누나들도 울고, 큰집 형들도 몸
을 돌려 눈물을 닦아 냈다.

"아이고, 아부지! 아이고 아부지! 어무니! 어무니, 불쌍한 우
리 어메! 아이구 아부지!"

도무지 이해되지 않게, 작은아버지는 곰보 아재의 이름 대신
할아버지를 부르다가, 할머니를 찾으며 오열을 했다. 작은어머
니 역시 한없이 울며 남편 곁에서 땅을 두드리고, 어머니 역시
읍을 하며 서러워했다.

한참을, 아버지가 말릴 때까지 작은아버지는 울었다. 작은
숙모를 본 것은 그때가 세 번째였다. 첫 번째는 결혼식 때였고,
두 번째는 동생이 태어났을 때였고, 세 번째는 아재가 죽었을
때였다. 작은숙모는 키도 크고 예뻤다. 아버지가 반대할 만큼
미인이었다. 곰보인 아재에게는 과분했다. 물론 추억 속의 일들

은 불분명하고, 그래서 그것들은 실제보다 안온하게 채색되기
마련이다.

"어쩔 생각이냐, 우리 장남?"

누나는 내게 결정을 요구했다. 항상 일은 자신들이 벌이고
그 결정은, 장남이니까 네 책임이라는 누나들의 일방적 요구는
골치 아팠다. 정작 거절이라도 하면 서운하다는 표현을 거침
없이 했고, 그것을 다 들어주자면 정말 내 시간 한 번 가질 수
없다.

"글쎄, 떡하니 학교에 나타나서 곰보 아재 딸이라고 밝히는
데, 별도리가 없더라. 교감은 교장이 아니야. 방도 없이 난장 같
은 교무실에서 선생들과 함께 있는데 어떻게 모진 소리를 하것
냐? 게다가 막말로 각치듯이 운다든지 소리치면 그게 뭔 우세
살 일이냐. 안 그래, 장남? 오메, 처음에는 등골에서 땀이 솟구
치더라. 세상에 40년 다 되는 세월을 그라고 한꺼번에 무너지게
하냐? 세월 그것 암것도 아니드라. 참 내가 지금 바쁜데 쓰잘
데 없는 이야기를 왜 하냐? 또 그다지 인상이 나쁘진 않더라.
학습지 가방이 좀 커서 잡상인인지 알았는데 교양도 있는 것
같고. 큰언니한테 먼저 말하려다 그래도 장남이 우리 집안 기둥
이며 대표자인데 싶어 먼저 한다. 나 회의 있어서 들어간다. 아
야, 좌우지간 결정해서 알려 주라이. 동생이란 애는 일단 돌려
보냈다. 나 바쁘다. 학교 운영 회의가 곧 시작되거든. 전화하고,

큰누나한테도 네가 할래? 아니다, 내가 헐란다, 내가 해. 결혼도 하고, 아이들도 있대."

전화를 끊고 밖을 내다보았다. 진료실 건너편에 나란히 서 있는 7층 건물들 사이로 몇 점, 가을 노을들이 갑자기 수척해 보였다. 방금 전까지도 투명한 붉고 노란색이 튤립처럼 화사하게 유리창을 물들이고 있더니만, 아직 시간도 되지 않았는데 노을이 뒤틀리며 탈색되기 시작했다. 화강암같이 거친 시간의 감촉들 사이로 대기실의 음악 소리가 들렸다. 물에 젖은 수건을 만지는 기분이었다. 손을 닦기 위해 잡았지만, 이미 누군가에 의해 사용된 수건. 사용자와 또 무엇을 닦아 냈는지 전혀 모르는 데에서 오는 불안감과 불쾌함이 싫다. 이제 됐다 싶으면 갑작스럽게 나타나는 운명들이라니. 곰보 아재와 작은숙모의 얼굴이 떠오르며, 문득 아직도 낡은 앨범 속에 있는 그들의 결혼식 사진이 떠올랐다.

초등학교 5학년, 그날은 내 기억 속에서 생생하게 빛나 마치 겨울밤에 미처 못 거둬들인 기저귀 빨래처럼 선연하게 펄럭이고 있다. 물론 그것은 우리와 1년을 같이 산 작은숙모와 그 아이의 기억이 겹쳐 동시에 연상되기 때문에 어느 것이 더 생생한지는 알 수 없다. 곰보 아재는 아버지 앞에 무릎을 꿇고 앉았다. 말하자면 아버지는 할아버지가 없는 상태에서, 큰아버지마저 빨갱이들에게 도륙을 당한 이후 가주임에 분명했으므로 작은아버지로부터 큰집 형들에 이르기까지 모두 아버지 앞에선 무릎을 꿇는 것이 당연한 것이어서, 나는 유심히 보지도 않았다. 아버지는 안방에서 전축을 듣고 있던 우리를 모두 내보냈다. 라디오 연속극「정동대감」을 즐겨 듣던 누나들은 심통이 나서 작은방으로 건너가며 특권을 받은 나까지 끌었다. 대청을 사이에 두고 있는 내 방은 큰소리에는 안방과 무방비 상태였다.

"안 돼. 삼거리 근식이라면 다 아는 사람덜 아니여? 우리 성을 죽이는데 한 폴 보탰는지도 모르는 놈이여. 해필 그놈 집안이여?"

곰보 아재의 목소리는 들리지 않았다.

"그 처녀 나도 안당께. 얼굴이 새치름허고 미간에 도화색을 이드르르 흘리제? 자고로 그렇게 생겨서 남자 안 다치게 한 계집들 읎어. 안 돼!"

아버지를 설득하는지 간헐적으로 침묵이 있었다. 그러나 언제나처럼 아재의 말은 마루도 못 건너고 대청의 60촉 백열전구 빛에 맞아 불나방처럼 떨어져 들리지 않았다.

"이발소? 니가 시방 믄 이발소냐? 기술 배워서 읍내에 가서 대리점이나 내랑께, 으째 천방지축이냐! 고등학교 보냈더니 1년 만에 포기해, 학원 가 용접 기술 배우랑께 그것도 작파해, 인자 할 것 읎어 놈의 머리크락이나 깎음스롱 묵고 살것다고? 강함 어른 자석이 이발소 하요 소문내라. 아부지 얼굴에 먹칠허고, 조카들 혼삿길 막을라야! 안 돼. 그라고 그 처녀는 너헌테 안 맞는단 말이다.”

“그라제라, 성님? 세상 천지간에 곰보한테 시집올 여자가 어디 있것소? 그러지 마시쇼, 성님. 기운 소나무가 오래 남고, 못난 자석이 선영 지킨다고 했어라. 나도 아부지 자석이어라.”

처음으로 아재의 말소리가 들렸다. 동시에 내 귀엔 언제 들어왔는지 큰누나 소리가 들렸다.

“지정곡이 나오는구면. 우리 삼촌 지정곡은 20년째 부동이다.”

잠시 말이 그쳤다.

“아부지가 뺨 싸대기를 올려붙여야 순서가 맞는데 웬 일이냐?”

“은제 왔어?”

“너도 이제 솔가헐 나이가 됐은께 내 손 안 댄다. 천지개벽해도 성은 이 혼사 모른다. 제발 쓸데 읎이 심 빼지 마라. 성 말 듣고 기술 배워야. 성이 읍내에다 공장 하나 차려 주마.”

“……”

“데련님. 성 말씀 들으쇼. 오죽 생각허고 하것소. 새끼들보다 성제간 생각을 먼첨 허는 분 아니요이.”

“여자가 으째 나서! 입 다물고 정지에 가서 물이나 떠 와!”

역성을 들다 외려 혼쭐이 난 어머니가 부엌으로 나가는지 미닫이문 열리는 소리가 들렸다.

“엄마 말 틀린 것 하나도 없어. 작은아부지 노름 빚 갚는다고 나 대학교 안 보낸 사람이 우리 아버지다. 요 장씨 장남 놈아!”

이윽고 문이 열리고 아재가 나오는 소리가 들렸다.

"성님! 낼 나 집에 잠 댕겨올라요!"

"니가 엄니를 아무리 졸라 봐라. 내 허락을 헌가. 엄니가 백 번 와도 요참에는 안 돼!"

아재는 말없이 댓돌에 내려가 신발을 신고 공장에 딸린 방으로 가는지 마당을 걸어가는 소리가 들렸다.

"흥, 우리 아부지가? 할매 오시면 금방 맘 바꿀 텐께, 너 꼭 두고 봐라."

할머니가 들어섰다. 1년에 몇 번, 특별한 일 아니고는 집에 오지 않아 제삿날과 명절에 가야만 뵐 수 있던 할머니가 직접 오셨다. 옥색 치마저고리 위에 남색 두루마기를 걸쳤다. 머리카락 한 올 빠져나오지 않게 쪽진 머리엔 은비녀가 쟁쟁 소리를 낼 듯이 완고하게 꽂혀 있었다.

"오메! 엄니 오시요? 경자 아부지! 엄니 오신디라!"

공장에 있는 아버지에게 어머니의 목소리가 들릴 리 없지만, 그렇게 능치는 것이 어머니의 환대였다. 어머니는 할머니의 보따리를 빼앗듯 받아 들어 마루에 놓고 할머니를 안방으로 모신 다음 전화를 걸었다. 그 틈에 우리들은 할머니에게 가서 인사를 하고, 무릎에 앉기도 하고, 보따리에 든 홍시나 강냉이를 얻어 먹기도 했다.

할머니가 오신 날 밤은 고기를 먹는 것이 상례라, 큰집 형들도 모두 한 밥상에 앉았다. 저녁상을 물리고 난 뒤, 큰집 식구들이 돌아가고 나서 곰보 아재와 아버지, 할머니만 남았다. 어머니는 할머니가 가져온 깨를 볶기 위해 정지에 있고, 큰누나는 할머니가 온 기회를 놓치지 않고 오랜만에 야간 외출 중이었다.

"으짜것능가. 저라고 통을 팜시롱, 뚝을 부리는디. 자네가 요참만 봐 주소."

"다 지를 위해서 헌 결정이어라. 아적도 동상은 정신을 못 차렸단 말이요, 어무니."

"……내가 뭔 낯으로 자네를 보것는가. 그라도 내가 보대껴서 죽었어. 사람 아닌 것을 요만치 맨든 것이 다 자네 덕 아닌가. 낳는다고 부모랑가. 경재 놈헌테는 자네가 부모나 한 가지니께 자네 말을 따라야 헌 것이 정헌 이치라고 못이 백히게 조알려도 쩌라고 죽어 불란다 방바닥 등지고 누어 황소 발에 볿힌 배암처럼 요동을 허는디."

"헐 수 없제라, 지가 그란단디. 내가 가는 장게도 아니고, 으짤 것이요. 치웁시다. 그란디 이발소는 또 뭐다요?"

"삼거리에 이발소를 내겠디여. 이발이나 험시롱 고향에 살란다 안 한가? 객지 밥 묵기도 신물이 난다고."

"지가 객지살이를 을매나 했다고 그란다요. 내 집이 객지다요? 성님 집이 지 집이제."

"그놈이 한이 짚어서 그런 모양이여. 쌓인 한이 뼈로 가고 피로 가야 헌디 마음으로만 가분가 비여. 그라도 자네씨뵉에 누가 있건능가이. 성님한테 한 번만 가 말해 돌라고 보채서, 졸라서 왔네. 내 죄가 묵어 그런갑다 싶네이. 마마대감도 그라고, 인공 때 큰성 죽은 일도…….”

“어무니! 그 이야기는 입에 담지 말라고 헌께는.”

이듬해 봄, 결혼은 곰보 아재의 고집대로 면 소재지에서 있었다. 아재는 여자를 사 온 것이나 진배없었다. 얽은 아재의 미녀 각시 때문에 할머니는 그나마 겨우 남은 논을 세 마지기나 옴싹 들어먹고, 아버지도 역시 집을 사서 이발소로 개축하고 방도 들이고 제금 내듯이 아재의 신접살이에 한밑천 단단히 들였다. 누나들조차도 인물이 너무 층하가 진다고, 작은숙모가 결혼을 잘못한 것 같다고 한마디 했다. 그날 큰집 형들은 몹시 못마땅한 태도로 무엇에든지 시비조로 대했다. 누나들은 분명 그들에게는 기회를 주지 않는 아버지의 행동에 대한 반감이라 했다. 나이가 더 든 큰집 형들을 아직 독립시키지 않고, 아버지의 공장에 그대로 놓아두었기 때문이다. 술을 마시면 목소리가 커지는 아버지와 그의 고향 친구들은 좌중을 쥐고 흔들며 흔전거리는 잔칫집의 흥을 더했다.

아재가 행복하게 살기를 우리는 바랐다. 다시는 가련다 떠나련다도 부르지 않고, 곰보 얼굴도 탓하지 않고, 울지도 않기를 바랐다. 그런데, 아재는 다시 나타났다. 결혼하고 딱 1년 뒤였다. 그는 고물 트럭을 타고 왔다. 그리고 아버지에게 머리를 즈아리고 고두사죄를 했다. 죽어도 이발소는 못 하겠다는 것이었다. 갇혀 사는 놈들 속을 알겠다고, 짐승처럼 목매고는 못 산다고. 이발사를 들여놓았으니 작은숙모에게 운영시키고, 장사로 나섰다고 했다.

역정이 극에 달했는지, 아버지는 한마디 없이 집을 나서 그날 밤 돌아오지 않았다. 아버지의 외박이야 이골이 난 일이지만, 친척이 방문한 날의 외박은 결코 없었다. 분명히 연동 분이네 아니면 선창 도초댁네 여자에게 갔을 것이라며, 어머니는 이를 갈았다.

"펭계 김에 바람이랑께, 느그 아부지. 그래도 우리 아재덜 너무 해야. 파벽지난이라고 느그 외조부가 늘 말씀허시더니 참 온 1년을 그냥 넘기는 인생들이 없으니 우짠다냐이. 민자야! 도초댁 식당에 한분 댕겨와라. 느그 아부지 있는가이!"

셋째 누님과 함께 들어선 여자는 도무지 곰보 아재의 딸이라 할 수 없었다. 기억 속에 남은 아재의 강파른 얼굴도, 도시물이 들어 희어지고 예뻤던 속현한 작은숙모 역시 닮지 않았다. 길가를 스쳐 지나가는 흔한 사람들 중 하나였다. 그가 나와 같은 유전자를 지닌, 나와 같은 할아버지의 자손이며, 또 같은 성씨를 가진 사람이란 어떤 외형적 특징도 없었다. 그러므로 우리와는 전혀 관계없는, 그저 우리와 비슷한 이 도시의 시민이었다. 그런데 핏줄의 놀라운 가변성으로 갑자기 그녀는 우리 중 하나가 되어 지금 내 곁에 있다.

도무지 무엇을 믿고 누나는 이 여자가 우리의 동생이며, 곰보 아재의 딸이라 믿고 우리 식구라는 배타적 관계 내부로 끌고 들어왔을까. 그녀는 우리에게 어떤 변화를 요구할 것인가. 그냥 부담 없이 사람을 하나 안다 생각하자는, 셋째 누나는 복잡한 세상에 더 복잡한 관계를 만들어 한결 복잡하게 만들 권리를 누구에게 부여 받았을까? 필경 우린 곰보 아재의 묘지처럼 그렇게 혼자 누울 수밖에 없는 개체들인데.

"음. 많이 닮았다, 우리 작은아부지 많이 탁했어. 안 그란가, 소아과 의사 장남 동생?"

"우리 동상은 참, 눈은 침침하담시롱 사람이 단박 보고 어찌아나."

"언니, 여기 턱이랑 얼굴 큰 것 다 우리 장씨 피가 영락없구만."

"그러지, 둘째 언니. 딱 보니 느낌이 와. 작은아버지 이름이 기억 안 나 그러지, 윤곽이며 턱은 갈 데 없이 우리 내림이네."

그녀는 누나들의 선소리에 그저 아무런 말도 못 하는지 아니면 감동을 해서 눈물을 흘리는지 고개를 숙이고 어깨를 들먹거렸다. 셋째 누나가 수건을 건넸다. 그녀는 조심스럽게 그것을 받았다. 여전히 그녀의 얼굴은 낯설다. 무슨 대단한 가문 상봉이며, 남북 이산가족 찾기냐며 이기죽거리던 아내의 얼굴이 생각났다. 사실 나도 싫다. 땅바닥에 내팽개쳐져 힘든 시절을 살아오면서 우리 형제들의 유대감은 시멘트처럼 공고해졌다. 그러나 솔가해서 제 성을 쌓다 보니, 그것은 슬그머니 형제 관계를 밀어내고 어느새 내 가족만이 수호할 유일한 성이었고, 형제들은 변경으로 밀려나 버렸다. 가끔 변경에서 생기는 여러 가지 일들로 성가시다. 아버지는 어떻게 이런 일들을 다 챙기며 사셨을까? 두주불사의 과음이나 호색은 성가심에 대한 완충제가 아니었을까.

곰보 아재는 정말 장사를 즐거워했는지도 모른다. 한 달에 몇 번 시내로 물품 구입하러 오는 날에도 얼굴엔 웃음이 늘 머물러 있었다. 짐을 싣고 아무도 모르게 스며들어 직공들이 자는 방에서 눈만 붙이고 사라진 날도 있었고, 우리들에게 장난감 등을 준 날도 있었다. 언젠가는 둘째 누나가 새벽 기도를 가는데 곰보 아재가 밝게 웃으며 짐을 싣고 있더라고 했다. 노래도 '가련다 떠나련다 어린 자식 손을'에서 '목장의 밀짚모자 포플러 그늘'로 바뀌었더라는 말에 아버지는 "진개장에 가서 살 팔잔가 비다" 하며 팽패롭게 일갈했다. 우리는 적어도 아재에 대한 걱정을 잊고 살았다. 그 반년 동안 아재의 소식은, 무소식이 희소식이었다.

대신 작은숙모의 소식이 들렸다. 아이를 낳았다는 소식이 봄에 들렸다. 아지랑이가 모롱모롱 나무 담장을 껴안고 피어나고, 그 밑으로 난초가 꽃대를 들어 올리고, 더 밑으로는 맥문동이 푸른 기운을 더하고 있었다. 큰집 형들도 각각 분가를 했다. 큰

형은 작은 가게의 사장이 되고, 작은형은 속도 있게 살겠다며 시외버스 기사로 취직을 했다.

할머니가 기쁜 소식을 갖고 달려왔다. 할머니의 보따리에는 소식만 아니라 쑥인절미가 들어 있었다. 곰보 아재가 한동안 집에 들르지 않았지만 그래도 전화라도 해서 알릴 수 있는 소식을 두 이레나 지나서 할머니가 알려 온 것만은 수상했다. 그러나 좋은 소식이었고, 이제 우리 아재가 정착할 수 있겠다는 생각에 아버지도 웃으며 좋아했다. 누나들은 아이 옷을 산다면서 시장으로 갔고, 어머니는 산모에게 좋은 보약을 짓는다며 한약방 이모에게 갔다.

우리 모두, 곰보 아재가 곧 이 장 저 장을 떠도는 장돌뱅이를 그만두고 이발소 사장이 되어 농사를 지으며 잘 살 것이라 믿었다. 미녀 각시에게는 실패했지만, 자식을 봤으니 다시 안착하리라 믿었다. 먼지 날리는 삼거리 버스 정류장 부근, 이발소 간판이 보이고 머릿수건이 바람에 펄럭이는 한적한 시골 동네에서 아재가 흰 가운을 걸치고 이발소 앞에 나와 앉아 담배를 피우는 모습이 영화의 장면처럼 떠올랐다. 작은숙모는 아이를 업고, 아이는 사탕을 입에 물고 콧물을 흘리며 처네를 쥔 채 내려 달라며 고집 부리는 모습도 보였다. 할머니는 그런 아이를 보고 흰머리를 쓸어 올려 비녀를 다시 꽂고, 작은아버지가 그 큰 키로 훠이훠이 다니며 누렇게 익어 가는 논 위를 스쳐 지나가며 낟알을 노리는 참새들을 장대로 쫓는 모습도 보였다. 아버지가 이제는 적어도 두 분에 대해서는 걱정을 끊고, 누나들과 우리에게 신경을 더 써서 대학을 보내 주었으면 하는 기대로 그 소식은 우리들에게도 무척 고무적이었다. 그리고 함께 살 때 가끔 웃어 주던 넉넉한 우리 아재가 되기를 원했다.

인생은 종잡지 못해 보편적 궤도를 벗어나는 게 그 속성이다. 그 미끄럽고 비확률적인 함수는 종잡을 수 없다. 곰보 아재는 정착하지 못했다. 그는 여전히 장에서 장으로 떠돌았다. 장돌뱅이 아재의 행동은 소문으로 집에 연착하곤 했다. 아버지의 분노는 심해 가고, 아재는 점점 우리에게서 멀어져 갔다. 그러나 그는 연줄에 묶인 연에 불과했다. 우리 집에 드나드는 사람들의 입에서 일거수일투족이 모조리 불거졌다. 학다리 장터 곰탕 파는 과부와 눈이 맞았다, 나산 술집 작부와 살림을 차렸더라, 문평에서는 곰보 팔난봉으로 명이 났다는 등등 아재의 소문은 우리의 귀에서 떠나지 않고 오르내렸다.

아이가 첫돌이 되어서야 우리는 비로소 곰보 아재의 초대를 받았다. 그것도 직접 전해 들은 것이 아니라 할머니가 면 소재지에까지 나와서 전화로 한 전갈이었다. 아버지는 단단히 결심을 하고 출발했다. 아마 동곳을 뽑아내리라고 작정한 듯했다. 그러나 아버지는, 아재의 마음속에 있는 거멀못은 삐뚜름히 박히고 오래되어 나무와의 산화 작용으로 일체가 되었기에 빼낼 수 없다는 것을 모르고 있었다.

어머니가 전해 준 소식에 의하면 돌잔치가 아니라 아수라장이었다고 한다. 아버지가 들어섰을 때는 이미 판이 깨지고 난 뒤라 아버지의 각단도 아무 소용이 없었다. 아재는 얼굴이 피범벅된 채, 술에 취해선지 맞아선지 인사불성이 되어 혼절해 있었다. 물을 두 바케쓰나 부어도 일어나지 않았다. 큰집 형이 알아보니, 처음엔 월급 이발사하고 싸움이 벌어졌다가 이윽고 처가 식구하고도 시비가 붙었다는 것이다. 당찮게 아재는 딸이 자신의 씨가 아니고 이발사의 씨라며 싸움을 시작했다. 놀란 할머니는 일어서다 허리를 삐끗했다. 처음에는 말리던 사돈들이 종당에 자신의 딸과 아우를 부정한 여자로 몰아세우는 아재에게 주먹을 휘두르자, 작은아버지까지 합세하여 싸움판은 난장판이 됐다. 작은숙모는 머리카락을 뽑힌 채 아기를 안고 골방에서 눈물만 흘렸다.

　곰보 아재가 깨어난 것은 읍내 병원에서였다. 아버지가 택시를 불러 병원에 입원시키고 홀로 병실을 지켰다. 새벽에야 정신을 차린 아재는 섧게 울더라고 했다. 어찌나 서럽게 우는지 옆방에 있던 환자들은 누군가 죽어 나간 것으로 알았다. 아버지가 아무리 물어도 아재는 울기만 할 뿐 입을 다물었다. "아부지, 엄니, 왜 나 같은 것을 낳소. 죽어 날 것을, 마마 왔을 때 죽을 것을, 큰성 갈 때 나도 갈 것을 왜 살렸소!" 하며 입만 열면 용서하라며 방성통곡하는 데 천하의 아버진들 어쩔 수가 없었다며 고개를 절레절레 흔들었다. 열여덟 바늘을 꿰매고, 링거도 여러 대 맞고 아재는 퇴원을 했다. 아버지는 아재를 집으로 데리고 왔다. 실을 뺄 때까지 아재는 집에 있었다. 옛날과 달리 헛헛하게 웃지도 않고, 우리에게 장난도 걸지 않았다. 아무튼 아재는 변했다, 아니 변해 있었다.

"아재! 하늬바람 분디 함평장에 옥형이 생각 안 나요? 밤에 죽인담시로라, 허허허."

큰집 형이 우울한 아재에게 좀 진한 농담을 던졌을 때조차 아재는 씩 웃으며, 오른손 엄지로 코를 누르고 힘을 주어 콧물을 바닥에 뿌렸을 뿐이다. 머쓱해진 큰집 형이 우리를 보며 외국 배우처럼 어깨를 으쓱했다. 어머니가 큰집 형을 지청구했다. "뭐 땀시 힘든 사람을 염장을 지른가." 하자 큰형은 "내 염장도 아퍼라." 했다.

아재는 방으로 들어갔다. 문이 닫히는 소리가, 문풍지로 붙여 놓은 창호지가 바람을 끌어 모으는 소리가 마치 키질하는 것처럼 크게 들렸다. 문고리 놓는 소리, 라디오를 트는 소리까지 모두 크게 들렸다. 인생은 나그네 길 어디서 왔다가……. 아재는 흥얼거리지도 않았다. 듣고만 있었다. 작은숙모를 데려오겠다는 아버지의 말에 아재는 그러면 자신이 나가겠다고 맞섰다. 얼밋얼밋 한 달포를 그렇게 보내다가 아재는 고향에 간다는 말만 남기고 어느 날 문득 일어나 트럭을 타고 다시 오일장으로 갔다. 큰누나는 곧 결혼을 하겠다고 남자를 데려오고, 아버지와 누나의 반목으로 집안이 뒤집어지고……. 두 고집쟁이 부녀들이 벌이는 갈등으로 정신없었다. 그해 겨울 누나의 결혼이 있었고, 아재는 그렇게 세상에 작별을 고했다.

"불안함요."

동생이라는 여자는 조심스럽게 입을 열었다. 목소리가 낮아 금형 공장에 다닌 탓에 귀가 안 좋은 남동생은 머리를 그쪽으로 돌려야만 했다.

"뭔지 모르지만 늘 내 곁에 감도는 안정되지 못한 느낌요."

동생이라고 불러야 할 여자는 다시 한번 불안을 강조했다.

"교실에 들어가 의자에 앉을 때 누군가의 체취가 느껴지는 기분. 싫지는 않지만 분명 좋지도 않은. 아버지는 잘해 주셨지만, 한 겹 더 싼 느낌이었어요. 투명해서 보이긴 하지만 다른 감촉들 때문에 문득 솟아나는 외로움 같은 것을요."

그런 느낌은 어느 곳에나 있다. 막 시작하는 치통의 전조로 느껴지는 통증, 서가에서 뽑아 온 책의 찢겨 나간 페이지, 승강장에 늘어선 사람들과 버스 좌석들 사이의 불균형, 분명히 다가오지만 구체적이지 않은 죽음들이나, 이미 시작했지만 나만 모르는 불행의 예감같이 보이지 않아 보다 견디기 어려운 일들. 그녀 역시 그렇게 자신과 아버지 사이에 흐르는 비밀스러운 흐름을 동물적인 감각으로 느꼈을 것이다. 그녀는 논술 학습지 방문 교사답게 매우 조리 있게 단어를 구사했다. 그날 밤의 작은 숙모를 방불케 했다.

곰보 아재가 죽자마자 아버지는 작은숙모를 우리 집으로 불러 내렸다. 며칠 작은숙모의 방에서는 아이의 칭얼거림과 함께 숨죽인 울음소리가 섞여 흘러나왔다. 그러나 오전에는 학원에서, 오후에는 큰누나의 미용실에서 기술을 배우며 바쁜 시간을 보내서인지 울음은 곧 멈췄다. 조카보다 나이 적은 제수를 데리고 산다는 것은 아버지에게 큰 짐이었다. 더구나 청상이 아닌가. 1년이 채 못 지나 아버지는 작은숙모의 속현을 결정했다. 떠나기 며칠 전날 밤 작은숙모는 매우 길게 아버지께 당조짐을 받았다. 아버지는 한 가지 요구밖에 하지 않았다. 우리는 다 잊고, 새 남자와 잘 살라는 말이었다. 그도 두 아이가 있는 상처한 홀아비고 작은숙모도 아이가 딸린 상부한 여자이니 서로 잘 이해하며 행복하게 살라는 것이었다. 잘 아는 사람이 중신을 섰으니 괜찮을 것이라고 말했다. 작은숙모는 정 안 될 경우에는 자신들을 다시 받아 줄 것과 그때에는 생활을 도와줘야 한다고 분명히 말했다. 작은숙모는 부엌으로 나와 어머니에게 안겨 울었다. 부엌 바닥으로 스며들어 자국으로만 남게 숨죽여 눈물을 흘리며, 작은숙모는 내부로 스며드는 슬픔을 액체로 기화시켰다. 장작불만 지피면 금세 말라 버릴 눈물이 섶과 치마 위로 뚝뚝 떨어졌다. 왜 나지막한 울음이 듣는 사람을 보다 슬프게 만들까. 청각을 맡은 기관 중에는 낮고 작을수록 사람의 감정을 크고 넓게 만드는 것이 있는지도 모른다. 아니면 들리지 않는 불능이 만들어 내는 부족함이 환기하는 정서의 불안이 우리를 더욱 섧게 하는지도.

우리들이 학교를 간 뒤, 작은숙모는 아이를 데리고 집을 떠났다. 우리에게 잘 있으라는 말도, 잘 가겠다는 말도 없었다. 큰누나는 작은숙모가 울면서 떠났다고 했다. 우리는 그 아이에게 작별을 고하지도 못했다. 집안에 아이가 없었던 터라 우리 모두는 그 아이를 귀여워했다. 더구나 큰누나는 임신을 해서인지 더욱 그 아이와 함께 있는 시간이 길었다. 학교에서 돌아와 버릇처럼 들어가던 작은숙모의 방이 텅 비어 있자 섭섭해서 우리는 그날 저녁을 굶었다. 그러고는 그들을 까마득하게 잊었다. 그들이 우리를 잊었듯이. 아버지가 살아 계셨을 때 작은숙모와 아이는 우리들 사이에서 은류되기만 했고, 공식적 금기였기에 발설할 수도 없었다.

나직하게 깔려야만 비로소 가능한 여러 가지 것들을 우리는 알고 있다. 사회 어느 곳에나 있는 수많은 경계선 위에서나, 어느 시대나 존재하는 헤게모니의 갈등 현장에서나, 앞으로 계속될 끝없는 계급과 사회 분화에서나 마찬가지다. 평균대에서조차도 우리는 완벽한 균형을 찾지 못하며, 천칭으로도 우리는 동등하게 분할해 낼 수 없고, 어떤 냉정한 이성이라도 그 속에 박혀 있는 감정이란 살점을 완벽하게 도려낼 수 없어 우리는 나직하게 속삭여야 한다.

할머니가 죽어서 땅에 묻힐 때까지 할머니가 우리 아버지의 어머니가 아니며, 할머니 말고 다른 사람이 진짜 우리 할머니였다는 사실은 내게 충격이었다. 세상에 있는 모든 사실과 진실이

틀릴 수 있다는 것은, 그 후 내게 심한 불신감을 갖게 했다. 보이는 것과 그 뒤에 있는 사실은 달랐다. 그러나 그제야 큰집 형들과 작은아버지들 사이에 놓인 팽팽하게 당겨진 긴장의 시위를 이해할 수 있었다. 아버지가 무서워서인지, 아니면 어떤 다른 이유에서인지 그들의 굳어진 내홍의 내용을 우리는 알 수 없었다. 그렇지만 진실이란 언제나 존재하고, 존재하는 모든 것은 스스로의 무게와 가치를 갖고 있는 법이라 때때로 그것들은 우리에게 자신의 존재를 내비치곤 했다.

그래도 여전히 미궁인 것은 곰보 아재의 자살이다. 유서 한 장 없이, 조카의 결혼식 날 자신을 죽음으로 팽개쳐 버린 것은 도무지 합리적이지 않았다. 아버지의 죽음이 가져다준 기울어진 형편에 우리는 당면한 과제인 살아남기에만 목을 매어 그런 것들에 신경 쓸 여유가 없었다. 아버지 제사 때나 살아 있는 우리 자신들의 대견함을 스스로 위로하기 위한 대화에서나 화제에 올렸을 뿐이다. 왜 곰보 아재와 아버지는 조금도 닮지 않았을까? 작은아버지와는 많이 닮았는데, 왜 아버지하곤 닮지 않았을까, 형제인데? 어머니는 그런 말이 나올 때마다 몇 마디로 일축하고 입에 오르지 못하게 했다.

"얽어서 그라제. 곰보 자국 땜새. 그 오살 마마구신이 왔으면 그때나 고상시키고 말제. 팔자란 거이 요런 꼬라지들인께 느그들도 알아서들 해! 그라고 이 썩을 자석들이 허라는 공부는 않고 뭔 도토리 껍데기에 담아도 반도 못 될 소리들만 허고 있냐!

곰보 자국만 읎으면 딱 느그 아부지 얼굴이제.”

“그래서 더욱 찾아오기 힘들었습니다. 셋째 언니가 텔레비전
에 나오는 것을 보고 제게 알려 준 것은 아버지가 돌아가신 후
였고, 신문 지면의 소아과 상담에 나오는 사람이 오빠라고 일러
주었지만 망설였습니다. 배다른 삼촌의, 또 재가를 한 여자에게
서 낳은 핏줄을 불편하게 여길까 봐. 할머니와 어머니의 내림
같은 생활도 그렇고요.”

그녀는 우리를 향해 비석 놀이를 할 때처럼 매우 분명한 선
을 긋고 있었다. 일종의 면죄부를 자신에게도 우리에게도 주려
는 의도였을까. 그러나 언니니 오빠니 하는 그녀에게서 묽어진
농혈이 간헐적으로 도는 것을 느꼈다. 그것들은 오랜 시간 속에
시나브로 스며들어 점점 쌓이며 혈맥 속을 돌아다닐 것이다. 느
낄 수 없을 정도로 서서히 잔류물을 퇴적시킬 것이며, 이윽고
그것은 퇴적층을 만들어 석호처럼 우리를 가둘 것이다. 인생의
후반을 향해 가는 이쯤에야 비로소 모두 다 먹고 살 만큼 되었
지만, 이따금 귀찮은 일들이 생겨 시간과 돈을 앗아 가는데, 이
에서 더 지나기는 솔직히 싫다.

“거기에도 갔었나, 삼촌 산소에?”

정곡 찌르기 8단인 큰누나는, 승부차기를 하듯 말했다. 침묵
이 흘렀다. 짧은 휴지가 주는 적막감은 소음보다 더 시끄러운
음향으로 내 뒷골을 때렸다. 휴지기의 식물들이 시르죽어 있다

가 폭탄처럼 세포를 분열시키며 일어서는 소리들. 식물이 동물처럼 자신을 움직이며 내는 그 가열(苛烈)한 생명의 신호음들. 아연한 것은 나와 누나들이었다. 상처를 각오하고서라도 직진하는 성격은 딱 아버지였다. 사실 나는 에돌고 있었다. 그녀를 우리 가족에 끼워 주기 싫은 것은 아니었다. 우리라는 말은 어폐가 있다. 내 밑의 두 동생들은 전혀 모르는 일이다. 장남인 나까지만 알고 있는 일이다. 우리는 그녀를 가족으로 끼워서, 가끔 시제를 지내고 성묘를 할 만큼 강한 사람들이 아니다. 그녀를 볼 때마다 느껴야 하는 죄의식이 싫다.

"예, 작년 추석 전에 사람들 눈에 안 띄게 다녀왔습니다."

"사람들 눈에 띄면 어쩔 것인가. 작은아부지도 돌아가시고, 가족이라고는 없는데. 먼 일가붙이들이 뭐랄 거라고."

가묘(假墓)에 대한 진실을 모르는 것 같아서 우리는 안도했다. 이것이었을까? 그녀와 작은숙모를 잊으려고 했던 이유가? 아버지의 죽음 이후 곰보 아재의 무덤을 방기했다. 작은숙모와 아이에 대한 감상적 동정은커녕, 우리는 아재의 시체를 수습할 엄두도 못 냈다. 나를 의대에 보내기 위해 셋째 누나와 어머니는 전력을 다했다. 큰집 형들도 자라나는 자식들의 교육으로 정신이 나갔었다. 경매로 집과 공장이 넘어가 버렸으니, 시 당국에서 연락을 받을 수도 없었다. 부처님의 미간에 난 백호 정도의 작은 분묘 개장 공고를 누가 눈여겨볼 경황이 있었을까. 전주인에게 소식을 전해 줄 새 주인을 우리는 갖지 못했기 때문에 법정 기일을 기다린 시 당국은 남아 있는 묘지를 일괄적으로 정리하여 합분 처리를 했다. 형과 아우의 죽음으로 인한 충격에 알코올중독으로 폐인이 된 작은아버지의 가족은 살기 위해 서울로 가 버려 일체 소식이 끊겼다.

내가 보건소 소장으로 발령 받아 겨우 숨을 돌릴 때까지 누구 하나 곰보 아재를 기억하고 그의 산소에 성묘를 가지 않았다는 몰인정과 차가움이 우리의 삶이었다. 누나의 결혼 20주년을 기념해 가족이 모였을 때 느닷없이 어머니가 곰보 아재를 찾았고, 그제서야 우리는 다시 아재의 산소를 찾아갔지만 이미 늦었다.

한꺼번에 모아 놓은 인골 속에서 아재의 유골을 어떻기 골라낼 것인가? 작은아버지 역시 알코올중독과 간암으로 이미 정신을 놓아 버린 상태였다. 그래도 핏줄이라고 큰집 형들과 협의한 끝에 그중 몇 개, 누구의 것인지도 모를 뼈들을 담당자의 주머니에 돈을 쑤셔 넣어 주며 가져왔다. 도랑뫼 선영의 발치에 묻고, 합장묘 근처에서 뒹굴던 비석을 가져다 겨우 봉분을 얹었다. 핏줄이라고 할 수 있겠는가? 공동으로 암묵한 우리들의 양심이 그녀를 만나는 데 그렇게 인색하게 했을까. 역시 그녀를 그렇게 방기하지 않았는가? 무엇보다 인륜에 대한 추궁이 무서워 나는 그녀를 만난다는 데에 반감을 갖고 날카롭게 반응한 것일까? 아니면 끝까지 속현을 거절하고 아이와 함께 살아서 우리와 함께 고생해 주기를 바랐던 작은숙모에 대한 이기적인 반감인지도 모르겠다.

"벌초가 잘된 것을 보고 어머니는 한참을 우셨습니다. ……이렇게 만나 줘서 감사합니다. 사실 두려웠거든요."

"당최 그런 생각 마소. 인자 알았으니 우리 왕래하고 살자, 응."

"암, 그 묘소를 우리가 왜 건사 안 하겠는가. 자네한테 아버지면 우리한테는 삼촌인데."

대책 없이 맘만 좋은 일등 권사인 둘째 누나의 요청에 큰누나가 당조짐으로 인을 찍었다. 마음속으로는 아직도 해결되지 않았는데, 이미 결론은 났다. 늘 누나들이 이겼다.

나는 혹시 아재가 생의 마지막 벽지를 여행한 것 아닐까, 생각을 했다. 일생을 바람처럼 떠돌며 살아 문득 쉬고 싶어 저승으로 훌쩍 건너간 게 아닐까? 아니면 정말 역마살 때문일까? 얽은 얼굴을 비관해서? 왜 그토록 예쁜 여자에게 장가를 들고, 왜 그토록 잔인하게 소박을 놓았을까? 의처증 때문에? 콤플렉스의 변형일까? 어느 한곳, 한 사람에게도 끝끝내 뿌리내리지 못하고 서른 살 나이로 죽은 곰보 아재의 딸이 큰누나의 차에 오르는 모습을 보는 순간, 내 어깨 위로 툭 하고 인생의 짐이 하나 내려지며 상이 흐려졌다. 노안이 분명하다.

내 마음의 유목(遊牧)

그녀를 다시 만난 것은 겨울이었다. 처음부터 나는 그녀가 바로 그 여자라는 것을 확신할 수 있었다. 먹빛 누비 승복 일습을 차려입고 겨울 추위에 누렇게 뜬 산 노을이 얹힌 낯빛으로 그 남자를 내려다보는 오기진 눈이 짜장 그녀였다. 순간 20년 시간을 두루마리처럼 말아 버리며 내 부끄러운 과거가 예리한 거멀못이 되어 그녀와 나를 동시에 마음에 박는다. '당신이었나, 나를 소환한 사람이?'

그래도 확신하지 못한 것은 그녀의 무심한 태도 때문이었다. 적어도 내가 아는 그녀였다면 항용 하던 대로 날카로운 눈빛으로 투명한 적의를 여지없이 드러냈을 것이다. 아무리 묵언하라고 했지만 눈으로야 어찌 말하지 못하겠는가. 판음전 뒤 바위에 엉긴 얼음 비늘처럼 덧쌓인 세월을 뚫고 홀연히

나타나 흘려버리지 못하고 여태껏 미망처럼 가슴 밑바닥에
새겨진 부끄러움의 시간들이 흡반처럼 내 머릿속에 엉겨 붙
었다.

"뭐야, 수행? 하! 갑자기 웬 절? 이젠 스님하고 연애해?"
"아이들 들어. 연애가 뭐야? 참선, 수양을 하러 간다니까."
"당신 참선이 술이고, 수양이 여자 아냐? 그래. 잘해 봐. 비구
니하고 노는 게 풍류의 끝이라더라."
깔축없이 적의를 보이면서도 아내는 내밀어 준 목록대로 가
방을 챙겼다. 방에 늘어놓은 물건들은 일주일치 치고는 적었다.
하긴 절에서 필요할 것이 뭔가. 그렇지. 걱정이 근심을 낳고, 근
심이 집착을 만들고, 집착이 탐욕을 자라게 하는 것이다. 모두
가 미현(迷眩)이며, 전부가 불경이다.
불경은 계속되었다. 아내는 혹시 발생할지도 모르는 바람기
의 동곳을 빼겠다는 듯이 가방 싸던 일을 닻감고 나를 안고 침
대로 쓰러졌다. 여느 때와 달리 공격적이며 도전적이었다. 일
주일간의 목적 없는 여행이 혹시 가져올지도 모르는 방종에의
일차적 거세는 자신의 몸뿐이라고 생각하는지 저돌적으로 밀
어붙였다. 그녀의 열정이 모처럼 내 낡은 종잇조각 같은 정욕
에 불을 붙여서 나는 화려하게 타올랐다. 그러나 아내의 생각
은 틀렸다. 성욕은 불쏘시개처럼 건들면 건들수록 강해지기
때문이다.

겨울 아침은 차갑다기보다 무거워 어깨를 저절토 움츠리게 한다. 된서리가 깔린 길 위로 차들이 띄엄띄엄 지나갔다. 나는 택시를 세웠다. 서울, 역이란 말도 채 나오기도 전에 차는 벌써 좌회전 차로에 앞머리만 박아 넣고 브레이크를 채웠다. 동시에 경적 소리가 들렸다. 돌아보자 뒷차, 옆 차, 앞차의 꽁무니가 비스듬히 틀어져 있다. 아 라홀라[障碍]. 나는 장애가 아니다. 나는 장애물을 처리하는 사람일 뿐이다.

말도 되잖습니다. 나는 결코 이런 대접을 받을 수 없습니다. 그럼 어떻게 할까요? 철회를 하시든지 재심을 해 줄 것을 요구합니다. 누구에게요? 구조조정위원들에게요. 나보다 못한 직원은 남는데 내가 왜 감원이 되는지 객관적인 자료를 제시해 주십시오. 객관적 자료는 본 대로고요, 잔류 직원은 회사에서 결정하죠. 이사님은, 막말로 낙하산으로 내려와 구조조정실장이 됐습니다. 도대체 그 몇 달 동안 우리 직원들의 면면을 그리 잘 알 수 있습니까? 몇 달 전부터 회장님은 리서치를 의뢰했습니다. 워낙 극비라 다들 몰랐겠죠. 사실 나도 로봇이죠. 다 좋습니다. 대체 이사님은 어떤 잣대로 나를 죽이려 하십니까. 말이 좀 심하십니다. 죽이다니요? 전 죽습니다. 이렇게 해고되면 난 내 자존심 때문에 살지 못합니다. 길은 많이 있습니다. 칠전팔기, 감탄고토로 살아가면, 선생 정도의 자부심과 역발산기개세 같은 힘이라면 세상을 뒤집어엎을 수도 있습니다. 초패왕은 결국 패배하고 말았습니다. 난 지기 싫습니다, 부당하게는 더욱. 위트도 있고, 자신감 넘치니 어딜 가도 잘해 낼 것 같네요. 추천서는 얼마든지 써 줄 수 있다는 게 회장님의 방침입니다. 합당한 이유가 없다면 노동부에 탄원도 하고, 법원에 소송도 걸겠습니다. 개인적인 견해로, 그 시간에 다른 직장을 찾는 것이 나을 겁니다. 아뇨. 내가 선 이 땅, 이 회사에서 제 발로 걸어 나가지 타인에게 등 떠밀려 나가진 않을 겁니다. 올 때도 내 발로 걸어왔으니까요. 오게 한 것은 당신의 힘이 아니죠. 우리 회사의 명령이었을 겁니다. 이건 진리요. 사주 아니고는 누구도 제 발로 걸어올 수는 없죠. 선생이 마음에 들어 저라면 꼭 우리 회사에 두고 싶습니다. 그러나 회사는 개인의 것이 아닙니다. 아무튼 금요일까지 제대로 된 자료를 주십시오. 그때까진 의자를 치우면 방석이라도 깔고 앉아서 버릴 것입니다.

수행 결사에 참가하는 보살 납자님들에게 알리는 글

오는 길: 서울역에서 7시 42분 호남선→광주역 도착 12시 5분→(12시 58분 극락강행 특정 통일호 승차)→극락강 도착→(수시로 있는) 군내 버스 승차→보리암 입구 하차→극락교를 건너서 도보로 30여 분→사하촌→보리암 (산길로 30여 분)→종무소에서 입산 등록

승용차 이용은 절대 불가

준비물: 겨울 내의 1벌(몹시 추우니 반드시 지참), 속옷,
세면도구(비누, 칫솔, 치약, 수건), 필기구, 공책 1권. 양
말 2켤레.

회주우끽초(懷州牛喫草) 익주마복장(益州馬腹臟)

기차를 두 번 갈아타고, 그것도 모자라 군내 버스를 30분 이
상 기다렸다. 7시 42분 기차로 떠났지만, 2시가 넘어서야 겨우
시골 역 앞의 버스 정류장에 나는 서 있었다. 남으로 내려오면
따뜻할 것이라고 믿었던 생각을 비웃듯이 눈까지 동반한 추위
가 날카로운 봉침처럼 살갗을 뚫고 가차 없이 찔러 댔다. 좁은
역사에 앉아서 무심코 안내문을 펴 보다 나는 보리암 주지의
비범함에 전율을 했다.

건조한 안내문. 서울에서 광주까지, 광주에서 무려 한 시간
을 기다려 '특정 통일호'라는 열차를 갈아타게 했다. 선원에 오
려는 사람들은 다른 교통편이 허락되지 않고, 열차를 타야만 하
고, 어김없이 그 시간까지 기다리다가 꼭 그 특정 열차를 타야
한다. 참가자들의 의지는 끼어들 여지가 없다. 외길처럼, 두 번

허용되지 않는 시험처럼 그냥 통일호가 아니고 특정한 시간에
만 있는 굳이 지정된 열차를 타게 했다. 기차에서 내려서도 부
정확한 군내 버스를 기다리게 하며 진을 빼 상구보리[上求菩
提]하는 것이 얼마나 어려운지 확인시킨다. 한술 더 떠 압정으
로 누르듯 보리암 입구에서 내려 몇 분, 절까지 도보로 몇 분 해
가며 아무것도 너희들의 의지로는 되지 않는다고 으름장을 놓
으려는, 이 속 보이는 수작. 기다리는 시간이 길수록 사람들은
초조해지고, 그만큼 조급한 자신에게 반성하고, 그 폭으로 인생
을 생각하게 될 것이라는, 삼척동자도 아는 빤한 계략이 유치해
서 기분이 상한다. 법은 불립문자가 아닌가. 하긴 못된 중들에
겐 문자도 방편이겠지.

그들의 간교함이 등에 돋은 땀띠처럼 짜증이 나서 밖으로 나
왔다. 날카로운 손톱을 감추고 있던 추위가 달려든다. 극락강
역. 이런 허허로운 벌판에 왜 역을 세웠을까. 역을 사이에 두고
솟대처럼 높은 두 시멘트 회사의 간판과 콘크리트 믹서들, 수조
들이 경쟁하듯이 서 있었을 뿐 작은 가게조차 없었다. 역사 뒤
편으로 겨울 가뭄에 수척해진 나목처럼 하상을 드러낸 강이 추
위에 오슬오슬 떨고 있었다.

극락강. 가소롭다. 그러면 강 건너편, 저 겨울 눈을 맞으며 비
틀거리는 저 땅이 극락인가. 욕계, 육천을 오가며 지나는 길인
가. 회주의 소가 풀을 뜯는데 익주의 말이 배가 부르네(懷州牛
喫草 益州馬腹臟). 추운 바람을 등지고 가며 안내문에 씌어 있

던 선시를 떠올리자 심한 욕지기마저 돈다. 너무 자주 사용해서 일상적이 되어 버린 내 방법과 흡사한 데에서 느껴지는 거부감이 추위와 함께 정문을 때렸다. 뜻 모를 선시처럼 내가 해고 대상에게 던지는 무시와 경멸. 근심으로 가득한 직원들에게 행하는 자루 쥔 자의 칼놀림. 누굴 속이려고. 성스러움을 가장해 못된 중들이 씌우는 종교적 코뚜레. 가증스럽고 세속화된 위악적 행태들. 문득 나는 차라리 단식원에 가서 뱃살을 빼는 편이 유익하겠다는 생각을 했다.

순간, 꼭 그만큼 나를 이 추운 날 예각의 황량한 역에 던져 놓고 떨게 하며, 처량하게 하고, 비위까지 상하게 만든 녀석을 잡아서 치도곤을 놓아야지 하는 오기가 가슴속에서 비등했다. 내친 김에, 천박하고 간릉스러운 중들의 되먹지 못한 부박경동도 비웃어 주리라. 재치가 망신이 될 수 있다는 것을 가르쳐 주리라. 그렇다. 이런 은밀한 행동 뒤에 숨어 있을 불손한 의도를 찾아내고 말겠다는 생각이 마치 사명감처럼 들었다.

그러나 사실대로 말하자면 나는 나를 끄는 힘을 느꼈다. 강한 자기력. 외부가 아니라 내부에서 나를 끄는 구심력. 그동안 힘들었던 것을 부리고 싶었다. 이제 멈춰서 잡동사니로 가득 찬 내 주머니에서 꺼내어 제자리로 보내고 싶다는. 그런데 지금까지 나는 내 삶에 무거운 것을 갖기나 한걸까, 버리고 싶을 정도로

버스가 에움길을 돌아 멈추자 나는 올라타 의자에 앉았다.

버스 안은 조용했다. 흔한 유행가 가락도 들리지 않았다. 그런데 갑자기, 아주 미묘한 감각을 느꼈다. 연약하고 희미해서 거의 지각할 수 없지만 분명히 존재하는 어떤 것. 상식적으로는 잘못된 것이며, 그럴 수는 없다고 생각했던 것이 지금 느껴지고 있다. 뭘까?

강을 따라 이어지는 길에는 인가도 없었다. 벌판을 가로지르는 전선만 잉잉거리며 떨고 있었다. 버스가 흔들려서 떠는 것처럼 보이는지도 모른다. 아직 밝은 낮인데도 금방 어두워질 것 같은 적막감이 들며 싸라기눈이 내리는 들녘에 전봇대의 길고 옅은 그림자가 외롭게 느껴졌다. 듬성듬성 성긴 겨울 눈이 그물처럼 내렸다. 그물은 내 마음을 포박한다. 무거운 추들이 나를 아래로 끌어내린다. 나는 고개를 돌려 밖을 본다. 군데군데 솟아난 풀등에서는 긴 가뭄으로 부서진 갈대들이 스치는 바람에 참회라도 하는지 머리를 수그리곤 한다. 좁은 강협을 철새들이 날고 있었다. 새도, 하늘도, 풀등도 낡은 필름처럼 바랜 색깔이다. 회리바람이 부는지 먼지가 일었다. 순식간에 선상지는 사막처럼 보였다.

"서부리 안내리면 통과합니다."

벤처 사업이 유행 아닙니까? 과장님은 충분히 능력이 있다고 보는데요. 능력이 있는데 왜 해곱니까? 도대체 그 능력이란 무엇을 두고 하는 말인가요? 아, 예. 자료를 검토하니 학력도 경력도 모두 좋으시던데요. 그런데도 감원 대상에 올랐으니, 기준이 뭡니까, 대체? 기준으로 자른다면 제일 먼저 제가 해당되겠죠. 문제는 회사의 추진 방향이 제품 생산에서 유통 쪽으로 바뀐 겁니다. 편리한 생각이군요. 이것이 안 되면 금방 저것으로. 유통이 안 되면 어디로 갈 겁니까? 그것은 과장님이 관계할 일이 아니죠. 그땐 순발력 있게 바꿔야죠, 능력껏. 내게는 능력이 아니라 무책임으로 들립니다. 그렇게 생각하지 마시고 기회라고 생각하십시오. 모험이 아닙니까, 인생이란. 문제는 내 나이가 모험을 택할 나이가 아니라는 것이죠. 내겐 현실이 더 절실하니까요. 그래도 과장님은 좀 나으신 편 아닙니까? 자격증도 많고, 면허증도 있고요. 그것보다 더 많은 것은 내 자존심입니다. 더 많고 중요한 것을 잃었는데 다른 것이 뭐가 필요하겠습니까? ……. 난 자연학도처럼 한 길, 한 원리대로 살았습니다. 강이 제 길을 따라 흐르듯이 회사의 발전에 따라 흘렀습니다. 강도 지류를 만들어 가면서 흐르지요. 지금 그 지류를 만난 것이라고 생각하십시오. 제각기 흐르다 더 큰 바다에서 만날 수도 있지 않습니까. 어려움만 지나면 다시 제조업으로 돌아갈 것입니다. 사장님도 그쪽 출신 아닙니까? 지류로 나뉘어서 갈라죽은 강이 될 수도 있겠죠. 더 이상 구차한 변명이나 사정은 않겠지만 지금 이사님이 다루시는 것은 강이 아니라 인생이란 것을 알아주셨으면 좋겠습니다. 아울러 인생이란 강은 여러 생명을 싣고 흐른다는 것도요.

버스가 자지러질듯이 끼익── 마침내 진양조를 한 가락 빼물면서 멈췄다. "보리암 입구요오." 운전사의 목소리도 진양조를 닮았다. 입구를 찾아 내려 몸을 갖춰 세우기도 전에 버스는 짙은 매연을 눈 위로 얼룩처럼 쏟아 내고 가 버렸다. 한기가 고의 속까지 깊이 파고든다. 건너편에서 승용차 한 대가 다리를 넘어오고 있다. 극락교. 다리는 화강암 머릿돌에 전서체로 이름표를 달고 있었다. 극락교. 다리에서 빠지면 극락에 간다는 건가. 문득, 회주의 소가 풀을 뜯는데 익주의 말이 배가 부르다는 시가 다시 떠올랐다. 견행이행(見行二行).

갱엿처럼 언 시골길을 한참 걸어 들어서자 마을이 보였다. 가게들이 있었고, 등산복 입은 사람들도 보였다. 커피 생각이 간절했다. 담배를 한 갑 사기 위해 성큼 걸음을 떼자, 입맛이 돌며 허기가 느껴졌다. 점심 때 광주역에서 먹은 가락국수 하나가 오늘 식사의 전부였다. 도토리묵에 동동주도 한잔하고 싶었다. 그때 버스 한 대가 나를 막아서며 멈췄다. 그리고 사람들이 내렸다. 그들은 같은 버스의 승객들이 분명했다. 분노가 회리바람처럼 내부에서 퍼지며 솟구친다. 못된 중놈들.

돌아가야 한다고 생각했다. 보리암 입구에서 내리라고? 감당할 수 없는 모멸감이 느껴졌다. 부당하다는 생각이 들었다. 촌놈이 도시 놈의 코를 베어 가는 세상이라지만, 마땅히 탈속했어야 할 중들까지. 실수를 인정해야 하지만, 속았다는 생각이 나를 옥죄고 흔든다. 정말 어느 놈이냐, 나를 이리로 부른 자식은? 허기가 말갛게 가시며 온몸에 힘이 솟았다. 가만 두지 않는다. 날 바보로 만드는 너희들, 모두 나와라. 분노의 알갱이들이 관절 마디마디를 자극하며 힘을 돋우고 있었다.

잡초가 난 낡은 기왓장을 겨우 이고 있는 일주문을 지나자 요의가 느껴졌다. 가방을 문기둥에 세워 놓고 숲으로 들어섰다. 울창한 상록수들이 사방을 은폐하고 있었다. 차가운 날씨 탓에 오줌은 액체가 아니라 기체로 되어 있는 듯 안개처럼 솟았다. 고의를 여미고 막 돌아서는데 무언가 눈을 막았다. 황망히 한 발짝 물러서는 바람에 눈에 미끄러지며 오줌 위로 넘어질 뻔했다. 거미였다. 추위에 얼어 죽었는지, 아니면 굶주려 죽었는지 모를 거미가 산사나무 아퀴 가지에 걸려 있었다. 거미줄과 함께 걷어 냈지만 그것은 무게조차 없었다. 누군가 저벅거리며 올라오는 소리가 들렸다. 황급히 숲에서 뛰어나와 가방을 들고 앞을 향해 걸었다. 버스가 기다리고 있었다. 몸을 돌리면 온천이나 제주도에서 넌 편하게 쉴 수 있어, 그러니 돌아가자, 누군가 속삭였다. 나는 고개를 흔들어 생각을 바람에 날렸다.

가파른 오르막길을 지나자 문이 또 하나 나타났다. 천왕문이라고 해서(楷書)로 보기 좋게 씌어 있었다. 해서가 주는 단정함에 마음이 조금 누그러졌다. 문 가운데에서 멈췄다. 눅진하게 괸 공기 탓인지, 좌우의 사천왕상들의 목재가 좀에 쏠리는지 쥐오줌 냄새가 났다. 한결같이 이상하게 강조되어 기괴한 사천왕들의 모습은 무섭다기보다는 희극적으로 보였다. 등신불보다 몇 배나 큰 불상을 볼 때마다 홀연히 비교되는 그 깊이는 진상과 가상의 차이일 것이다. 실제와 가장이 갖는 본질적인 차이. 오온(五蘊). 모든 것은 허상인 것. 먼지가 더께처럼 내려앉은 간살들의 퇴색한 단청이 오히려 나를 숙연하게 했다.

"담배 피우십니까?"

다문천이 들고 있던 비파 줄이 끊기는 소리처럼 뎅겅 소리가 들렸다. 가방 하나 덜렁 들고, 면도를 안 해 수염이 까치집처럼 난 남자가 나를 보며 담배를 내밀었다.

"마지막인데요?"

한 개비 남은 것을 내가 물었다.

"압니다. 이제 문 하나만 넘어서면 다 뺏길 것을, 뭐가 아깝습니까. 보시나 해야죠."

"뺏겨요?"

"중들이 수양하러 온 사람들을 담배 피라고 그냥 두겠습니까?"

사내는 내게 라이터를 내밀었다. 재빨리 담배를 입에 물고 불을 붙였다. 공기가 좋아서인지 담배 맛이 각별했다. 그는 나를 지나쳐서 천왕문을 넘어섰다. 씨름 선수를 연상케 할 만큼 기골이 장대해서 부처님 같은 것은 믿지 않아도 능히 한세상 버티어 낼 것 같은 덩치였다. 사내는 계단 맨 아래 칸, 다리 기둥에 엉덩이를 내려놓았다. 그를 따라 건너편 기둥에 앉자 매우 선뜻한 기분이 들었다. 그래, 의자의 온기. 버스 안에서의 그 묘한 느낌은 내가 앉았을 때 따스하다는 것이었다. 누군가 내 앞 사람의 흔적. 감각으로만 느껴지는, 내 두꺼운 옷감을 뚫고 자취를 남긴 어떤 인간의 체온. 생명력의 묘한 공명 같은 것이 가슴에서 울려 퍼지고 있었다.

담배를 다 피울 때까지 사내는 말이 없었다. 그러나 나는 담배를 다 피우지 못했다. 금강문 밖에서 발자국 소리가 들렸기 때문이다. 담배를 시곗줄에 비벼 바삐 끈 다음 숲에 던졌다.

"취직 후에 생긴 버릇이죠. 금연가 상사에게 최소한 연기는 감춰야 버틸 수 있었죠. 어리석은 일이지요. 냄새는 그대로 있는데 말입니다."

"그것이 중생들의 치(痴)라고 합디다, 마누라가. 다른 여자 냄새가 훤히 나는데 공장에서 혼자 잤다며 거짓말을 한다고요."

중생의 어리석음. 중생의 보편적 행동이 아니고. 중생이란 말을 빼든지 어리석음이란 명사형을 붙이지 않아야 할 것이다. 뒤를 돌아다보았다. 젊은 두 여자가 금강문 한가운데 서서 엇갈리게 공수를 하고 있었다. 그들의 굽은 등 위로 우리가 뱉어 놓은 연기가 공기 사이로 사라지는 것이 보였다. 그녀들이 올리는 예처럼 허무하게.

보리암은 눈밭에 외딴 마을처럼 호젓이 평화롭게 놓여 있었다. 그제야 한마디도 않고 콧김만 내쏟으며 가던 사내가 잠시 멈춰 섰다. 나도 따라서 멈췄다. 불이문(不二門). 돋을새김 한 현판이 마치 문 전체인 양 완고하게 붙어 있었다.

"이제, 제 담배를 한 대 피우시렵니까?"

"됐습니다. 차마 산문 앞에서야 어떻게 피우겠습니까."

부처님 없이 살 수 있을 거라고 생각했던 내 마음을 일격에 깨뜨려 버리는 남자의 행동에, 엉겁결에 곧 후회할 말을 던졌다.

"왜 하필 불이문이라고 이름 붙였을까요?"

"그러면, 중놈들이 혼자 살아야지 마누라랑 둘이 살면 됩니까? 그래 혼자라고 불인가 봅니다."

"허허허……. 딴은 그렇군요."

불이문은 잘 깎은 주춧돌 위에 두 아름이나 되고도 남을 나무로 만들어져 있었다. 아래에서 보았던 두 문과 달리 불이문은 단청이 칠해져 새로 지은 듯 보였다. 색깔도 색깔이지만 날렵한 기와의 선들이 사찰과 잘 어울렸다. 둘이 아니다. 아니면 둘이어서는 안 된다. 둘이 아니면 안 된다. 어느 것이 불이의 뜻일까.

그때 여자들이 왔다. 나란히 검은 바지에 검은 외투를 입은 젊은 여인들은 불이문 앞에 서 있는 우리에게 잔잔한 미소를 보냈다. 치아도 드러내지 않고 웃는 여인들의 미소에서 나는 누워 자는 부처의 모습을 떠올렸다. 30호는 실히 넘는 액자 속에 사진으로 박혀 있는 부처님 아래에는 「입적하는 석가모니」라는 제목이 붙어 있었다. 죽음마저도 감미롭다는 주최 측의 의도였을까. 그렇다면 그것은 지탄을 받아야 한다. 죽음을 아름다움으로 보는 정서는 우리의 것이 아니다. 그녀들의 미소에는 그런 의도가 들어 있었다. 절에 와서도 담배를 피우세요? 불쌍한 중생들아. 어리석은 중생보다 불쌍한 중생들이 더 어울린다. 갑자기 후회가 까치놀이 되어 밀려왔다. 여기까지 와서 무슨 짓을 하고 있는가. 이 나이에, 내가. 누구야, 나를 불러 놀림감으로 만드는 너는?

"들어갑시다. 어차피 온 것. 뺑이 친 군대 3년도 넘겼는데 엿새를 못 넘기겠소."

사내는 힘차게 사찰을 향해 들어섰다. 어차피, 그래 어차피 여기까지 왔다. 이제 처음부터 가졌던 내 의도대로 나를 여기에 데려온 그 자식을 찾아보자.

산문에 들어섰다. 산이 갑자기 사라지고 문만 하나 있었다. 문의 산일까, 산의 문일까.

수속을 마치고 옷을 갈아입었다. 가지고 온 속세의 것은 모두 종무소 로커에 집어넣고, 열쇠는 직원에게 다시 맡기라고 했다. 솜을 넣은 바지와 적삼에 한복 외투뿐이었다. 요사채 3호실을 배정 받아 들어가자 남자들 열댓 명이 각기 가부좌를 튼 자세로 벽을 보고 앉아 있었다. 그 모습이 조경을 막 끝낸 산처럼 엉성해 보였다. 빈자리에 가서 앉자마자 젊은 스님이 들어와 죽비로 손바닥을 세 번 때렸다.

납자님들 간단히 올리니 잘 들으십시오, 를 시작으로 지금부

터 묵언을 행할 것을 요구했다. 공양, 예불, 수행, 운력, 세안 등
은 모두 침묵 속에 이루어지고, 화두는 간택할 필요 없이 벽에
붙어 있으니 그것 보고 참선하시고 등등 주의 사항을 잔뜩 이
르고 갔다.

곧 침묵이 있었다. 누구도 그것을 깨뜨리려는 사람은 없었
다. 모두 벽을 향해 돌아앉아 있었다. 도둑눈으로 살짝살짝 돌
아다봤지만 같이 온 사내만 화주라도 삼킨 양 불쾌한 듯했고
모두 지그시 눈을 감고 있었다. 먼지 떨어지는 소리도 들릴 것
같은 정적 가운데 내 뒤에도 세 명의 남자가 들어와서 조용히
벽을 보고 돌아앉았다.

갑자기 가장 안쪽에 있던 사람이 썩은 나무 떨어지듯 몸을 뒤
로 벌렁 눕히며 굴렀다. 아, 짧은 소리가 났지만 그뿐, 모두들 조
용했다. 온몸을 떨며 경련을 했다. 지랄. 몇 사람이 일어서 그의
곁에 다가갔다. 나는 갑자기 부서진 의자에 잘못 앉다가 넘어졌
던 옛일이 생각났다. 그때는 모두 웃었다. 그런데 지금은 끔찍
하게 조용하다. 눈앞의 소동에도 묵언하는 사람들에게 분노를
느꼈다. 나는 분풀이 삼아 속으로 울부짖었다. 나와, 어서 마각
을 드러내. 날 이 그악스러운 곳으로 끌어들인 놈아. 왜, 그리고
무엇 때문에 넌 나를 이곳에 오게 하고, 나는 왜 이런 초대를 받
아들였을까. 그제야 비로소 나는 내게 화를 내고 있다는 것을
인정했다. 만다라. 풀 수 없는 미궁과 미로로 가득한 인생.

침이 입 밖으로 나오면서 산화가 되는지 부글부글 끓었다.

116

엮었던 가부좌를 풀지 못해서인지 그의 두 발은 경직되며 더욱 꼬였다. 기름에 넣은 날오징어처럼 오그라들며 퍼덕거렸다. 휘장이 걷히듯 한 사람의 내면이 드러나기 시작했다. 내장이 투명하게 보이는 연체동물처럼, 승복에 은닉되었던 한 병자의 실상이 드러나고 있었다. 승복이 주는 위엄에서 지나치게 걸어진 모습에 더욱 동정이 갔다. 고개를 돌려 기도가 막히지 않게 했을 때, 넘어질 때 찢었는지 그의 뒷머리에서 피가 흘렀다. 조금 후 죽비를 들고 찰중이 들어왔다. 그는 합장을 하며, 염불을 했는데 정확히 그것이 무엇인지 알아들을 수 없었다. '나두아미타불' 같기도 하고, '옴마니반메홈' 같이도 들렸기 때문이다. 정확하지는 않지만 여섯 음절을 넘지 않아서 그렇게 생각됐다. 스님은 죽비로 손바닥을 두 번 치고 양손을 폈다. 모두 자리에 돌아가서 다시 눈을 감았다. 근본번뇌.

참을 수 없습니다. 이것은 횡포입니다. 대의요? 누구를 위한 대의인데요? 애비를 잘 만나 내 위에 군림하던 사장 놈요? 뭐, 동료, 후배요? 어림도 없는 소리 마세요. 나를 쫓아내고 희희낙락하는 인간들이 어떻게 동료며, 후뱁니까? 나는 여기서 피를 쏟고 죽을지언정 파면될 순 없습니다. 당신 마음이 좋지 않다고요? 도대체 당신은 누구요? 갑자기 사장 조카라고 나타나 우리를 불안에 떨게 하더니 이제 모가지라고요? 내 모가지는 떼어도 내 직장은 못 뗍니다. 나, 호락호락한 놈 아닙니다. 끝까지 투쟁하겠습니다. 약자에게도 정의가 있다는 것을 내

피로 보여 주지요. 그래요, 피요. 당신의 손에 자욱한 피에 내 피 한 그
릇 더 떠 올릴 때까지 나는 투쟁하겠소.

　그녀를 만난 것은 저녁 공양 후에 양치를 하기 위해 내려간
요사채 뒤 공동 세면장에서였다. 간질에 걸린 남자가 다시 발작
을 하며 넘어졌다. 방 안의 절망과 겹쳐서인지, 아니면 많은 사
람들로 박신거려서인지 몰라도 발작은 짧았지만 소란은 컸다.
수행자들이 웅성대자 여자 세면장에서 누군가가 뛰어왔다. 수
건을 두 손에 말아 쥐고 있던 그녀는 경련하는 남자의 몸뚱이
를 그저 결패진 눈으로 바라보고 있었다. 개개 비틀리며, 오므
라들며, 떨고 있는 남자의 몸을 바람을 보듯이 뚫어져라 보았
다. 그녀였다. 아가미를 꿰인 물고기처럼 나는 통증을 느꼈다.
미늘에 걸려 찢어진 것처럼 칫솔을 물고 있는 입에서 피가 쏟
아지는 것 같았다. 이제 흔적도 없이 사라진 것으로 알았던 불
쾌한 기억이 창졸간에 가시덤불처럼 퍼지며 머리를 내리쳤다.
그렇군. 당신이야, 너였어. 나를 불러온 것은.

　난 네게 아무 짓도 못 했다. 미수는 실패다. 그리고 실패는 그
불완전함으로 이미 그 대가를 지불한 것이 아닐까. 이제 나를
불러와 원망을 할 이유는 없다. 더구나 간질 발작을 하는 남자
를 보여 주며 혹시라도 남아 있을지 모르는 가책을 확인시킬
이유는 더구나 없다. 나는 이미 사랑이라는 미망으로 여자를 덮
치려는 순진한 대학생이 아니다.

118

그날 밤 법회 시간에 그녀는 거미처럼 내 교차된 신경 위에 웅크리고 있었다. 그러나 그녀는 머리조차 돌리지 않고 선사만 주시했다. 그녀를 향해 보내는 수없이 많은 신호들은 바람에 떨어지는 솔잎처럼 법당에 떨어져 내렸다. 고개를 돌려. 나는 소리 죽여 말했다. 바로 당신이야, 나를 부른 것이? 그러나 그녀는 잠시도 딴전을 피우지 않고 설법에만 귀를 기울였다. 소위 큰스님이 초전법륜을 돌렸다. 굉음에 깔려 내가 부르짖는 소리는 부서졌다. 여기야. 큰스님의 법문은 바라밀의 해변에 닿아 있다. 그리고 중생은 차안, 이쪽에서 숨소리도 내지 못하고 바라만 볼 뿐이다.

여러분은 산에 오르면서 문을 몇 개 지났습니까? 세 갭니다. 세 개의 문은 세 개의 세계이며, 세상 모든 물상의 상징입니다. 산문 하나하나에는 모두 의미가 있습니다. 처음 지난 문은 일주문입니다. 기둥이 하나입니다. 우주는 한 법에 의하여 떠받들어져 있습니다. 두 번째는 금강문입니다. 사방천지 삼라만상의 어디든지 불법이 미치지 않은 곳이 없습니다. 목갈라나는 어머니를 위해 지옥에 가서 법을 전했습니다. 금강처럼 굳고 변하지 않는 불법이 있습니다. 세 번째는 불이문입니다. 둘이 아니고 하나입니다. 세상의 모든 고통, 업장, 애는 전부 하나가 아니고 둘이 된 데에서부터 시작되는 것입니다. 원래는 하나였지만 둘이 된 것. 애초에는 그렇지 않았는데 어쩌다 그렇게 되어 버린 것 때문에 세상의 업보가 시작된 것입니다. 귀의(歸依)가 무엇입니까. 본래대로 돌아가자는 것이 아닙니까. 반본환원.

발바닥 밑을 스쳐 가는, 용천혈을 지나가는 뱀의 비늘 같은 서늘하고 날카로운 촉감이 느껴졌다. 바람 많은 여름날 풀밭을 지날 때 종아리를 때리는 듯한 연약한 아픔을 느꼈다. 건기를 맞은 유목지의 강처럼 사라지면서 돋아나는 물금색 이끼들, 그래서 거친 처녑 같은 것이 성대에 불거지는 것 같았다. 아니 관에 달린 내시경이 식도와 위장을 긁아대며 수년 묵어서 눅진눅진해진 위액을 뒤섞는 것 같았다.
주장자의 소리 없는 발걸음이 목덜미에서 소곤거렸다. 역지사지. 그들은 소리쳤다. 내 아픔이 당신의 아픔이 될 수도 있다고. 될 수는 있지만 되지는 않는다. 내가 자른 그들의 목들이 부딪치는 소리가 들린다. 나는 그를 향해 웃었다. 독기를 품어라. 지금 품은 독기야 내 심장에서 두어 번 순환하고 나면 사라질 테니까. 분노 품은 독이야 간장을 통과하면서 정화될 터이니.

이제 업장을 놓을 준비를 하십시오. 방편은 간단합니다. 나는 생로병사의 인간이다. 나는 유한한 인간이다. 나는 윤회의 계단에 서 있다. 하나 둘 내려가든지, 하나 둘 올라가든지. 지옥, 아귀, 축생, 수라, 인간, 천상의 어느 곳에도 갈 수 있는 게 인간이다. 나는 유목지를 찾아 떠도는 들소같이 진리를 잃고 헤매는 존재이다. 코뚜레를 해도 소란 짐승은 멋대로 행동한다.
그것은 근본이 반항적이어서가 아니라 근기 자체가 월래 그렇
기 때문이다. 여러분이 정처 없이 헤매는 것은 정처를 찾고자
해서가 아니라 근질이 헤매는 존재이기 때문이다. 무명에 있는
존재들은 대개 그렇다. 반야의 지혜를 깨달아야 한다고만 생각
하시오.

　새벽 세 시에 어김없이 목탁이 울렸다. 낮고 작은 목탁 소리
는 초라함에도 불구하고 단숨에 산에 내려앉은 적막한 어둠을
파쇄한다. 노전스님이 어둠을 깨뜨리고, 무명을 허물며 도량석
을 알린다. 기침 소리를 내며 뱀처럼 은밀하게 손들이 움직인
다. 어느새 관음전 어름에 왔는지 천수경 소리가 들린다 '백천
삼매돈 훈수 수지신시광명당(百千三昧頓 勳修 受持身是光明
幢)…….'
　곧이어 범종이 그윽하게 울려 퍼졌다. 종소리는 어젯밤 내내
쩡쩡 소리를 내며 무너져 내린 산의 나무들에게 새 생명을 주
려는 듯이 울렸다. 스님들이 예불하는 동안 그들은 참선을 했
다. 그는 자리에서 일어났다. 밤새 눈이 오는지 짐승 소리와 함
께 눈에 무너지는 설해목들의 함몰 소리로 잠을 이루지 못했다.
겨우 눈을 붙이겠다 싶으면 멀리서 가까이서 쩡쩡 하는 소리를
내며 쓰러지는 굉음이 들렸다. 그것과 함께 세계, 어둠이 무너
지고 있었다. 굉음 속에서 눈 내리는 소리보다 더 낮고 작은 소

리가 들렸다. 누가 먼저 무너지나 두고 봅시다. 왜 하필 납니까? 난 그만둘 수 없습니다. 아니, 그만두면 안 됩니다. 부모와 자식은 어떻게 하라고요? 소리는 그의 귀에 들어서는 순간부터 동심원을 그리며 퍼졌다. 그것은 날이 선 톱날같이 매섭게 귀의 신경을 후벼 팠다. 아니 신경 다발 하나하나를 베고 있었다. 이윽고 대뇌가 상처를 입나 싶더니 다시 쩌어엉 나무가 무너지는 소리가 들렸다.

　정직하게 말하자. 나는 하수 종말 처리장이다. 온갖 악취와 생활의 찌꺼기가 가득 내려앉는다. 그렇다. 그들이 나를 필요로 하는 이유를 나는 잘 알고 있다. 나의 온순하게 보이는 얼굴과, 비교적 진실하게 생각되는 말솜씨 때문이다. 그래서 쫓겨 나가는 자들에게 더 말할 것이 없게 만들 수 있기 때문이다. 거기에다 거짓말을 섞어야 한다. 처리해야 할 회사의 회장 조카나 사장의 형제가 되어야 하기 때문이다. 나는 수많은 형제와 자매를 지니게 되었다. 자신의 형제자매와는 상관없는 다른 사람들의 조카가 되고, 이종이 되며, 아버지가 바뀌고, 어머니가 바뀐다. 그러므로 나는 성과 이름이 여럿이다. 여럿은 부정이다. 정하지 못한 것은 본래가 아니다. 나는 나여야 하는데, 내가 너무 많아서 나는 내가 아닌 것이다. 유목하는 사람들처럼 거주를 바꾸므로 고향을 잃고, 터전을 옮기므로 집을 지을 이유가 없다. 언제든 떠날 수 있게, 임무만 끝나면 다른 곳에 자리를 잡고 천막을 치면 된다. 파오. 게르.

세 시의 도량석으로 시작하여, 좌선을 하고, 묵언으로 시간
을 낚고, 발우공양으로 겨우 굶주림을 면한 지 나흘이 되었을
때였다. 사내가 잠 못 이루는 내 발을 건드렸다. 나는 해우소에
가려는 시늉을 하며 밖으로 나왔다. 먼저 나온 그를 만나 우리
는 종무소의 로커로 갔다. 소리를 죽이며 그는 흐릿한 겨울 달
빛을 조명 삼아 로커를 만졌다.

"담배 있지요?"

"……."

"열겠습니다. 괜찮죠?"

남자는 옷핀을 펴더니 내 로커의 구멍에 넣고 이리저리 돌렸
다. 곧이어 찰칵 소리를 내며 문이 열렸다. 그는 싱긋 웃었다.
어둠 속에서 그의 이가 반짝였다. 흐릿한 반짝임. 있기는 하나
분명치 않은 것이 세상의 이치다. 맞기는 하나 온전하지 않고,
옳기는 하나 반드시는 아니다. 문득 그녀는 아니라는 생각이 들
었다. 도대체 누구일까. 누가 나를 이곳에 끌고 왔을까. 그녀는
아니다. 이런 곳에 남편까지 데려와 내게 자신의 수치와 절망을
보여 주는 저 여자는 아니다. 우연히 만났을 것이다. 핍절한 생
활에 마지못해 택한 길에 우연히 나를 만났을 것이다. 그러므로
저 여자는 오히려 나를 피하고 있다. 그렇다. 피하고 있다. 염화
시중도 있다는데, 이렇게 엄청난 관심을 보이는데도 내게 눈길
한 번 주지 않는다는 것이 그 증거다. 나는 그렇게 생각했다. 남
자들이 모두 모이는 것은 몇 번 안 됐다. 그것도 강론 시간을 제

외하면 조석 예불, 운력이나 세면할 때 잠깐잠깐 스쳐 지나갈 뿐이다. 그럴 때마다 나는 기회를 노렸다. 당신인가, 나를 이곳을 뀐 사람이? 아직도 나를 원망하는가? 원망할 일은 서로가 없었다. 그러나 여전히 그녀는 내게 눈길을 주지 않았다.

나는 담배가 있음 직한 곳을 찾아 손으로 뒤적거렸다. 담배가 잡혔다. 라이터도 마찬가지였다. 담배를 빼내어 조심스럽게 종무소를 벗어나, 뒤편 산 계곡으로 내려갔다. 생각보다 춥지는 않았다. 어디선가 쩡쩡 나무가 넘어가는 소리가 들렸다. 아니면 계곡의 얼음장이 깨지는 소리인가.

삭과가 몇 개 추억처럼 매달려 오슬거리며 떨고 있는 나무에 기대어 나는 담배를 갑째 사내에게 주었다. 그는 민첩하게 한 대를 빼어 피웠다. 긴 휘파람과 함께 연기가 쫓아 나와 굵게 선을 하나 그었다.

"햐, 이 맛. 사람 죽이네. 형씨도 한 대 피시죠?"

나는 엉겁결에 남자가 내민 담배를 한 개비 받았다. 그리고 입에 물었다.

"햐, 중 노릇 정말 힘듭디다. 이제부터 내 스님들은 존경하기로 했소."

"낼모레면 끝 아닙니까?"

"끝이 어디 있습니까. 나는 끝은 안 믿습니다. 현재만 믿소. 삼수갑산을 갈망정 내 하고 싶은 일 하고 살아야지. 억지 춘향이라더니 진짜 못 헐 일입니다. 도대체 형씨는 뭔 죄를 지고 마누라한테 잡혀 여기까지 왔소?"

　죄라는 말에 다시 용천혈 밑으로 서늘한 한기를 품은 뱀 한 마리가 지나가는 듯했다. 그제야 비로소 나는 담배를 피워야겠다고 결정했다. 내게 담배는 일종의 피난처였다. 어색하거나, 불안하거나, 대답을 피하고 싶거나 할 때 언제나 담배를 택했다. 목구멍으로 밀려드는 조밀한 기압에 발바닥의 한기가 녹았다.

　여자는 위에 올라탄 나를 눈 하나 깜빡이지 않고 바라보았다. "맘대로 해, 등신아, 그렇다고 내 영혼까지 네게 짓밟히겠니? 넌 내 여자만 가져가는 거야. 대신 나는 너를 평생 저주하겠어." "사랑해." 나는 속삭였다. "사랑? 네까짓 게 사랑을 알아? 사랑을 아는 사람이 하는 행동이 이거야?" "너를 원해. 너를 가져야만 안심이 돼. 사랑하니까, 이럴 수밖에 없는 거야." "난 너 사랑하지 않아. 난 이미 사랑하는 사람이 있어." "그러니까 이렇게 해서 널 내 것으로 만들 거야." 나는 그녀의 블라우스를 벗겼다. 그녀는 저항하지 않았다. "넌 내 물건을 하나 훔치는 것뿐이야. 도둑이야. 이리처럼 너는 평생 황야를 떠돌 거야. 내 물건을 하나 훔친 죄로 너는 영원히 유리하게 될 거야. 이스마엘처럼. 기도를 위해 수양하자는 자를 범한 참람까지 겹쳐 넌 하나님의 저주를 받을 거야. 내 처녀는 네게 되겠지만 나는 어림도 없어." 나는 손을 멈추고 내려왔다. 그녀는 움직이지 않았다. 벗겨진 옷을 추스르려고도 하지 않았다. 나만 바라보았다.
넌 저주를 받을 거야, 그러니 맘대로 해, 라는 표정으로. 싸늘하
고 표정 없는 눈빛.

"죄가 없었는데 스님들 말을 들으니 만사가 다 악행이고 업
보(業報)고, 애(碍)입디다."
"그것을 멸하라고 하는디, 그것을 다 멸하면 살 재미가 어디
있겠소? 오늘도 잘 못 사는데 내생에서 잘 살라고 다 버리라고
하면 낙이 어디에 있겠어요? 중 즈그들도 이판이고 사판이 다
른 데 말이오."
사내는 담배를 나무에 문질러 불을 끈 다음 가슴 운동을 하
며 호흡을 길게 해서 담배 냄새를 소멸시키려 했다. '연기도 무
게가 있는데 인생은 얼마나 무거우리오.' 내가 받은 화두가 갑
자기 머리에 떠올랐다.
"사람이란 것이 다 지 묵기가 있단 말입니다. 나는 나대로 인
생이 있고, 저는 저대로 인생이 있는 것 아니겠습니까? 스님들
이야 스님 인생이 있겠지요. 그 잘난 업보니 뭐니 하는 것 말입
니다. 육도니 청규니 하는 것들이야 스님들한테나 집(執)이고
고(苦)이지 나한테는 낙이지 뭡니까? 그러니까 말이지요, 인생
이란 다 달리 사는 것이라 인생이죠, 내 말은."
우리는 산으로 올라왔다. 절의 그림자가 계곡을 덮고 있는
바로 그 경계를 지날 때 나는 소리를 들었다. 그녀였다. 남자도

126

있었다. 간질로 쓰러진 남자가 여자의 몸에 기대어 흐느끼고 있었다. 그녀는 우주를 떠받드는 코끼리처럼 그렇게 남자를 받들고 있었다. 달빛이 추녀를 이용해서 그들을 숨기고 있었다.

웬일인지 나는 부끄러웠다. 나란히 기댄 그들의 모습에 나는 부끄러웠다. 기대어 서 있는 사람들의 막대를 나는 쓰러뜨렸다. 넘어져 놓아둔 것이 아니라 막대를 빼앗아 버림으로써 나는 나를 살리고 있다. 그것이 내가 기댈 유일한 방법은 아니었다. 모든 것이 산산이 부서지는 것을 느꼈다. IMF를 이용해 전업하려는 사주(社主)들의 이해와 맞아떨어지며 나와 친구들은 성공적인 회사로 자리를 굳혔다. 알 만한 사람들에게 우리들은 처음부터 끝까지 처리하는 해결사라는 소문이 돌았다. 골치 아픈 직원 처리까지 말끔히 정리해 주는 원스톱 시스템.

도무지 잠이 오지 않았다. 날이 갈수록 잠을 이루지 못하는 것은 무엇 때문일까. 내가 두고 온 것이 남보다 많기 때문일까. 손에 피를 묻히지 마세요, 이사님. 잊었던 소리가 들렸다. 환청이다. 나무가 무너지는 환청이다. 누구였을까. 어느 회사에 근무했던 사원이겠지. 그래 나는 망나니다. 내가 자르는 목에서는 피가 쏟아져 나왔다. 그 피는 이상하게 붉지 않고 검었다. 붉지 않으므로 내게는 그것이 피가 아니었다.

연기도 무게가 있는데 하물며 인생은 어떠리오. 달빛이 못물을 뚫어도 젖지 않는 것은 무엇 때문이냐. 대나무 그림자 뜰을 쓸어도 먼지기 나지 않네.

눈을 감자 부아가 올랐다. 어느 새끼야? 나를 여기에 보낸 것은 누구일까? 인생에 무게가 있다는 것을 모를 사람이 누구냐. 빛 자체가 무형인데 젖고 말고가 뭐냐. 그림자가 움직인다고 마당이 왜 쓸린다는 말이냐. 모두 다 말장난이다. 의미를 만들지 못하는 모든 것은 허위보다 더 큰 죄악이다. 인간을 허무의 늪으로 떨어뜨리는 정신의 사냥꾼들.

더욱 부아가 난 것은 내 자신에게다. 도대체 무엇이 나를 이곳으로 이끌었을까. 무시해도 좋을 종이 한 장에 왜 나는 이곳까지 왔을까. 놓겠다고? 뭘 놓을 거냐? 미망이다. 눈을 뜨고 싶었다. 벌떡 일어나 옷을 벗어 내동댕이치고 당장 올라가고 싶었다. 이틀 만이라고? 왜 이틀이 필요하다는 말인가. 아니 일주일 동안의 이 연극 같은 행위로 나는 무엇을 얻을 수 있는가. 없었다. 얻는다고 한들 그것이 어쨌단 말인가. 나는 다시 평상으로 돌아가 살 것이다. 여자와 살을 섞고, 남자들과 싸우며, 세상을 내 것으로 끌어들이기 위해서 나는 노력할 것이다.

내가 사랑하는 사람은 너 같은 짐승이 아니니까. 그 사람 같은 녀석이 저기 끝에서 가부좌를 하고, 나처럼 선에 들어 있다. 때때로 정말 짐승이 되어서 침을 흘리며 수성을 드러낸다. 정말 그녀일까. 나는 자신이 없다.

딱. 등에서 통증이 자르르 뼈를 타고 흐르더니 불줄기에서 멈춘다. 동시에 며칠 동안 대장에 고요하게 굳어져 있던 변비가 쏟아질 것만 같다. 따아악. 다시 한번 오른쪽 어깨에 죽비가 떨어진다. 풀리던 변이 그대로 굳어진다. 하하알(㖞). 주장자가 내 앞에서 떠나는 발자국 소리가 들리자 나는 낮은 숨소리를 냈다.

눈이 엄청나게 쏟아졌던 모양이다. 어쩐지 밤새 나무 쓰러지는 소리가 쉬지 않고 들린다 싶더니 그랬구나. 스님들이 나와서 눈을 쓸고 있지만 여전히 계속되는 눈발에 금세 마당은 희어지곤 했다. 도로(徒勞)였다. 습관에 의한 청소. 습관에 의한 참선. 습관에 의한 예불. 그들의 모든 일이 그렇게만 보였다. 그렇다면 도무지 불공이라고 할 것이 없다. 모든 것이 헛것이며, 모든 것이 무위일 뿐이다.

겨울에 나무들이 옷을 벗는 것은 무엇 때문이뇨? 살아남기 위해서다. 잎사귀를 지고 서 있으면 어찌 눈의 무게를 견디겠느냐? 벗는 것이 바로 사는 것이니, 너희는 모든 것을 벗어라. 남김없이 벗어라. 은원이나, 오온에서 말미암은 모든 허물을 벗어버리고 낙타가 맨몸으로 사막을 지나듯이 진리의 풀밭을 찾다 벗은 몸으로 초원을 건너라.

모처럼 속이 시원하게 배변을 했기 때문에 상쾌한 기분으로 나는 설법을 들었다. 그러나 내 눈은 하염없이 그녀의 언저리를 헤매었다. 미안하다고 생각은 한다. 어찌된 일일까, 목사의 딸인 그녀가? 무엇이 그녀를 이리로 이끌었을까? 어떤 절망이 그녀에게 부모의 길을 떠나게 했을까. 삶의 무엇이 그녀에게 저 남자를 만나게 했을까, 저런 환자를.

눈이 멈추자 산행이 있었다. 말사(末寺)나 암자를 순례하는 것이 내일의 회향을 앞둔 마지막 행사였다. 네 개의 암자와 한 채의 말사를 돌아오는, 시간으로 말하자면 여섯 시간은 족히 걸리는 행군이었다. 거기에다 눈으로 길이 좋지 않아서 사실 얼마나 더 걸릴지는 알 수 없었다.

"좆뺑이를 쳐도 국방부 시계는 돈다는데 오늘이 마지막이라고 생각하니 기분이 참 묘하단 말입니다."

"이제 다시 안 들어오려면 여색을 멀리해야겠습니다."

그는 한결 더 낮은 목소리로 말을 받았다. 입이 굳어서 말이 나오지 않을 것 같았지만 오히려 목이 맑아지고 낭랑해졌다.

"스님들이야 밤마다 부처를 안고 자고 새벽마다 부처를 안고 일어나니 괜찮겠지만 우리야 여자하고 자고 여자하고 일어나는데 무슨 그런 심헌 말을."

하하알. 인솔하던 스님이 우리에게 한마디 했다. 입김이 나오는 것으로 보아 무슨 말을 하는지도 알 수 있다고 하던 그의 말이 생각났다. 나는 조금 떨어져 사내와 헤어지기로 했다. 웬일인지 여자는 홀로 산으로 오르고 있었다. 남자에게는 무리가 될 듯싶어 절에 남겨 놓았는지도 모른다. 절호의 기회를 놓칠 수 없었다. 여자는 혼자였다. 염주를 돌리며 여자는 맨 뒤에서 홀로 따라오고 있었다. 나는 걸음을 멈추는 방법으로 그녀와 나란히 섰다.

나는 여자를 바라보았다. 여자는 앞만 보며 걸었다. 입을 열어야만 될 것 같아 앞을 보자 스님이 문득 서서 우리를 보고 있었다. 여자는 게송을 외우고 있었다.

옴 이제리니 사바하 옴 삼다라 가닥 사바하 옴 모지짓다 못다 바나야 믹.

그날 종일 그녀 가까이 있었지만, 나는 그녀에게 더 이상 다가갈 수 없었다. 마침내 나는 그대로 내버려 두기로 했다. 내일이면 끝이 난다. 어리석음이든, 잘못된 판단이든, 연에 의해서든, 이제 하루만 자면 끝이 난다. 내 자리로 돌아가고 나면 그만이다.

누가 내게 초청장을 보냈으면 어떠랴, 이제는 그만인 것을. 그 여자면 어떻고, 내가 잘못 본 것이면 어떠랴. 모든 것은 그대로 두어라. 어차피 우린 세상이란 유목지에서 먹이를 찾아 떠도는 물소라고 하지 않는가.

눈을 감았으나 잠이 오지 않았다. 나는 까닭 없이 눈물이 났다. 내린 눈으로 개울이 불었는지 찬바람 사이로 개울물 소리가 낙수 떨어지듯이 들렸다. 무엇인가. 나를 울게 하는 것은 무엇인가. 엷은 이불을 뚫고 산 공기가 가슴패기까지 쏟아져 들어와 시리게 만들었다. 동살 잡힌 동창에서 소 한 마리가 떠돌고 있었다. 대웅전 벽에 그려진 십우도(十牛圖)의 한 장면처럼. 추위 때문인지 뼈개지듯이 시린 내 가슴으로 외뿔을 가진 소 한 마리가 들어서고 있었다. 쩌어엉. 눈이 오는지 나무가 넘어지는 소리가 났다.

　산을 내려와서 사내는 담배를 샀다. 그리고 그 가게로 나를 떠밀고 들어섰다.
　"피우쇼. 우리 대포나 한잔 하고 갑시다."
　우리는 도토리묵과 막걸리, 그리고 파전을 주문했다. 사내와 눈이 마주치자 우리는 웃었다. 주인 남자가 와서 묵과 막걸리 주발을 가운데에 놓으며, 고개를 숙였다.
　"저 기억나십니까?"
　"……."
　"좋은 시간이 되셨길 바랍니다."
　"글쎄, 누구신가?"
　"모르시겠습니까? 이사님 멱살까지 잡았던 경일산업 유 대립니다. 사죄의 뜻으로 보냈습니다. 그때 저하고 면담하실 때, 요즘 같아선 절에 가서 참선이라도 하고 싶다고 하셨죠?"
　문득 나는 고개를 돌렸다. 저만큼 떨어진 곳에서 그녀가 남자와 이야기하면서 웃고 있었다. 웃음이 예리한 파편으로 나를 향해 날아왔다. 나는 막걸리 잔을 든 채 고개를 떨어뜨렸다. 웃음 조각들이 내 머리 위로 스치는 소리가 들렸다.

밤, 견인의 시각

어둠 속에 주차한다. 16차선 도로 건너 고층 아파트의 밝은 조명과 대조적인 이곳의 어둠을 그는 좋아했다. 전화를 꺼내어 손에 들고 좌우를 살핀다. 불시개화로 일찍 지는 한숨 같은 철쭉의 흐릿한 향기도, 그 곁에 갓 핀 방자할 정도로 요염한 철쭉 향기도, 둘 다 마땅치 않다. 차 문을 열어 놓는다. 아직 차가운 밤 기온으로 파리나 하루살이도 없다. 시동을 켠 채 그는 발을 핸들 위에 올리고 의자를 등으로 민다. 조금 휘어지는 그 여유에 만족하는 자신이 가소로워 눈을 감는다. 불확실하고 책임지지 못한 것들에 대한 미련의 끈을 자르는 방법은 생각을 멈추는 거여. 허튼 생각을 막는 비결은 잠뿐이지. 밤일을 택한 것은 백 번 생각해도 옳았다고 확신한다. 낮에 부업을 하겠다는 계산이, 얼마나 허무맹랑한 발상인가 인정하지만 말이다.

전화는 울리지 않았다. 하루에 한 번은 울려야 일당을 한다. 고개를 돌리며 목의 근육을 풀었다. 버릇처럼 손이 자꾸 의자 밑을 향하자, 그는 낮게 휘파람을 불었다. 참자, 아직 주변 파악도 안 됐으니. 죄도 마땅한 때 저지르면 최소한 동정은 얻는다. 자신을 납득시킬 수 있는 최소한의 이유를 만드는 것이 죄짓는 삶의 생존 전략이다. 아버지가 돌아가시던 해, 그 일 이후 그는 바뀌었다. 눈을 감고 손으로 얼굴을 비볐다. 사용된 알루미늄 포일 같은 쉰 살의 살갗 아래로 물컹해진 자신의 형해가 잡히자 눈이 스스로 떠졌다.

수렁에 빠진 그는 구원처럼 느닷없이 전화가 울리자 브레이크를 내리고 왼손으로 핸들을 잡았다. 견인차 기사들의 행동 강령 1조. 여자가 팬티 벗고 달려들어도 전화가 울리면 브레이크를 내리고 출발하라. 생존을 위한 철칙. 여자는 또 있지만 사고차는 다시 생기지 않는다. 밤일 시동은 언제라도 걸리지만 교통사고 차는 때때로 있다.

사건 접보가 아니라 딸이었다. 딸은 저녁 드셨냐고 물었다. 그는 브레이크를 잡아 올리며 먹었다고, 했다. 문단속 잘 하라며, 끝내 아들에 대해서는 묻지 않았다. 딸이 사춤이 진 둘 사이를 중재할 요량으로 비사쳐 말했다. 오빠는 시험공부로 늦어진다고. 딸의 목소리는 고장 난 호크 풀리는 소리처럼 낮게 처진다. 전화를 끊고 자세를 바르게 하고 앉았다. 라디오를 켜면서 무전기를 가동할까 했지만 어쩐지 내키지 않는다. 호크와 압착

봉을 교체해야 한다.

급제동 소리와 함께 승용차가 뒤에 멈췄다. 대수롭지 않은 일이다. 보통 이 공간을 이용하는 녀석들은 미리 헤드라이트를 끄고 도둑처럼 다가와 차를 멈추고 섹스를 한다. 도무지 이해 못 할 일이다. 아무리 적막강산이며 어둡다고 한들 한길에 차를 세우고, 그 속에서 그 짓을 하다니. 불안하고 자세도 불편해서 오히려 위축될 터인데. 차가 움직인다는 것을 모를까. 차 자체의 중량이 자신들의 움직임을 끄떡 없이 버틸 수 있다고 확신하는 것일까, 그들은. 이번에 새 차를 구입한 기념으로 점심을 내던 강 씨의 말이 스친다.

화장실이고, 차 안이고, 골목길이고 옹삭허고가 문제가 아니라 은근히 비추는 데를 좋아헌디여. 돈 이만 원이믄 낮거리 여관이 쌔고 쌨는디, 부모 등골 빼먹는 거이 특기인 새끼들이 그 짓거리를 왜 거기서 할 것인가. 뭐 관음증이라냐, 노출증이라냐. 그런 거이 전수 다 요새 유행헌다는 엽기 정서라고 그라대, 우리 박사 아들이. 최근에 박사 과정에 들어간 아들을 자랑삼아 그에게 알은체를 했다. 아들 생각을 하자 오목가슴이 갑자기 죄는 듯했다.

탕.

차에서 급히 튀어나온 녀석은 경주하듯 잘 닦아 놓은 길을 피해서 빈 터를 넘고, 공사 중인 건물을 가로지르고, 텃밭을 밟으며 뛴다. 어둠 속에서 발광충처럼 드문드문 흔적을 보이며 달린다. 주상 복합 단지로 조성해 분양이 된 지도 벌써 3년 넘은 이곳은, 아직 건물이 제대로 지어지지 않아 버려진 섬 같았다. 도시, 그 한복판에서 보리밭과 수수 밭을 보며, 그는 짧은 탄성과 함께 깊은 감동에 젖어들었다. 아마 생애 처음이었을 것이다. 정말 우연히 이곳을 발견했을 때, 그는 고향을 떠올렸다. 남해의 섬을. 마치 잃었던 물건을 되찾은 듯 그는 무작정 입구를 찾아 들어왔다. 빈 공간만 보면 시간은 순식간에 압축되어 그를 어린 시절로 되돌리곤 한다. 더욱이 어머니가 급성 신부전증에 걸린 이후에는 그런 일이 빈번했다.

눈으로 뛰는 그림자를 뒤따른다. 그림자는 수수 밭을 뚫고, 들깨 밭을 헤치며 달리고 있다. 외곽을 모두 낮은 언덕으로 조성해 도로와 차단된 단지는, 한가운데 있는 놀이터로 인해 오히려 을씨년스럽다. 그러나 도로와 맞물린 곳에는 교회, 술집, 식당 들이 있고, 단지 안쪽에는 건물 몇 채와 건축 중인 건물들도 있다. 교회 뒤편, 부도가 났는지 3층까지 슬래브를 올린 채 버려둬, 거푸집이 떨어지고 건축자재들이 흩어져 있는 흉물스러운 건물로 그림자는 스며든다.

동시에 사이렌을 울리며, 경찰차가 단지에 진입했다. 그는 급히 시동을 끄고, 의자 밑의 자물쇠를 확인하고, 창틀에 달린 안테나를 떼어 천장 포켓에 넣었다. 경찰차의 헤드라이트에 비친 그의 머리는 방패처럼 생긴 앞창에 기형적인 무늬를 새긴다. 차 문을 연 채 경찰들이 내렸다. 음주 운전 단속을 피해 도망왔든지, 무면허였든지, 사고를 내고 도망친 녀석을 쫓아온 것이다. 백미러로 살피자 경찰은 승용차의 보닛을 만지며 고개를 끄덕였다. 열기로 확신을 얻은 듯 경찰은 차의 번호를 수첩에 적고, 무전기를 들고 뭐라 연락을 했다. 새 한 마리가 어둠의 깊이를 측량하듯이 밤하늘을 네댓 번 자맥질하더니 밝은 저쪽, 길 건너편으로 날아간다.

"검문을 피해 온 25-4976호 운전자는 나오기 바란다."

경찰이 뒷문에서 확성기를 빼 들고 나와 소리를 쳤다. 경찰 한 명은 급하게 차를 뒤로 빼서 단지 가운데를 향하여 세웠다. 그의 차는 다시 어둠 속에 갇힌다. 차단되는 어둠만큼 넓어지는 행동반경이 그를 편안하게 한다. 그는 입에 괸 침을 모아 머리를 왼편으로 내밀어 뱉었다. 쥐 한 마리가 불안하게 두리번거리다 수수 밭 사이의 짙은 어둠 속으로 숨어 버렸다.

어둠에 길들여진 눈이 자연스레 빛으로 향한다. 어둠으로 차폐된 공간에서 사물들은 제각기 모습들로 복사된 채 숨죽이고 있다가 강렬한 헤드라이트 빛에 화들짝 깨어난다. 무더기 진 빛이 보리밭 위로 쏟아져 내렸다. 수확기에 접어든 키 큰 보리들이 빛의 무게 때문인지 흔들린다. 누군가 머리를 내밀려다 되앉는다. 그의 눈길은 건물과 보리밭을 오가면서 주시했다.

이번에는 사이렌을 울린 다음 확성기에서 소리친다.

"나와! 보리밭에 숨은 기사! 다 봤으니 나와!"

보리밭 한복판이 흔들리더니 실루엣으로만 일어서는 두 그림자가 있다. 공간을 뚫고 나아간 헤드라이트는 그들을 빛의 휘장 속으로 몰아넣었다. 노인들이었다. 그림자는 노인들이었다. 그들은 놀라면서 빛이 쏟아지는 곳을 향해 몸을 돌렸다. 밝은 빛 속에 노인들의 모습이 보였다. 그와 정면으로 맞서 있어서 그들의 모습이 또렷하게 보였다. 남자는 개량 한복을 입었고, 여자는 원피스에 카디건을 걸치고 있었다. 여자는 밝은 빛에 눈을 가리며 나오지도 도로 앉지도 못해 난처하다는 듯 손사래를 치고, 남자는 지팡이를 들고 항의하듯 흔들어댔다. 이 밤에 보리밭 안에서 저 노인들은 무엇을 하고 있었을까. 핀으로 꽂아 놓은 종이처럼 눈을 모아 그들을 지켜보았다. 노인들은 손을 잡더니 빙 사방을 돌아보았다. 보리가 상하지 않게 조심해서 발을 떼는지 그들의 회전은 몹시 굼뜨고, 조심스러웠다. 마침내 그들은 보리밭에 다시 앉았다. 곧 그들의 모습이 사라졌다. 동시에 차가 왼쪽으로 움직여서 동쪽 편을 비추었다.

"어떤 새끼야!"

쌩이질에 놀랐는지 거친 욕 소리가 들렸다. 빛이 비추는 방향뿐 아니라, 그 반대편의 차들도 동시에 불을 켰다. 경적을 울리며 시동을 거는 차들도 있다. 차에서 내리는 소리들이 분주하고 동시에 상소리, 야유하는 휘파람 소리들이 요란하게 들린다.

"늦바람 난 노인들 재미 좀 보게 놔두쇼!"

"개새끼들."

그도 나지막하게 욕설을 했다. 알지도 못하는 것들이. 그놈은 그쪽으로 가지 않았다. 누구도 다른 사람의 사랑을 방해할 권리는 없다. 적어도 저 노인들은 좁은 공간이 아니라 너른 공간에서 추억의 자세로 사랑을 나누고 있다. 부부인지 늦바람 든 노망난 늙은이인지는 모르지만 보리밭에서 사랑 놀음을 생각할 수 있는 사람들이다. 아들이 그랬다. 나는 그들을 사랑하기 때문에 그들 곁으로 가야 합니다. 의과대학까지 졸업시켜 전문의를 따라고 했더니, 의사로서 아프가니스탄에 무급 봉사단으로 가겠다고 했다. 그러면서 여러 가지 이유로 죽어 가는 그들을 사랑한다고 했다. 사랑이라니. 제 부모도 사랑하지 못한 자식이 누구를 사랑할 수 있을까.

전화가 울리자 그는 시동을 걸었다. 그리 떨어지지 않은 곳에서 사고가 났고, 경찰들이 접보를 받는 중이라며, 빨리 오라는 최 씨의 연락이다. 5분도 채 걸리지 않은 거리다. 누구보다 먼저 도착할 수 있다. 그는 시동을 걸고 앞으로 진행했다. 경찰차의 헤드라이트가 그의 차 뒤를 후려치듯 때린다.

사고의 정황으로 보아 삼중 추돌인 모양이다. 그러면 조금 늦어도 한 대 정도는 건질 수 있다. 그는 차를 몰았다. 녀석이 숨은 낡은 건물도, 노인들이 있는 보리밭도 아득히 룸미러 뒤 어둠으로 사라지기 시작한다. 지직, 지이직. 잡음이 나더니 전화기가 울린다. 늦었을까? 그는 힘껏 가속기를 밟았다. 차체가 요동을 친다. 다리 저 끝에서 경찰차의 불빛이 명멸하고 있다. 그는 마지막 스퍼트를 내어 가까이에 차를 멈췄다. 동시에 '일광' 소속의 레커차도 한 대 멎는다.

"오메, 성님. 오랜만이오."

저쪽에서 내린 녀석이 인사를 한다. 그도 인사를 했다. 경찰은 싸움이 붙은 상대편 사이에 한 명, 다른 쪽에서 조사하는 사람 둘이었다. 범퍼와 프렌더가 깨진 차가 뒤에서 박은 모양이고, 앞뒤 범퍼며 문까지 찌그러진 차가 가운데 끼인 차며, 옆문과 뒷문이 오그라든 차가 우회전하던 차인 모양이다. 남자들은 싸우고 여자들은 자신들의 차를 가리키며 언성을 높이고 있다.

"성님, 차 먼저 치우고 허쇼! 다리 쪽에서 차량 꼬랑지가 길어지는구먼."

일광 기사가 경찰에게 주위를 환기시킨다. 그러자 경찰이 고개를 내밀어 멀리 본다. 아니나 다를까, 공단 쪽에서 시내로 진입하는 차들이 다리 난간 저편에서 길게 늘어서며 경음기를 울리고, 이쪽에서 좌회전할 차량도 서서히 증가하고 있다.

"알았어요, 다들. 일단 차 먼저 치우쇼. 옆으로 빼든지, 공업사로 옮기든지."

먼저 왔던 최 씨가 그의 어깨를 치며 말한다.

"내가 오공이사 잡을 테니, 형님이 칠이삼팔 올리쇼. 차 치웁시다. 서비스로 가든지 공업사로 가든지 말이오."

"아저씨. 나는 이등 공업사요, 광천동에 있는."

다행스럽게 칠이삼팔 주인이 먼저 소리를 쳐 준다. 그는 안도하며 차를 올린다. 시빗거리가 많은 일이라 함부로 레커를 내릴 수도 없다. 그는 일단 차의 문을 잠그고, 소지품을 주인에게 챙겨 준 다음 경찰에게 인사를 했다. 벌써 타이어 위치가 그려졌다. 기다리던 차들의 한숨 소리가 들렸다. 그는 붐을 조심스럽게 움직이고, 호크를 내려 차를 정위치에 묶은 다음 차를 들어 올렸다. 공기가 압축되는 소리가 아내의 한숨처럼 들린다. 내일은 고치자, 이놈의 호크 소리. 어떻든 오늘 일당은 했다.

"형님! 먼저 가요. 언제 술 한잔 헙시다."

잽싸게 제일 큰 차를 견인한 최씨가 손을 흔든다. 그는 고개를 끄덕여 동의를 표한 다음 안전띠를 착용했다. 경찰들에게 다시 고개인사를 하고 차를 몰아 앞으로 나갔다.

갑자기 곁에 탄 운전자가 직영 정비소로 갈 것을 요구했다. 사고 지점에서 10분이면 그의 회사에서 직영하는 공장이 있고, 그곳으로 가면 보너스가 따라오기 마련인데 이 사람은 굉장히 먼 길로 우회하려고 하지 그의 충고를 받아들이지 않았다. 물론 관계는 없다. 견인차는 시간과 거리 병산제로 처리되니, 멀면 그만큼 요금도 많아진다. 회사에 접보만 하면 수입은 보험 회사에서 직접 통장으로 입금해 준다. 지입 정비소 사장이야 인상을 좀 쓰다가 소비자 중심의 운영을 하지 않았다는 고발보다는 낫겠지요, 하고 한마디 하고 말 것이다.

정비소는 불을 훤히 켠 채 그를 맞이했다. 조심스럽게 고정대를 내리고, 삼각대를 조정해서 윈치를 내렸다. 정비공들이 재빠르게 롤——바까지 정리해 주었다. 그는 손 인사를 하며 정비소를 빠져나왔다. 어떻게 할까? 집으로도, 다시 빈 터로도 갈 수 있다. 집에도 갈 만한 시간이었고, 좀 더 기다렸다 갈 수도 있다. 그러나 방향은 반대였다. 집으로 가려면 우회전을 해야 하고, 빈 터로 가려면 좌회전을 해야 한다. 좌회전 신호가 먼저 떨어지자 그는 습관적으로 차를 돌렸다. 지금쯤 야기에 찬 바람에 보리밭은 충일하게 밀려드는 밀물처럼 어둠을 구획 지어 흔들리게 하고, 그 노부부는 밭 아래로 자꾸만 잠수해 가서, 망망한 푸른 풋보리 시절을 유영하고 있을지도 모른다.

다시 돌아온 그곳에는 이제 더 식어 버린 봄의 기온이 이슬로 결정되고 있었다. 경찰차는 여전히 소리를 내고 정차해 있었고, 도망쳐 온 외제 차 역시 그대로 서 있었다. 그는 이번에는 견인차를 보리밭 곁에 세우고 내렸다. 그리고 보리밭으로 들어갔다. 농번기면 보리농사는 그의 몫이었다. 섬에 있는 몇 평 안 되는 보리밭은 주정용 고구마 농사에 밀려 언제나 그의 농번기를 기다렸다.

까칠까칠하고 쿡쿡 쑤셔 대는 보리를 베어 내어 경운기에 싣고 집으로 돌아오면, 그의 농번기는 모두 끝이 났다. 탈곡은 고구마 새순 놓는 일을 마친 부모들이 했다. 부모님은 그에게 미안해했다. 특히, 어머니는 그의 노고에 미안하다고 몇 번이고 말했다. 그 어머니가 지금 집에 누워 있다. 신부전증. 인공 신장 기로 투석하지 않으면 몸이 부어오른다. 물에 불은 보리쌀처럼. 모든 것을 버리고 잡은 기회를, 아버지의 암과 어머니의 신부전 증이 모두 물거품으로 만들었다. 헛된 기대.

보리는 덜 여물어 거친 남자의 턱수염처럼 쑤셔대거나 딱딱하지 않았다. 그것은 미처 덜 깬 술꾼의 마음처럼 부드러웠다. 그는 보리밭 한가운데로 들어갔다. 보기와 달리 듬성듬성 심어선지 줄기를 밟지 않고 운신할 만큼은 됐다. 도대체 누가 이 보리를 심었을까. 자신이 불하 받은 땅이라서, 아직 집을 짓기는 싫어서 그 대신 낭만을 심어 보자고 심은 것일까. 아니면 저 아파트에서, 자식에게 얹혀사는 시골 노인들이, 억지로 버리고 온 고향을 그리워하며 남의 터에 파종을 했을까. 그제야 그는 조금 전 노인네들이 그들이 아닐까 생각했다. 그들이 젊음을 그리워하듯이, 옛날 보리밭에서의 정사를 생각하며 기분을 내 보려 자식들 몰래, 이 한밤에 나왔을까. 도대체 누구일까. 이렇게 푸른 절망의 씨앗을 파종하고, 퇴색한 상처를 되살리는 사람은. 무심결에 발로 툭툭 차자 흙이 더버기로 떨어진다. 동시에 라이트가 그에게 달려왔다. 그는 머리를 흔들어 쏟아지는 빛을 떨어냈다.

그가 보리밭에서 서서히 걸어 나오는데 경찰차가 다가와 그의 앞에 멎고 경찰 둘이 나왔다. 그들의 무전기에서 직— 잡음이 들렸다. 경찰 하나가 거수를 하며 입을 열었다.

"조금 전에 저기 외제 차 앞에 주차하고 있었지요, 기사님?"

"예."

"아저씨 차 뒤에 주차한 사람 못 봤어요? 분명 이쪽으로 도주했는데 못 찾겠습니다."

"글쎄요, 졸고 있다 사이렌 소리에 깼습니다."

귀찮은 일이다. 신고를 해도 귀찮은 일이 많다. 음주 운전이란 특히 그렇다. 물증이 확실하지 않으면 소송까지 간다. 복잡한 일에 개입되면 안 된다. 외제 차 정도 끌고 다니는 놈이라면, 한술 더 떠 경찰을 따돌릴 정도라면 배짱도 있고, 능력이나 재력도 있을 것이다. 센 놈들에겐 붙지 않은 게 상수다. 회상은 교정되지 못할 일들을 반복해 생각하게 함으로써 사람을 힘들게 한다.

"타이어 자국을 봐선 급정거했는디, 못 들었당게 이상허요. 저짝 사람들은 다 들었단디."

"깜빡 졸았어요, 깊이. 하필 그때 왔다면 누가 알겠소?"

경찰은 노골적으로 불쾌한 표정을 짓고 그의 전신을 위협하듯 계속 훑어본다. 그는 마음을 도스르려 담배를 꺼내 입에 물었다.

"기사님 차 넘버 나 압니다. 협조하면 내가 도울 일도 많을 것인디, 어디로 갑디요?"

"나, 정말 몰라요. 알면 협조하죠. 이 바닥에선 경찰 어른이 저승사잔데 상부상조 안 하겠습니까, 알면야?"

“거, 징허게 고맙소. 차 번호 안께 은제 한번은 보것지라. 그때 우리 웃고 만납시다.”

“그래야지요. 나도 경찰 만나면 웃고 싶은 사람이오. 그런데 몰라요, 정말. 못 봤다니깐.”

“여기 계실 거요, 계속?”

“여기가 내 목이오. 서부 경찰서 쪽에서는 다 아는데요. 여기 있습니다. 세 시 반까지는. 그 시간이 내 퇴근 시간인께.”

“그러면, 내 다시 올 텐께. 그때 다시 한번 천천히 알아봅시다.”

“지금 모른 것을 그때라고 알겠습니까? 대신 나타나면 연락드리지요, 전화번호 주면요.”

무전기에서 급히 부르는 듯한 소리가 났다. 그들은 차에 올라타더니 다시 사이렌을 울리며 단지를 빠져나갔다. 그도 차에 올라 에돌아 단지를 한 바퀴 돌고서 원래 자리로 갔다. 새벽 1시였다.

차를 처음 자리에 멈추고 그는 무전기를 틀었다. 무전기에서는 많은 소리가 들린다. 불법으로 장착된 무전기는 주파수만 변조하면 잡다한 소리를 들려준다. 경찰들의 연락 소리, 햄인지 소시진지 하는 것들의 수작, 돈을 가져다주는 교통사고의 기쁜 소리들까지. 그는 잠시 주파수를 제자리에 가져다 놓는다. 경찰들이 차를 수색할까 봐서 땀이 났다. 통 사용하지 않다가 요사이 영업이 안 되어, 보름 만에 달고 나왔다. 어떻든 오늘은 운이 좋은 날이다. 한 건 했고, 저들이 적어도 교통경찰이 아닌 것도 운 좋은 일이다. 교통계 소속이었다면 분명 온갖 핑계를 대고, 부라퀴처럼 그의 차 가까이에 와서 불법 장착물이니 뭐니 터울거리며 협박을 했을 것이다. 그들에게 기사들은 밥에 불과했다. 혜식은 바보 녀석. 세상이 이런 데 뭐, 인류애? 아들 생각에 분노가 인다. 반사적으로 도망쳐 온 녀석이 숨은 건물을 한번 훑었다. 4층짜리, 이제 뼈대만 완성된, 거푸집도 채 떼어 내지 않은 건물에 흐린 달빛이 애잔하게 비치고 있다. 그 곁, 사우나탕으로 지어지는 건물에 세워진 굴뚝은 지하와 허공을 내밀하게 연결시켜 주는 솟대처럼 외외하게 서 있었다. 아들이 믿는다는 예수의 십자가처럼.

그는 무전기를 끄고 내렸다. 그리고 화장실에 가서 세수를 하고 소변을 보았다. 소변에서 약한 휘발유 냄새가 나는 듯했다. 누군가 차를 몰고 단지로 들어오고 있다. 역시 주행등은 끄고 차폭등으로만 길을 찾아 들어와 건물 그늘 속으로 스며든다. 동시에 놀이터 옆의 차는 불을 켜고 굉음을 내며 단지를 빠져나간다. 밤이 고요하다는 것은 그의 나이에나 어울리는 말이다. 지금의 밤은 낮보다 더 밝고 낮보다 더 분주하다.

다시 차에 올라 전화를 확인하고, 무전기를 켰다. 서부 경찰서 교통계의 주파수에 고정된 그의 무전기에서 사고 소식이 들린다. 이미 처리가 다 끝난 모양이다. 5분이 경과됐을 정도면 이미 늦었다. 물론 야간이라 가능성도 있지만, 사고 현장과 너무 멀어 허탕 칠 확률도 높다. 게다가 트럭이라면, 중량이 한계를 넘을 경우 그의 차로선 견인 불가다.

그는 겨우 알아들을 만하게 무전기 소리를 줄이고 기다렸다. 오늘같이, 화요일에다 월초이고 날씨가 좋은 경우에는 사고가 드물다. 그는 건너편 아파트를 보았다. 이제 손으로 헤아릴 정도의 가구에만 불이 켜져 있다. 아들이 들어왔는지 모르겠다. 절대로 그렇게 할 수 없다고 부부는 아들에게 말했지만 아들은 고집을 꺾지 않았다. 나중에는 잘될 것이라고 하지만 믿을 수는 없다. 현재도 모르는 것을 미래에 어찌 알겠는가. 미래가 입김처럼 허망한 것이라는 것을 왜 모르는 것일까. 답답증에 그는 다시 차에서 몸을 돌려 내렸다.

"물어 와!"

소리가 나며, 뭔가 홱 그의 차 곁을 지나갔다. 큰 도사견이었다. 흰 트레이닝복을 입은 남자가 멀리 서서 명령하고 있다. 컹, 짖는 소리가 들리고 개는 주인에게 달렸다. 남자는, 다시 들고 있던 물체를 허공으로 던지며 소리쳤다. "가져와!" 개는 물체가 날아가는 쪽을 향해 날듯이 뛰었다. 남자도 뛰면서 개가 물고 오는 물체를 몇 번이고 던지곤 하더니, 마침내 개가 다리를 들고 배설을 하자 그 곁에 서 있다 개와 함께 사라진다.

달밤에 체조하네, 낮게 한 소리 하고 차에 올랐지만 부아가 나서 그는 무전기 레버를 돌렸다. 가스 회사가 잡혔다. 배달원 남자와 교환원 여자가 실없이 웃으며 말장난을 하고 있었다. 다시 돌렸다. 이번에는 햄끼리 정보를 교환하고 있었다. 그들의 말은 알아들을 수 없어서 헛수고였다. 문득 그해 겨울이 치통처럼 홀연히 신경을 긁고 지나간다. 후회하지 말자, 그때는 옆을 돌아다볼 정황이 아니었다. 그러나 지금은 모든 것이 헛수고다. 마치 훔쳐 심은 유자처럼 잘 크지 못하고 탱자로 변해, 삭정이 같은 그의 가슴에 떨어지지 않고 맺혀 있다.

부장은 그를 불러 결판을 내자고 했다. 한 달만 잠수를 타라. 노조는 안 된다. 나와 동향이라 너를 택해 기회를 준다. 지금 이 것은 당신 퇴직금의 스무 배는 된다. 아파트도 살 수 있고, 작은 가게 하나야 넉넉하게 개업할 수 있다. 네가 잘리면 누가 봉급을 주겠는가. 자식들과 마누라, 암에 걸린 아버지와 노모는 어떻게 되겠느냐. 그는 돈을 집어 들었다. 인간은 근본적으로 이기적 동물이니 그럴 수밖에 없다. 더구나 효도는 만행의 근본이다. 아버지가 죽어 가고 있다. 막말로 전세금을 빼서 수술을 할 수는 없었다. 그는 공장과 고향을 떠났다. 그래서 지금은 혼자다. 물론 소속된 회사는 있지만 지입차로 들어가서 자신이 버는 것만큼만 받아 오기 때문에 굳이 관계를 만들 필요도 없다. 혼자 하는 일의 편안함과 수익을 알았더라면 기를 쓰고라도 의사나 약사 같은 홀로 하는 일을 택했으리라. 수문장이나 수위라고 불려도 적어도 동료들을 배신하는 일은 하지 않았을 것이다. 스스로 버린 모든 열정들이, 양심이 가슴에 남긴 생채기는 버려진 사람보다 더하면 더했지 덜하지 않다. 또 무엇보다 치명적인 고통은 자기 모멸감이다. 모멸은 관용을 잠식하고, 자기애를 파멸시켜 누구도 신뢰할 수 없게 만드는 독소다. 제 살을 제 스스로 뜯어내는 에릭직톤처럼 모든 것을 소멸시킨다. 희망까지도.

침을 튀기고, 얼굴을 상기시키며, 그렇게 열변을 쏟았던, 노동자의 권익과 모두 누려야 할 인간다움을 위한 자기희생의 곧은 의지는, 그가 개업한 슈퍼마켓의 선반에 최소한의 자기 위안으로, 오롯이 부끄러움으로 진열된 채 아등바등 버티다 부모의 병과 아들의 의대 학자금으로 갈진됐다. 추억을 나눌 수 있는 친구가 없는 사람들의 또 다른 기아 의식. 이제 버려진 채 혼자 늙어 가야 한다. 15년의 젊은 시절이 내 생애 전체에서 빠져야 한다는, 다시는 기억해서는 안 된다는 상실의 고통을, 마지막 남은 가게 전세금으로 중고 견인차 잔금을 치르면서 뼈저리게 느꼈다.

분노가 그의 내부를 짓누르자 그는 다시 화장실로 향했다. 화가 나면 요의를 느낀다. 그러나 고의춤을 까고 한참을 있어도 소변은 나오지 않았다. 번번이 벗어나는 생의 시도들. 마침내 그는 포기를 하고 담배를 한 대 피우기 위해 화장실 곁에 있는 나무 의자로 갔다. 야옹. 그가 앉은 곳에 고양이가 있었는지 화들짝 소리 내며 도망간다. 어슬렁거리는 것으로 봐서 임신 중인 모양이다.

급히 턱을 넘는지 머플러 긁히는 소리를 내며, 차 한 대가 저 건너 화장실 앞에서 멈췄다. 차에서 내린 녀석이 갑자기 몸을 바짝 엎드렸다. 그리고 구토를 하는지 상체가 요동친다. 곧 여자가 내리더니 남자의 등을 두들겼다. 한참 만에 차에서 내린 녀석이 가까스로 몸을 일으켜 세운다. 차에서 내린 사람들이 단지 저편 입구에 있는, 먼저 들어선 식당가로 향하더니 한 건물 앞에 가서 문을 열었다. 드르륵 소리를 내며 셔터가 올라가고 불이 켜졌다. 돼지 갈비라는 간판이 희미하게 보였다. 여자가 마지막으로 들어서서 셔터를 내리고, 불을 끈다. 이제 차들도 거의 사라지고 없었다. 남아 있는 것은 낯익은 지방 대학의 통학 버스들과 트럭, 그리고 단지에 거주하는 사람들의 차들뿐이다.

그는 일어나 걸었다. 어둠 속에서 고개 숙인 채소들이 낮게 호흡하고 있는지 이파리 끝에서 물방울들이 맺히는 소리가 들리는 길을 그는 걸었다. 왼편으로 비틀린 채 내리비치는 달빛이 그의 그림자를 비틀곤 한다. 그는 거의 반 바퀴를 돌고 난 다음 차로 돌아왔다. 등판에 땀이 송골송골 맺히고 있었다.

헤드라이트를 켠 채 단지 안으로 경찰차가 느릿하게 들어서고 있다. 집요한 놈이다. 차는 아까와는 반대 방향으로 돌면서 지나치게 서서히 움직였다. 그 바람에 그의 시야 밖에 있던 차들이 화들짝 놀라며 빠져나가기도 하고, 비위가 상한 듯 단발성 경적을 울리기도 한다. 그도 부리나케 차에 올라 무전기를 아예 떼어 의자 방석을 들어내고 쑤셔 박았다. 설마 일어서라고는 하지 않을 것이다. 그는 눈을 지그시 감고 도망가지 않은 외제 차 녀석을 욕을 했다. 그렇게 시간을 많이 주었는데 아예 도주를 하지 왜 버틴단 말인가. 개자식.

경찰차 역시 외제 차 뒤에 바짝 주차한다. 그리고 기세 좋게 내린다. 그는 조용히 차에 기대어 담배에 불을 붙이고 있다. 이번에는 혼자인가 보다. 담배를 한 대 다 피울 동안 경찰은 미동도 않고 있었다. 경찰차는 모든 움직임을 멈추게 했다. 잠시 고즈넉한 밤이 지나갔다. 아프가니스탄의 사막이라며 아들은 큰 화보를 벽에 붙였다. 전쟁과 기근으로 사람들이 죽어 가고 있다며 가슴 아파했다. 등하불명. 너의 할머니는 일주일에 한 번 인공 신장실에 들어가 더 고통스러워한다. 그것을 위해 너의 어머니는 식당에 설거지하는 부업을 한다. 아프가니스탄이 아니라 불쌍한 것은 너의 가족이다.

그때 차에서 룸라이트가 켜졌다 꺼진다. 그는 룸미러를 움직여 뒤차를 보았다. 실내등을 켰는지 흐릿한 불빛에 흰 와이셔츠에 넥타이 차림의 녀석이 보인다. 안경을 쓴 채 몸을 젖히고 앉아 있는 녀석을 보자 그는 급체라도 한 양 가슴이 답답해진다. 도시 죄를 지은 것 같지 않고 당당하게 보이는 녀석에게 묘하게 아들의 영상이 겹친다. 죗값을 치른다는 어리석은 미망. 이제 잊어 버리려는데, 생각 안 하려는데 후회가 더 깊어지고 부끄러움이 더 쌓이는 것은 무슨 조화일까.

경찰이 외제 차의 조수석 문을 열고 차로 들어간다. 거울 속의 그들을 살폈지만 어두워서 볼 수가 없다. 라이트도 꺼졌고 불빛이라고는 없다. 그가 짙은 거울의 어둠을 핀셋으로 한 켜 한 켜 젖히면서 백미러에 눈을 바짝 가져다 댈수록 오히려 시야는 흐려지고 좁아지더니, 이윽고 자신의 눈만 보였다. 휑한 눈. 검어서 깊은 우물 같은 눈. 그 안을 채우는 것은 조각난 희망뿐이다, 여전히 미결인.

한참 후 차 문이 열리고 경찰과 녀석이 내렸다. 녀석은 경찰과 악수를 했다. 경찰은 차에 오르더니 하향등만 켜고 단지를 빠져나간다. 녀석은 한 손을 높이 들어 그를 배웅하는 듯이 흔든다. 그리고 다른 손에 든 물병을 입에 대고 마신다. 그는 녀석의 행동을 보면서 차에서 내렸다. 그리고 담배를 꺼내어 물었다. 라이터 불빛 때문이었을까. 녀석은 고개를 돌리더니 그를 향해 다가왔다. 느리지만 취기가 실린 걸음은 아니다. 그는 담배를 깊이 빨아서 세월처럼 내보냈다. 아쉬운 듯이 몹시 천천히 그는 그렇게 내보냈다. 육체에 속해 있는 모든 것은 아쉽고 아깝지만 늘 속절없이 사라져 간다. 청춘은 어디에 있는가. 쉰둘이라는 세월은 몸뚱이 어디에 무엇으로 남아 있을까, 그는 자문했다.

"죄송합니다. 담배 한 개비만 얻을 수 있을까요?"

하나 주십시오, 라든지 필 수 있을까요, 했다면 그는 결코 주지 않았을 것이다. 그런데 이 녀석은 아들을 닮아 있다. 제 놈 입장에서 요구하고 묻는다. 주시렵니까가 아니라 얻을 수 있을까 한다. 건방지긴 하지만, 뭐든지 참고 인내해 속에서 응결되고 마침내 육종처럼 내홍으로 악화된 습관 같은 겸손을 미덕이라 생각한 자신의 젊은 때에 비해 떳떳하게 생각된다.

"여기 있네."

녀석은 고맙다는 듯이, 들고 있던 병을 쓰레기통으로 던져 넣으며 받았다. 안경을 써서 검은 눈 주위에 별빛이 하나 스쳐 지나간다. 녀석은 주머니를 뒤적거리더니 라이터를 꺼내 담배에 불을 붙였다. 이마에 내려온 앞머리가 길고, 얼굴이 희다. 삼십이 결코 넘지 않은 나이다.

"감사합니다. ……제가 숨는 것 보셨지요?"

"저기 4층짜리 건물에 말인가?"

"예, 처음부터 지켜보며 진땀 뺐습니다. 고발하실까 봐서."

"고발?"

"범인 고발 말입니다. 안 하시면 범인은닉죄 아닌가요?"

"내가 왜? 뭔지도 모르는데 왜 고발을 하나? 또 그런 짓은 내가 싫어허는 것이고."

"저 역시 범인은 아니죠. 불법 좌회전한 건 증거도 없고, 음주 역시 적발되지 않았으니까요. 한 명이라면 이미 결판을 냈겠죠."

그는 정면으로 녀석의 얼굴을 보았다. 윤기가 흐르고, 부두함이 흔전거린다. 도주할 정도로 혼이 났는데도 전혀 위기감이 없었다. 돈을 건네던 부장이 떠오른다. 그러자 담배를 빼앗고 싶을 정도로 화가 치민다. 그러나 이미 담배는 반 정도 타서 사라져 버렸다. 그는 녀석을 보았다. 분노가 인다. 요기가 느껴진다. 공손하게 녀석은 사죄한다.

"이런 짓 다시 해선 안 되겠지요? 여러 가지로 미안합니다."

"……내게 미안할 것이 뭐 있는가?"

"어떤 행동이건 부끄럽다는 생각이죠. 고해라고나 할까요. 그러나 귀찮음에 비하면 부끄러움은 견딜 만하죠. 작년 음주 단속에 걸렸을 땐 복잡했습니다. 경찰서를 도합 3번 가더군요. 거기에 교육 한 번. 고작 100만 원으로 끝낼 수 있는 걸 말입니다."

아프가니스탄을 이웃집 건너가는 듯이 말하는 아들과 같다. 아니 3년의 봉사 활동을 예비군 동원 훈련 가듯 말하는 아들과 같다. 100만 원으로 끝냈다는 말에, 그는 낯선 통증이 불줄기부터 오목가슴까지 한 줄로 긋고 지나가는 것을 느꼈다. 심호흡으로 그는 통증을 누르며, 동시에 분노도 가라앉혔다. 분노를 느낄 필요는 없다. 너도 위법에 있어서는 선배다. 네가 깔고 앉은 의자의 수신기가 명백한 증거다. 100만 원을 가볍게 여기는 젊은이의 부유함에 대한 시기를 정의라는 분노로 환치할 것 없다.

"……돈으로 승부를 보려면 진작 하지 왜 이리 오래 끌었는가?"

"경찰이 둘이었으니까요. 둘 이상이면 사람이란 정말 골치 아픈 짐승이 되죠. 혈관 속에도 한 방울 없던 정직을 샘을 파듯 뽑아내고, 정의니 뭐니 자신들도 잘 모르는 가치들을 구름처럼 만들죠. 필요하면 그림자에서 뼈다귀를 찾아내는 것들이 인간이다, 우리 아버님 말씀이죠. 정의는 분명히 복수형일 겁니다. 혼자 있을 때는 있지도 않죠. 하하하. 사실은 지난달에도 이런 건이 한 번 있었는데, 그땐 쉬웠죠. 혼자 쫓아와서요."

"상습범이군."

"상습범이 아니라 상습범을 만드는 나라에 사는 게 죄죠. 음주 단속 말고 방범 순찰을 그 정도로 했으면 도둑의 씨가 말랐을 텐데 말입니다."

전화가 울렸다. 그는 자신의 주머니를 뒤적거리는데, 녀석이 담배를 끄고 전화를 받는다. 예, 알았어요. 걱정 말고 주무세요. 시냅니다. 아침 진료엔 지장 없어요. 단답형의 말만 주고받는다. 그사이에 귀가하기 위해 그는 차에 올랐다. 그리고 시동을 걸었다. 녀석이 전화를 주머니에 넣고, 다시 한번 목을 축이더니 차에 가까이 왔다. 그리고 반대편에 탈 수 있느냐고 물었다.

그는 잠시 망설였다. 이제 가고 싶었다. 어차피 일이 없다면 몸이라도 편히 쉬어야 한다. 지체를 허락으로 알았는지 녀석은 번개처럼 올라탄다. 그리고 신기하다는 듯이 허리를 펴고 반듯이 앉아 정면을 본다. 그러면서 가끔 고개를 끄덕이기도 하다가 갑자기 물었다.

"제 차를 견인해 줄 수 있습니까?"

"견인? 대리 운전을 부르지. 아니면 곧 단속 끝나니 그때 은전해서 가든지."

"대리 운전은 소문 때문에 싫고, 어머니가 새벽 기도 시간까지 날 새며 기다릴 게 뻔해 기다릴 수도 없고요."

아내는 어머니를 목요일마다 병원에 데리고 간다. 꼼짝없이 다섯 시간을 그녀는 나무 의자에 앉아서 다른 보호자들과 쓸데없는 이야기를 하거나, 혼자서 복도를 서성거릴 뿐이다. 한 시간에 3500원짜리 식당의 설거지 잡일을 아쉬워하며.

"억지 견인은 요금이 비싼데."

"100만 원은 아니겠죠, 설마? 하하하."

"10만 원은 주겠지?"

"그 정도면 좋습니다. 언제 갑니까?"

"곧 가도록 하세. 자, 이제 시작할까? 그런데 자칫 앞부분에 기스가 날지도 모르는데. 워낙 견인이란 것이 그렇지."

"범퍼에 말입니까? 그 정도야 괜찮습니다."

그는 레버를 돌려 앞뒤 잭을 모두 내려 안착시키고 붐을 작동했다. 윈치가 비잉 소리를 내며 풀린다. 녀석은 흥미롭다는 듯이 레버를 조절하는 그를 지켜본다.

"이 장소는 어떻게 알고 왔나?"

"여기요? 내년에 여기 병원을 지을 겁니다. 저기 있지요. 보리를 심어 놓은 가운데 빈 터요. 240평인데 거기에 내 이름의 병원을 세우죠. 올해가 수련의 과정 마지막입니다."

붐 포스트를 최대로 낮게 하고, 로프로 묶고, 캡 전방에 하중이 실리도록 하고, 패치를 조정해서 단단히 하고, 방향을 잡아 트리거에 올린 후 느리게 차를 들어 올렸다. 녀석은 비상등을 켜고 내 차로 올라왔다. 호기심이 가득했고, 표정이 상쾌해 보일 정도였다. 교활했던 내 동작이 비천하게 생각되고, 갑자기 손에서 힘이 빠져나가는 것을 느꼈다.

"의사인가?"

"예. ……비밀입니다. 의사가 음주 운전 했다는 소문은 안 좋죠. 하하하."

"그게 아니고, 내가 자네와 경찰을 고발할 수도 있는데, 그게 더 무섭지 않나?"

"하하하."

녀석은 웃는다. 짧게. 매우 짧고 간단하게. 매우 건강하게.

"뭘 고발할 수 있어요, 아저씨가? 증거도 전혀 없는데? 돈 주는 것 봤어요? 내가 음주하는 것을 봤습니까? 오로지 내 말뿐 아무 증거도 없으니 외려 무고죄로 당할 수 있는데요."

"그게 그렇게 되나? 진실을 고발할 수도 없다니 참 무서운 세상이네."

"무서운 것이 아니라, 원래 그럴 수밖에 없는 게 세상이죠."

녀석은 작게, 그러나 밝게 웃었다. 마치 웃음으로 지문화된 대본에 쓰인 대로 연기하는 배우처럼. 그도 녀석을 보며 웃어주었다. 불을 켜자 채마밭처럼 가꾼 공간에서 갖가지 채소들이 날카로운 빛에 찔린 양 비틀거리며 아우성과 함께 수액들을 흘리기 시작하는지 사방은 온통 습습했다. 차를 몰아 나갔다. 어둠 속을 쏘아 나아간 빛이 길을 밝혔다.

"대리 운전을 시켰으면 좋을 텐데. 차 손상될 염려 없이."

"사실은 어릴 적부터 타 보고 싶었어요, 이 차. 견인차라고 합니까?"

"레커차는 기사 중에서도 팔자 센 놈들이나 타는 것인데, 왜 그렇게 타 보고 싶었을까?"

"이런 차를 끌고 다니는 사람이 높다고 생각했죠. 차만큼 힘도 세서 겁이 없어질 것 같았으니까요. 어릴 때 겁이 많았죠."

밤공기의 고르고 낮은 숨결이 열어 놓은 차창으로 밀려왔다. 억세게 운수가 좋은 날이다. 이러다가는 날이 새도록 영업을 할 지도 모른다. 그래서 그는 차를 조금 빨리 몰았다. 시내 복판을 지나는데 갑자기 녀석이 웃는다.

"우리가 닮은 점이 있는 것 아세요?"

그는 잠자코 녀석을 보다가 고개를 흔들었다. 녀석은 좌회전 하라며 손을 뻗어 가리켰다. 고급 주택가로 들어섰다. 다시 오른편을 가리키며 녀석은 되물었다.

"정말 모르십니까? 의사와 견인차의 공통점을요?"

녀석은 이번에는 자못 진지하게 물었다. 그러면서 왼편 세 번째 골목이라고 말했다. 시내에서 알아주는 고급 주택가는 문턱도 많았다. A자 텐트처럼 지은 작은 경비 초소에서 사람이 나와 그들을 세웠지만, 녀석의 차 번호를 보고 고개 숙여 인사하며 길을 열어 준다. 그는 조합원들을 피해 생면부지의 이 소도시로 오면서 검문소를 지날 때마다 부끄러웠던 그날을 기억했다.

“오랜만에 소원 성취합니다. 열한 살 때부터 원한 이 차를 탔으니 말입니다. 그런데 아직도 모르겠어요? 우리의 곧통항 말입니다.”

“모르겠는걸. 도대체 뭐지?”

그는 밝게 미소만 지었다. 녀석은 튼튼한 담으로 둘러싸여 있는, 담쟁이가 한창 오르고 있는 집 곁에 차를 멈추게 헀다.

“수고하셨습니다. 여깁니다. 내려 주시면 됩니다.”

녀석이 문을 열고 내리고 나서 차를 내린 다음 와이어를 풀었다. 녀석은 스위치를 눌러 차고를 열었다. 차고에는 차가 한 대 더 있었다. 고급 외제 차였다. 녀석은 차에 올라타 조섬스럽게 주차했다. 그런 다음 잽싸게 내려 지갑을 꺼내 들고 그에게로 왔다.

“여기 20만 원입니다. 10만 원은 계약금이고, 10만 원은 소원 풀이 사례금입니다.”

“괜찮네. 5만 원만 주게. 그것만도 충분하니.”

“안 됩니다. 계약은 계약이니까요. 파기할 수 없습니다.”

녀석은 10만 원짜리 수표 두 장을 그에게 내민다. 공손하게 두 손이다.

“그리고, 명함 있으면 한 장 주십시오.”

“그러지. 여기, 명함 겸 긴급 연락처네.”

“수고하셨습니다.”

그는 돈을 받고 차에 오르다 몸을 돌려 녀석을 불렀다.

"대답은 몰라서 못 했고, 대체 우리가 어디가 닮았다는 건가?"

그는 입을 벌리지 않고 냉큼 미소를 띤다. 불이 켜지며 문 앞이 환해진다. 누군가 나오는 소리가 들린다. 그는 차에 올랐다.

"타인의 불행이 우리의 소득이 된다는 점이죠. 우리는, 아저씨나 저나 남들의 고통이 있어야 먹고 살 수 있다는 것이지요, 하하하."

"뭐?"

문이 열리는 소리가 나며 누군가 나왔다. 녀석은 문으로 들어서며 손을 흔들었다. 경찰을 보내며 했던 그 모습 그대로였다. 묘한 수치심이 땀구멍마다 솟아났다. 될 수 있는 대로 빨리, 이 아늑하고 높은 담이 성벽처럼 솟아 있는 길을 벗어나기 위해 그는 좀 더 속도를 높였다.

턱에 부딪히는 소리가 난다. 그러나 그는 개의치 않고 큰길로 나왔다. 그는 다시 단지의 빈 터로 가기로 했다. 뭔가 단단히 빚을 진 모양 내부에서 맹렬히 타오르는 분노가 그를 단단히 결박한 채 견인하고 있었다. 아니 정체 모를 굴욕감이 풍매화처럼 날아와 균열된 그의 가슴속에 부착되려고 전력을 다해 아긋아긋하게 뒤틀린 뿌리를 내밀고 있었다. 마침내 그는 도로의 한복판에 차를 세우고 말았다. 그리고 어두운 새벽을 보았다.

염산(鹽山)에 가다

염산.

라디오 소리와 임신입니다, 하는 의사의 목소리가 동시에 들렸다. 물에 빠진 양 벗어나야 한다는 것을 제외하곤 아무것도 생각나지 않아 가방을 들고 일어섰다. 말을 이어 가려던 의사는 멍해져 그녀를 보았다. 표백된 의식에 기억의 자판이 새겨지고 있다. 염산, HCl, 염산(鹽酸) 아니고 염산(鹽山), 염산(艶産). 많은 관련 기호들이 박힌다, 못처럼. 브리콜라주.

그녀의 코발트 색깔 승용차는 늦가을 더위를 떨어내려 사래질을 하고 있었다. 그녀는 짙푸른색이 음울하고 외로운 색이라는 생각을 했다. 그 음울함 속으로 들어가는 것이 싫어서 땀이 맺힐 때까지 서 있었다. 그리고 전화를 꺼냈다. '임신이래.'라고 써 보내려다 취소를 하고 대신 사무실 전화번호를 눌렀다. 그녀의 목소리가 너무 단호했을까, 직원은 당황해했다. 전화를 넣고 그녀는 차로 향했다. 가을의 아직 톡톡한 열기는 가로수 끝에서 용해되어 축 처진 가지를 홈통 삼아 바닥에 곤죽처럼 낙하하고 있다.

두려움이다. 내가 나를 복제한다는 건. 그녀는 자신이 엄마가 될 수 있을까, 하는 생각에 진저리를 쳤다. 나는 복사기가 아니다. 나로 인해 발행되는 또 하나, 나 닮은 서류 같은 것은 온당치 않다. 땀이 눈 속으로 스며 날카로운 통증으로 눈물을 조작할 때까지 그대로 서 있다가 마침내, 쓰디쓴 통증이 그녀의 안구에서 물로 흘러내릴 때에야 차에 올랐다.

그녀는 열기로 인해 선글라스가 습기에 흐려지는 것에도 아랑곳 않고 꼼짝 않고 앉아 있었다. 주름 스커트가 핸드브레이크를 덮고, 열기가 그녀의 목덜미에서 소나기처럼 돋아났지만 움직일 수 없었다. 차가 아래로, 그대로 하강하는 환상이 그녀의 눈앞에 오갔다. 차는 수직 강하 하고 있다. 소리 하나 없이, 고층에서 떨어지는 불은 삐라들처럼 그렇게 내려지는 착각에 고개를 한 번 올린 것이 그녀가 한 모든 행동이었다.

차를 몰고 주차장을 나서며, 그녀는 어디로 가야 하지, 물었다. 그녀는 옆 좌석에 누군가 앉아 있는 것처럼 물었다. 응. 어디로 가야 해? 왼쪽이야 오른쪽이야? 대답은 들리지 않았다. 묵시처럼 그녀는 중얼거리며 나왔다. 염산으로. 그리고 순환도로를 찾았다. 가야 한다. 이렇게 있을 수는 없다. 그런데 어디로?

그녀는 엉겁결에 좌회전을 했다. 뒤에서 급정거하는 소리가 났다. 그녀는 차를 그대로 몰고 갔다. 뭐 때문에 가는 거야? 그녀는 신호등 앞에서 멈추며 물었다. 왜 염산에? 대답은 없다.

안녕히 가십시오. 시 계표인 해태상이 권태로운 표정으로 인사한다. 영광이지, 그곳은. 일단 그리로 가야 해. 함평인가? 쨍쨍한 가을 더위가 해태상 머리에 더께더께 얹히고 있다. 바로 곁에, 시외로 빠지는 마지막 주유소라는 입간판을 보고 그녀는 차를 돌진했다. 주유원들이 달려온다.

"가득."

기름 냄새가 역하다. 싫어. 뭐가? 기름 냄새가, 임신이 임신을 가능케 한 섹스가, 아니면 그 남자의 무책임이? 싫다. 그녀는 다시 말했다. 엄마가 되는 것이. 또 하나의 나를 내가 보고 살아야 하는 것이. 싫다. 나는 능력이 없다, 엄마라는 여자가 되는 게. 세 번의 싫다가 끝났을 때, 차의 유리창을 두드리는 소리가 났다. 그녀는 지갑을 열고 돈을 세어 내밀었다. 그리고 도망치듯 차를 몰고 나왔다. 잠시라도 지체하면 다시 돌아갈 것 같아 두렵다.

두려운 것이 뭔지 그녀는 지나치게 잘 안다. 늘 그녀의 생에 복병처럼 나타나 순식간에 질리게 만드는 것이 그것이다. 아직 내가 모르는 것. 눈을 보고 있어도 알 수 없는 사람들의 속내. 만져도 알 수 없는 직물의 염료. 온갖 욕을 퍼부으면서도 남편을 받아들이며 헉헉거리는 어머니의 색욕과 출분. 두 마디도 채 못 하고 뺨에 떨어지는 아버지의 주먹. 알 수 없다. 사위가 딸을 죽였다고 증오하며 돌아가신 외할머니. 단 한 번도 딸을 찾지 않은 여자의 마음도. 모르는 것은 모두 다 두려움이다. 평정 상태를 깨뜨리는 것은 두려움이다.

한참을 달리자 이정표가 보인다. ‘영광/상무대’. 상무대. 아버지라는 남자는 직업군인이었다. 그는 막장에서 나온 광부처럼 검고, 무엇보다 왜소했다. 검은 피부에 짙은 눈동자가 작은 얼굴에서 기묘하게 사람을 질리게 했다. 말하면서도 눈을 고정해서 진실을 자신에게 돌리는 능력을 가진 무자비한 사람이었다. 혁혁한 월남에서의 전과는 그래서 보다 그에게 가능성이란 것을 부여했는지도 모른다. 현지인들이 전혀 한국인이라고 생각하지 않는 사람. 그래서 맹호 부대에서 살아온 사람. 자신의 눈을 보고 말하라면서, 바짝 눈을 들이밀고 자식을 바라보는 사람. 이미 자식의 실수를 알면서도 반드시 그것을 확인하여 이중의 수치를 느끼게 하는 사람과 그 의식. 그에게 진실의 기준점은 자신밖에 없었다. 승리하기 위해선 수단을 가리지 마라. 군인 정신! 아버지는 그것을 군인 정신이라고 했다.

상무대는 싫지? 그녀는 말했다. 이번에는 대답이 나왔다. 싫어. 그래, 그리로 가지 말자. 삼거리에서 좌회전을 하면 될 거야. 그래, 가능하지. 왜 해수욕장 가면서 우회했던 거 기억나? 그래, 고창인가로 우리는 올라갔어. 분명히 지도상으로는 위도가 낮은데도 우리는 올라가야 갈 수 있는 곳이라고 낄낄거렸지. 지도와 도로는 달라. 도로는 지도를 위반하기 위해 만들어졌을 거야. 도로는 그러므로 실상을 거부하는 거지. 그렇지 않아? 편리함을 다수에게 제공하려는 권력가들의 위선적 시혜 중 하나가 지도의 공유야. 그러나 도로는 다르다고, 남자는 말했다. 그 남자. 아이의 제공자. 번뇌의 출발지.

'영광/고창', '함평/상무대'에서 그녀는 선택의 시간이 필요하지 않았다. 그녀는 차를 왼편으로 틀어 액셀을 밟았다. 점멸하는 신호등이 그녀의 코발트 빛깔의 차 지붕에서 호박색으로 변색되어 반사되었다. 길에는 아무도 없었다. 논에 드문드문, 사람들이 황숙기에 들어선 벼를 보며 서 있었다. 아니면 때 이르게 익은 벼는 고개를 숙이고, 사람들이 새를 쫓느라 깡통을 두드리고 있었다.

늙으면 정말 자식이 필요할지도 몰라. 그런데 필요해서 낳는 자식이라니, 너 좀 끔찍하지 않아? 이번에는 대답이 없다. 너, 아직도 날 모르는구나. 메아리처럼 소리는 차창을 벗어나지 못하고 되돌아와서 그녀의 스커트 위에 쌓이는 햇살처럼 켜켜이 내린다. 그래, 거짓말하지 않을게. 나, 그 사람을 사랑한다고 말할 수 없어. 그래서 내키지 않아. 부부가 될 만큼, 가족을 구성한다는 두려움을 극복할 만큼 사랑하는지 자신이 없어, 내가.

멀리서 교통경찰이 그녀를 향해 도로에서 벗어나라고 신호를 하기까지 그녀는 운전만 해 왔다. 눈을 들자 햇살이 내리쬐는 한길 가, 말라 가는 미루나무 밑에 선 그는 청색 제복 때문에 실제보다 건장하게 보였다. 차를 멈췄다. 경찰이 다가왔다. 그녀는 면허증을 주기 위해 지갑을 찾았다.

"이쪽 길은 공사 중입니다. 돌아가십시오."

"공사 중이에요? 그런 표지는 없었는데요."

"잘못 보셨겠지요. 돌아서 3분 정도 가면 샛길이 나옵니다. 그곳에서 좌회전해서 5분 정도 가면 다시 합류되는 길이 나옵니다."

"고맙습니다."

입을 다무는데, 입술이 까칠했다. 그녀는 내처 물었다.

"커피를 마실 만한 곳이 없을까요?"

경찰은 어이없다는 듯이 눈을 홉뜨고 어깨를 들썩인다. 그 뒤로 가을 오후의 태양이 거미줄처럼 늘어지며 촉수를 내밀어 양쪽으로 늘어선 미루나무 가로수들을 친친 동여매고 있다. 바람이 불 때마다 이어진 거미줄이 흔들리며 햇살을 반사하는 듯 눈이 부시다.

차를 돌리며 그녀는 말했다. 어긋난 길에 들어섰어, 이번에도.

샛길은 도로가 아니었다. 황토가 희게 마르고 있었고, 아직 더운 날씨로 인해 습습한 길섶에선 아지랑이가 솟아났다. 그녀는 에어컨을 끄고 문을 열었다. 열기가 그녀의 정수리를 부딪고, 목덜미를 옥죄었다. 늦은 속도만큼 꾸물대는 바람이 서늘하

던 차의 습도를 높이고 있다. 그녀는 송송 맺히는 땀을 닦지 않
았다. 목을 만지는 일은 그녀에게 없다. 목걸이조차도 그녀에게
는 버거웠다.

　덜컹거리며 한참을 가니 포장도로가 띠처럼 길게 늘어져 보
인다. 그것은 긴 고무줄처럼 휘어 있었다. 그곳에 도달하여 포
장도로로 겨우 올라오자, 곧 버스 승강장이 있었다. 그리고 그
곳에 여자가 있었다. 여자는 물방울이 그려진 연두색 반소매 원
피스를 입고 있었다. 한 손에는 낡은 시장바구니 겸용 가방을
들고, 다른 손에는 희게 변해 버린 파라솔이 지팡이처럼 꼿꼿하
게 바닥을 향해 떨어질 듯 위태롭게 걸고 있었다.
　여자는 손을 들었다. 그녀는 차를 멈췄다.
　"무정까지만요."
　대답도 안 했는데 여자는 차의 손잡이를 잡고 있었다. 그녀
는 고개를 끄덕였다. 뒤에 타려다가 여자는 조수석으로 왔다.
차마 말을 할 시간의 여유도 없이 여자는 탔다. 섬모가 다보록
하게 난 들꽃의 꽃대를 잡은 양 거친 화장품 냄새가 코를 찔렀
다. 그녀는 문을 닫고 에어컨을 틀었다. 냉기가 쏟아지며 냄새
를 바닥으로 떨어뜨리는지 곧 가셨다.
　"좋은 차네요."
　어처구니없는 여자의 말에 그녀는 의무처럼 고개를 까닥 흔
들어 주었다. 여자는 시장바구니에서 손수건을 꺼내 이마를 훔

치며 그녀를 향해 다시 한번 웃어 보였다.

"남편이 갑자기 메밀냉면을 묵고 싶다네요. 입도 참말 까다로워."

이번에는 대답하지 않았다. 대신 브레이크를 밟고 신호 대기를 했다. 좌편에서 트럭이 세차게 달려와 지나간다. 여자는 혀를 끌끌 찼다. "잘못 태웠어." 그녀는 말했다. 여자는 고개를 이쪽으로 돌렸다. 그러나 알아들을 만큼 분명한 소리는 아니었는지 눈만 크게 떴다.

그에게 전화를 해야 한다고 생각했다. 그런데 언제, 어디에서 해야 할까. 아니 뭐라고 이야기해야 할까. 아이를 가졌는데 지우고 싶어. 아이를 가졌어. 그러니 이제 헤어질 때가 된 것 같아. 부주의한 것은 나니까 관심 두지 마. 이렇게? 아니면 아예 수술대 위에 올라가서 할까. 휴대전화의 이점을 최대로 살려 볼까.

"시골에서 냉면을 하려면 엄청 힘들거든요."

"냉면, 좋아하지 않아요."

어쩌자고 그 소리는 그렇게 투박하고, 얼음에 깨어져 나가는 유리같이 높은 소리였을까. 그녀는 무안해서 여자를 보았다. 여자는 못 알아들은 모양인지, 모른 체하기로 했는지 별다른 표정을 짓지 않았다.

"냉면은 둘뿐이죠. 차거나 맵거나. 그래서 냉면은 잘 먹지 않아요."

그녀는 스스로에게 화를 내고 있었다.

"나도 그런디 우리 남편은 좋아해요. 학교 선생이라 시방 농번기 휴간데, 학교에서 교감 선생님과 바둑을 두고 있닥시로 나한테 전화해설랑 냉면이나 해 놓으라고 안 허요. 교감 선생님까정 모서 온다고 그러네요."

"무정은 어디죠?"

"빤드이 가서 우회전만 하면 돼요. 근데 어디로 가시요?"

"영광요."

"오메 그라면 삼거리에서 내려 주쇼. 거기서 소재지까지 금방인게. 냉면 사리 한 개 사고, 육수거리 쫌만 사면 되는데, 20리를 와야 된단 말요. 이래서 촌이라 하지요."

"남편을 사랑하시나 봐요?"

여자는 배시시 웃으며 자부심 가득한 미소를 지었다. 텔레비전에서 자주 보여 주는 단란한 가족의 모습이 느껴졌다. 단란함? 좋지. 단란주점도 참 단란하더라. 그녀는 액셀을 좀 더 강하게 밟았다. 차는 진저리 치더니 곧 속도를 올린다. 사랑이라고 할 수 없다. 자주 만나서 같이 잠자는 그 남자와의 관계를.

염산을 택한 것은 그녀가 아니다. 그녀 내부에 잠복되어 있던 아교와 같이 끈끈하고 독한 혈연이란 종양이 갑작스럽게 전이된 것이다. 항용 그녀의 의식 밑에서 독을 채우며 복수의 기회를 노리고 있던, 차가운 그녀의 성격을 일순에 전복하려는 치명적 세균들. 근절되지 않은, 근본까지 박힌 회귀성 난치병. 추상으로 엉거 있어, 결코 분리수거 할 수 없는 샴쌍둥이 같은 태

생의 접착. 이게 뭐란 말인가. 도무지 논리적으로 풀어지지 않는 불가해성. 의당 그 남자에게로 달려가야 했다. 그리고 소리를 치든지, 짜증을 내든지, 그와 헤어지든지, 책임을 묻든지, 그의 부주의에 분노해야 했다. 그런데 염산이라니. 그녀는 자신도 모르게 코웃음을 날렸다.

"네?"

여자가 갑작스러운 그녀의 코웃음에 놀란 듯이 묻는다.

"아뇨, 아, 아녜요. 버릇이에요."

"예, 그래요. 나는 또……. 우리 양반도 갑자기 꽥 소리 지르는 버릇이 있어서요, 아가씨도 그런갑네."

그녀는 대답 대신 가볍게 한숨을 내쉬었다. 제발 좀 조용히 있어요, 아줌마. 이놈의 삼거리는 얼마나 더 가야 하지.

"저기, 다리 건너서 막 내려 주면 됩니다."

그녀는 고개를 끄덕여 응답을 대신하고, 다리로 올라섰다. 그나마 실개천이 마른 내로 기어가듯 흘러가고 있었다. 그녀는 차를 멈췄다.

"오메, 고맙고 미안해서 우짜까. 잘 가세요이."

그녀는 살짝 웃어 보이려고 했는데, 좀 굳은 얼굴이었을 것이라고 생각하며 차를 앞으로 몰았다. 그런데 대체 염산은 어디로 가야 하는 걸까. 까짓 뭘 해. 못 찾으면 되돌아가지. 그런데 찾을 것은 또 뭐람, 생각했을 때, 이정표가 보였다. 영광, 고창 2킬로미터. 좌우를 택하라.

174

전화가 울렸다. 그녀는 그대로 차를 몰아 앞으로 나갔다. 전화는 쉬지 않고 울렸다. 그녀가 마지못해 차를 갓길어 세우고, 전화를 들었다. 남자였다. 그녀는 전화를 끊었다. 곧 다시 울렸다. 그녀는 전화를 들고 밖으로 나왔다. 삼거리에는 아무것도 없었다. 낮결이 지나가는 모양인지, 그야말로 황톳길과 좀 더 좁아진 고창으로 향하는 길과 그리고 황토밭에 심은 채소의 푸른빛뿐이었다. 플라타너스가 바람에 움직이지 않았다면, 진공의 한복판, 실험관 속에 갇혀 있다는 느낌이 들었을 것이다. 투명한 유리관 너머로 보이는 풍경들. 먼 산과 들, 황톳길과 구름들.

"왜 전화를 끊어!"

남자는 짜증이 난 목소리였다. 여자는 대답을 안 했다.

"병원이야?"

그녀는 여전히 대답을 하지 않고, 벌어진 길의 아래를 내려다보았다. 논고랑 사이로 잡풀들이 보였고, 이름 모를 들꽃들이 잔뜩 깔려 있었다. 뒤에서 차가 한 대 지나갔다. 그녀는 깊은 모두숨을 내뱉었다.

"나, 염산에 가."

"염산? 거기가 어딘데? 뭐 하려고?"

"나도 몰라. 이제부터 찾아야지. 개인적 용무까지 말하고 사는 관겐 아니지, 우리?"

"길도 모르면서 거길 간다고? 하긴, 우린 아직 강 건너 등불이지."

“하하하.”

너무 어처구니없는 대답에 그녀는 웃었다. 리어카를 끌고 노파가 지나갔다. 수건으로 머리를 감싸고, 몸뻬 바지, 고무신 차림에 양말도 신지 않은 여윈 발목을 보자 그녀의 눈에서 눈물이 솟았다. 웃음과 눈물이 동시에 존재할 수 있다는 것에 그녀는 잠시 멍해졌다.

“오늘 오지? 설마 목요일이란 것 잊지 않았겠지?”

“몰라. 갈 수 있을지 없을지, 목요일인지 아닌지. 그리고 내가 왜 여기에 있는 건지도 모르겠어. 그를 만나야 해! 그래야 할 것 같아.”

뭐라고 크게 소리치는 소리가 들렸다. 누구, 나 말고 또 누굴 만난다는 거야, 목요일에. 설명하기가 지겨운 것이 아니라, 이미 자신이 그를 만나야 한다고 결정한 무의식에 대한 두려움으로 그녀는 전화를 끊었다. 저만큼 리어카가 가고 있다. 트럭 한 대가 리어카를 향하여 경적을 울렸다. 노파는 고개도 들지 않고 리어카만 끈다. 그녀의 리어카 안에서는 고구마 줄기와 고운대, 그리고 굵은 고구마가 불협화음처럼 뒤섞인 채 바동거렸다. 길게 곡선으로 꺾인 가을 햇살이 리어카의 푸성귀들 깊숙이 햇살을 집어넣었는지, 조금도 제 색을 잃지 않고 오히려 푸르다. 그 푸른 채소가 그녀에게 마치 절망의 거멀못으로 폐부에 박히듯 환부가 아려 왔다.

전화는 다시 울리지 않았다. 단단히 열을 받았는지, 전화도 하지 않는다. 그녀가 문제였다. 자신이 없다, 남자와 가족이 된다는 것이. 영원한 관계는 존재하지 않는다. 영원한 관계 대신 지겨운 일방적 희생이나 현상 유지를 위한 복종 의식 등으로 틈 없이 꿰매져 있어야 한다. 가족이란 본래가 틈 없는 피륙이다. 그래서 단 한 번이라도 좋으니 그녀는 어머니라는 여자를 기다렸다. 그날 이후 아버지라는 남자도 이해할 것 같아 기다렸다. 기다림이란 사실 용서와 동의어다. 둘 다 많은 인내를 요구한다. 그들을 기다리는 것은 그러므로 언제나 그녀에게 상처를 확인하는 순간이었다. 그녀의 육체와 정신을 지치게 했지만, 기다렸다. 그 기도의 허무함이라니.

임신 사실을 알면 그는 결혼을 하자고 달려들 것이 뻔하다. 아기를 갖다니. 터무니없어. 이렇게 어리석은 행동을 내가 하다니. 그녀는 차를 염산 쪽으로 꺾었다. 이게 뭘까. 기어이 나를 몰고 가는 이 저항하기 힘든 힘의 본체는 뭐란 말인가. 망연해하며, 그녀는 뒤에서 빵빵거리는 차를 위해 갓길로 비켜났다. 지프 형의 차는 그녀 곁을 지나면서 주먹을 쥐어 들고 때리는 시늉을 했다. 그녀는 아무런 대꾸 없이 차를 다시 바르게 했다. 뭐가 잘못되었을까. 임신이라니. 터무니없는 난센스가 그녀에게 발생했다. 킬킬거리며 그냥 삼켜 버리듯. 낙태를 하자. 이 끔찍한 삶의 도돌이표. 그런데, 내가 왜 여기에? 한꺼번에 팽개쳐지는 시월의 햇살들이 도로에 쏟아지면서 난반사되는지 어지러워 그녀는 선글라스를 꼈다. 세상이 급히 푸른색으로 바뀌었다.

귀환하면서 가지고 온 비망록이니 앨범 등에 마구잡이로 꽂혀 있던 아버지의 사진은 선글라스를 착용한 것이 태반이었다. 야자수 아래, 필시 창녀로 보이는 아오자이 차림의 여자가 있었고, 아버지의 굵고 그을린, 그러나 그들 때문에 더욱 희어 보이는 팔이 여자의 허리를 가로질러 있었다. 때로는 아버지의 흰 이가 야자수 그늘에서 더욱 희게 보이기도 했다. 아무튼 전우들과 찍은 사진보다 베트남 여인들과 찍은 사진이 두 배나 많았다. 두 명의 여자 가운데 서서 한 여자의 가슴께 손을 얹고, 다른 여자의 엉덩이를 안고 있는 사진도 있었다. 수만 달랐지, 세 여자도 있었고, 여러 명의 여자와 동료 들이 어울려 찍은 것도 있었다. 게다가 몇 장의 춘화까지도 부록으로 달려 있었다. 여성의 성기가 깊숙이 보이는 그런 사진들은 그 당시로선 엄청난 것이었다.시골에서는 말이다.

아버지는 그런 사진을 낄낄대며 펼쳐 보기 전에 항용, 그 앞에 있는 군복 입은, 월남에 놓고 온 그의 청춘을 되살려 내 한 장 한 장 보여 주며, 끔찍한 과장을 곁들여서 봊아 냈다. 고소하지는 않고, 깻묵을 되볶는 듯한, 그래서 오히려 노린내가 나는 듣기 싫은 이야기를 무훈처럼 떠들어 댔다. 베트남이 유일한 그의 훈장이었다. 사람들이 모일 때마다 아버지는 가까이 있는 누군가를 시켜 집에 있는 앨범을 가져오게 했으며, 집에서는 그녀와 그녀의 어머니가 있는 곳에서도 앨범을 펴 보이며 음탕한 눈빛을 지었다. 아버지의 사진은 지금 그녀가 낀 선글라스의 색깔이었다. 연초록의 바랜 컬러. 바랠수록 사위어 가는 여자들의 아오자이. 이쪽 꽁까이는 요분질이 그만이다. 남자는 그저 넣고 기다리기만 하면 끝이여. 그래서 우리가 뭐라고 헌 줄 알어. 섹시 머신이라고 했어. 요것은 얼굴은 더 반반한디 그 맛은 영 빵이여. 그래서 여자 얼굴하고 그 맛하고는 반비례한다는 것을 느그들 맹심해야 쓴다. 알았냐, 젊은 잡것들아.

"짐승이여, 짐승."

어머니는 아버지를 기꺼이 짐승이라 불렀다. 그러나 그 짐승과의 저녁은 더욱 짐승스러웠다. 그들의 정사는 대체 요령부득이었다. 자식이 옆방에 있다는 것을 아는지 모르는지, 괴이한 소리를 지르고, 가쁜 숨소리를 내뱉어 가며, 시끄러웠다. 부부 싸움이라도 하는 날이면, 그날 밤의 정사는 더욱 거칠고, 뜨겁고, 길었다. 눈자위가 시퍼렇게 멍든 어머니는 부끄럼도 모르고 희열에 찬 소리를 질렀으며, 아버지는 그것으로 어머니에 대한 폭력의 면죄부를 받는 듯이 여전히 자신의 행태를 계속했다. 다행스럽게도 동생은 생기지 않았다. 황음에 대한 신의 분노일 것이라고 그녀는 믿었다.

적잖이 돈을 벌어 온 아버지는 문전옥답을 마련하고, 황소도 사 기르고, 읍내에서 재향 군인에 관련된 일도 맡고, 등등으로 분주함을 핑계 삼아 읍내 출입을 자주하며, 재미를 보는 일에 열중이었다.

"이년 저년들이 어서 소문을 들었는지 나만 가믄 풀 묻은 바가지에 깨 달라붙듯이 달라붙어 분디 내가 고자여? 부처님도 못 참는 거여, 배꼽 아래 일은. 니하고 헤어지고 같이 살자는 읍내 돈 많은 과부들도 많단께, 이렇게 안방 지키고 사는 것도 다행인지 알아라이."

종내 전답을 팔고, 읍내에 들어가서 다방과 술집을 차린 아버지는 언제나 큰소리였다.

"성질대로 하자믄 아들도 못 난 여자 칠거지악으로 내쫓는다는디, 나 그라고 속 쫍은 놈이 아니여. 어디서 아들 하나 나 가지고 올라믄 내가 못 헐 것 같냐? 그랑께 국으로 참아!"

차를 몰고 영광 쪽으로 달렸다. 도로는 이리저리 사행천처럼 구부러졌지만, 차가 적은 탓에 거침없었다. 그녀는 영광 5킬로미터라는 표지판을 보고 앞으로 나갔다. 라디오가 켜져 있었는지, 음악 소리가 들려왔다. 오보에 소리가 나는 듯하더니, 차가 휘어지는 순간 소리도 휘어지듯 끊겼다. 그녀의 심장이 곧 멈출 것 같았다. 휜 도로를 벗어나자 삼거리 표지판이 보이고, 염산, 백수 해안 도로라는 이정표가 보였다.

염산에, 왜 나는 염산에 가고자 했을까. 그녀는 해안 도로로 들어섰다. 바다는 보이지 않았지만, 갯내음이 먼저 달려들었다. 그것은 마치, 그녀를 이곳으로 이끈 그 무엇인가처럼, 방기되었다가, 홀연히 나타나서 제 존재를 드러내고 가는 우리 생의 몇 가지 결점처럼, 그랬다. 그렇게 가까이 있으면서도, 보이지 않는 것들. 추측이나 감각만으로 자신들을 확인시키는 것들.

어머니는 그녀를 버려두고 마침내 출분을 했다. 아버지의 자존심을 바닥에 팽개치듯이 같이 도망간 남자는 다방의 삼촌이라고 불리던 남자였다. 몸피가 여자처럼 가늘고, 말도 행동도 조심성이 과해 여자 닮은 놈이라 놀림을 받던. 그와 함께 어느 날 문득 어머니는 사라졌다. 아버지의 분노는 극에 달했다. 그죽일 연놈들. 월남에서 베트콩을 잡던 내 손에 소리 없이 뒈질 것이다. 정글의 수많은 부비트랩도 피해 살아온 맹호 부대 용사를 우롱하다니. 아버지는 패악한 소리를 내지르면서, 읍내를 활보했다. 그러다가 어디에 있다는 소문만 들으면 아버지는 그리로 달려갔다. 아버지의 추락은 그때였을 것이다. 중학생이던 그녀는 소식을 듣고 온 외할머니에게 끌려 도시로 왔다. 위문편지에 꾀여 학교도 졸업하지 않고 시집간 어머니를 죽을 따까지 욕하면서 외할머니는 그녀를 키웠다. 손이 귀해 유일하게 남은 외손인 그녀를 가르치고 보호했다. 아버지는 좀처럼 오지 않았다. 오는 게 두려웠다. 술도 마시지 않고 독한 표정으로 외할머니와 그녀를 노려보는 눈은 베트콩을 죽였을 때 그 얼굴이었다. 그가 있는 동안 외할머니와 그녀는 공포에 떨어야 했다. 죽도록 싫었다. 3년을 그는 어머니를 죽이기 위해 사는 것처럼 보였다. 어떤 날에는 외갓집에서 닭을 잡기도 했다. 목을 비틀어 두어 번 돌린 다음, 날카로운 칼로 닭의 목을 사정없이 베었다. 그녀와 외할머니가 있는 밤에 그는 보란 듯이 닭을 잡아서 끓는 물에 넣어 털을 뽑고 삶은 다음 그네들에게 주었다. 먹어, 먹으라고 윽박질렀다. 닭뿐 아니었다. 공기총으로 잡아 왔다는 오소리도, 토끼도 그렇게 시연하듯 보여 주었다. 어머니를 죽이겠다는 의식처럼.

마지막으로 그를 본 것은, 고등학교 2학년 때, 그녀가 상을 받아서 지방신문에 사진이 실린 때였다. 집으로 들어서는 어둑한 골목길에 그가 서 있었다.

"염산으로 이사 간다. 법성포 옆에 있는 데여. 인연이 요것밖에 안 되는갑다. 느그 엄마는 안 찾기로 했은께, 걱정 말고 살라고 해라. 염산면에 와서 아부지 이름 말하믄 다 알 텐께, 은제 마음 쏠리면 댕겨가라."

그녀가 한 유일한 말은 그것이었다.

"정말 엄마를 못 찾았어요?"

아버지는 그녀를 한참 동안 바라보았다. 오른편 입술이 심하게 올라가고, 작은 눈이 아래로 처지면서 섬광을 냈다. 한참 후에 그는 고개를 끄덕였다. 그리고 봉투를 한 장 내밀었다.

"애비 신상 명세다. 호적등본도 있고, 주민등록도 이전했다. 살라믄 여러 군데 써야 헐 텐께 잘 간직해 놔. 네 본적지, 아부지 현주소도 적어 놓고, 네 족보도 3대까정 써 놨은께 잊어 묵지 말고. 느그 외할머니에게 돈 몇 푼 맽겼다."

그녀는 가슴을 치밀어 오르는 분노에 고개도 들 수 없어서,

우정 끄덕였다. 그들이 질러 댔던 교성과 헉헉거리던 숨소리들과 교합의 행위들이 그녀에게 분노를 심어 주었다. 짐승이었어요, 당신들은. 둘 다 똑같이. 나는 낳지도 못했어요. 당신들의 행위의 부산물이지요. 둘 다 사람이라곤 못 하지요. 더구나 부모라는 거룩한 이름은 붙일 수도 없고. 아버지보다 어머니에 대한 분노가 더욱 컸다. 그때까지 단 한 번도 그녀는 나타나지 않았다.

"죽었을 거여, 느그 애비한테. 그 무작스러운 인간이 죽여서 어디다 묻어 부렸을 것이여. 독 오른 눈깔에 월남에서는 죽인 베트콩이 백 명도 넘는다고 안 혀? 그랑께 그놈이랑 느그 엄마를 죽여서 어디다 파묻어 버렸을 것이여, 그랑께 포기했다 그라지. 아니믄 느그 엄마가 요라고 안 나타날 수 있겄냐이."

외할머니의 확신은 해가 갈수록 분명해졌다. 그러나 그녀는 믿지 않았다. 버린 것이다. 그녀는 부모에 의해서, 자신도 책임지지 못하는 두 남녀에 의해서 버림 받은 것이다. 나는 결혼하지 않을 것이다. 더구나 부모가 되지는 않을 것이다. 그 끔찍한 책무를 지니기 싫다.

해당화. 그녀는 해당화를 곧 알아보았다. 붉은 꽃과 흰 꽃. 가시가 나 있는 가지들이나, 널찍한 화판들이 딱 법성포에서 자주 보았던 해당화였다. 해당화가 있다니. 그녀는 차를 멈추고 내렸다. 언덕 꼭대기 전망 좋은 곳에 정자가 있었고, 그 곁에는 트럭을 개조해서 만든 장사 차들이 있었다. 라면부터 생선회까지 판다는 차림표가 붙어 있었다. 승용차 두 대가 더 서 있었다. 그녀는 정자를 향해 갔다. 언덕 위에서 보는 서해는 파란색이었다. 더 이상 회색 갯물은 보이지 않았다. 한없이 나가, 칠산 앞바다까지 터진 서해의 파란 물이 정자까지 밀려오고 있었다. 시월의 햇살은 모든 것을 증발시켜 버리려는 듯이, 밀려오는 바닷바람마저도 축축하게 만들고, 포말이 이는 물결 위에 햇살이 바람 빠진 풍선처럼 희미하게 터지고 있었다. 그녀는 해당화를 보기 위해 왔던 길을 다시 내려갈까 했지만 그럴 필요는 없었다. 정자를 중심으로 그 꽃은 지천으로 피어 있었다.

가족으로 보이는 네 명이 그녀를 지나쳤다. 그들은 밝게 웃으며 사진을 찍더니 이내 정자에서 내려와 그녀가 있는 곳을 스쳐 지나갔다. 자식들로 보이는, 대학생쯤 된 남녀는 이어폰을 나누어 낀 채 고개를 까닥거리고 있었으며, 부부인 듯한 파라솔을 펴 든 남자와 그 옆에 다붓하게 붙어 선 여자는 함께 걸어오고 있었다. 그녀는 까닭 모르게 진저리 쳤다. 도저히 할 수 없는 일이다. 아이를 갖는다는 일은. 얼마나 끔찍한 일인가. 태연스럽고, 행복해 보이는 부부에게 느껴지는 살의 같은 충동에서 벗어나기 위해 그녀는 해당화 송이를 꽉 쥐었다. 가시에 손바닥이 깊이 찔렸지만 소리를 내지 않았다. 그리고 붉은색 송이를 따버렸다.

그녀는 자신이 아까부터 왼편을 보지 않고 있다는 것을 알았다. 너른 갯벌을 막아 분명하게 간척된 지경이, 염산이라는 것을 알 수 있었다. 해변 도로를 달리면서 내내 염산을 알리는 표지판을 보았으니, 언덕을 내려서면 염산일 것이다. 4킬로미터 남았다면, 더 갈 곳 없이 그곳이 그곳이겠지. 차에 내리면서 홀리듯이 살폈던 그곳을 그녀는 우정 거부하고 있었다.

짙은 회색이었다. 간척지라면 분명 벼가 심어져 있을 터인데, 염산으로 보이는 곳은 햇빛이 만들어 낸 눈부신 공간과 회색빛 갯벌밖에 보이지 않았다. 단지, 그것들은 매우 구획되어 있어 모자이크나 아니면 문양처럼 보였을 뿐이다. 그제야 그녀는 염산의 소금을 생각해 냈다. 소금 산이라는 말인가, 염산은. 너른 곳은 간척지가 아니라 바다를 조절하여 천일염을 얻기 위한 곳이구나.

"꽃을 따믄 안 되라우! 벌금 문당께. 삳 밑에 보리 껍닥 낀 것 모양 감시원덜이 왔다 갔다 헌디, 믄 배짱으로 여자가 해당화를 뜯는당가이."

거친 소리가 그녀의 등 뒤로 들려왔다. 비치파라솔 밑이 앉은 가족에게 음식을 놓고 돌아서면서 여자가 소리쳤다. 파라솔 아래 놓인 상에서 커다란 해물전에 젓가락질하던 사람들이 여자의 소리에 그녀를 보았다. 그녀는 아무 대꾸도 없이 정자 쪽으로 갔다. 뭐라고 덧붙이는 소리가 들렸지만 무시해도 될 것이다.

정자에 서자, 노해를 벗어나 바다는 더 멀리까지 보였다. 아마 저기가 칠산 바다일 것이다. 배를 타고 나가면 황해를 건너 중국이나, 물때를 잘못 맞추면 목포를 거쳐 태평양으로 빠져 버렸다. 어디로 간들 무슨 대수일까. 그곳에도 여전히 사람들이 살고 있을 것이며, 사람 사는 곳이면 여전히 사연들이 구구할 것이다.

바람이 불어와 그녀의 머리카락을 날려 눈을 쑤셔 댔다. 그녀는 손을 들어 머리카락을 눌렀다. 그리고 몸을 돌리며, 그때까지 들고 있었던 꽃을 던졌다. 손을 펴자 더욱 쓰라렸다. 염산을 바라보았다. 우묵 들어간 곳을 막았는지, 방파제의 해안선이 가지런했다. 방파제가 끝나는 으슥한 곳에서 시작된 산줄기가 바다를 막고 선 모습이 가을볕에 겨우 보일 뿐이었다.

돌아가야 한다. 이쯤에서 치기 어린 여행을 마쳐야 한다. 임신이야 얼마든지 실수로 가능한 것이다. 그와 같이 잠을 잔 것도 벌써 1년이 넘었다. 그동안 생기지 않은 것만으로도 다행이다. 조용히 처리하면 그뿐이다. 호들갑스럽게도 이런 일을 하다니. 전혀 나답지 않다. 돌아가자. 목표를 앞두고 돌아선 일이 한두 번인가. 생은 목표를 달성하는 데 있지 않다. 목표까지 나아가는 데에 의미가 있는 것이다.

그 사람을 왜 만나려고 하는가? 아무런 이유도 없으면서. 나도 어머니가 되었다고 말하려고? 낳지도 않을 아이의 존재를, 왜 하필 너를 버린 짐승 같다고 경멸해 마지않은 그에게? 차라리 돌아가 외할머니 무덤에서 울어라. 그편이 보다 타당하다.

"소독허쇼, 아가씨. 소독. 해당화 조것이 이쁘기도 허지만 겁나게 싸나서 독이 많당께."

여자가 그녀에게 다가와 과산화수소를 내민다. 그녀는 여자를 보았다. 무표정한 여자는 그녀의 손을 잡아채듯 낚아 약을 부었다. 과산화수소가 손바닥에서 거품을 일으키며 바닥으로 떨어졌다. 손아귀 힘이 세서, 그녀는 팔을 빼낼 수 없었다.

"고맙습니다."

"괜찮당께. 인자 금방 나을 거구만. 요것 한 방이면 썽은 안 나."

"예, 집에 가서 약 바를게요."

말도 채 못 끝냈는데 여자는 트럭으로 가 버린다. 그녀는 서서히 정자에서 내려섰다. 염산은 이제 지평이 점점 좁아진다. 해당화 꽃밭을 지나 그녀는 트럭을 지나치며, 뭘 좀 살까 잠시 살폈다. 아무리 봐도 식욕이 돌지 않는다. 게다가 지갑도 없다.

"염산 쪽으로 쬐끔 내려가믄 보건소 있당께. 거기서 치료 허고 가. 피가 많이 났드만."

차에 오르는데 여자의 목소리가 들렸다. 그녀는 몸을 펴고, 다시 고개를 까닥하며 차에 올랐다. 염산 쪽으로, 라는 말이 그녀에게 차를 못 돌리게 했다. 되돌아간다는 것이 개운치 않았다. 그래서 그녀는 행복한 가족들의 맛있는 식사를 보면서 차를 몰았다. 가파른 오르막길을 넘어서자 내리막길이었다. 이리저리 휜 길이 나무들 사이로 보였다. 염산 2킬로미터. 그녀는 아무 생각 없이 차를 몰아 내려갔다. 마을을 지나고, 작은 저수지를 지나자, 흰 건물이 보이고 녹십자가 그려져 있었다. 보건소였다. 그녀는 그곳을 지나쳤다. 삼거리가 나오고, 염산이 거기에 있었다.

면 소재지로 보이는 마을의 가게에서 그녀는 캔 커피를 샀다. 달콤한 것이 필요했다. 해는 이제 서쪽에 버티고 서 있었다. 희부연한 해무리가 하늘을 표백하고 있었다. 그녀는 젊은 주인에게 낯선 아버지의 이름을 물었다. 그는 눈을 껌벅이더니 바튼 기침을 하고 밖으로 나가 그녀에게 손짓을 했다. 세 번째 신호등에서 우회전해서 염전으로 들어서라고, 한참을 가면 '염산 축산'이 나오는데, 바로 거기에 그가 산다고 말했다.

염전은 이미 비어 있었다. 웬일인지 염전은 없었다. 너른 갯바닥은 폐허가 되어 있었다. 물을 안고, 담고, 증발시켜 짜디짠 결정체를 응결시키는 파란 타일 소금밭은 물을 품지도 못한 채 가을 햇살만 반사하고 있었다. 그녀는 차를 몰아 좁은 길을 계속해 나갔다. 한적한 소금밭을 지나자 더 건조한 땅이 나왔다. 갈대가 폐허처럼 늘어선 수로들이 보이지도 않은 바다를 향해 놓여 있었고, 지평선을 움켜쥐고 허덕이는 더위가 염전 위로 시르죽고 있었다.

인가도 차도 보이지 않았다. 그녀는 돌아가야 한다고 생각했다. 부질없다. 얼마나 꼴같잖은 충동이며, 어리석은 격정이고, 유치한 행위인가. 그러나 길은 없었다. 차를 돌릴 만한 여지가 없이 길은 좁고 곧게 나 있었다. 가야만 하는 길, 회로가 차단된 길은 차라리 숙명이다. 멀리서 냉갈이 오르고 있었다. 냉갈. 그녀는 웃음이 나왔다. 냉갈이라니. 어릴 적 그녀는 연기를, 연기와 유사한 것들을 냉갈이라고 불렀다. 수십 년을 뛰어넘어 솟아나는 옛적 언어 하나. 묵시처럼 솟아오르는 연기를 향해 그녀는 차를 몰았다.

인가가 보였다. 염전 한가운데, 몇 채의 집이 있었다. 높이 솟은 미루나무도 보였다. 푸른 기운이 느껴졌다. 그녀는 그곳으로 향했다. 개 짖는 소리가 들린 것은 그때였다. 그것은 소리의 다발이었다. 그녀는 동물을 싫어했다. 특히 개나 고양이를 구서워했다. 울음소리는 사방에서 들리는 것 같았다. 휴면하는 염전들 사이로 들리는 짐승들의 소리는 광야의 이리 떼를 연상케 했다. 그녀는 차를 멈췄지만 내리지 못했다. 인적도 없었지만 개 짖는 소리가 두려웠다. 연기는 플라타너스 나무 한 그루, 마을 입구 조금 떨어져 있는 곳에서 솟아나고 있었다. 푸성귀나 짚들, 그리고 부서진 나무 의자를 태우고 있었다. 연기와 개 짖는 소리가 낙수처럼 내리고 마른 개울로 더러운 물이 흐르는 길에서 닭 몇 마리가 쫓아다니는 병아리들과 함께 한가롭게 종종걸음하고 있었다.

조금 기다리자 여자가 나왔다. 동시에 개 짖는 소리가 멈췄다. 심하게 곱슬거리는 파마를 하고, 노란 여름 스웨터와 꼭 끼는 청바지 차림의 여자였다. 여자가 그녀의 차를 향해 다가왔다. 그녀는 그제야 용기를 내어 차에서 내렸다. 잠시 멈췄던 개 짖는 소리가 문을 여는 순간 폭포처럼 쏟아졌다. 여자는 전혀 개의치 않고 팔짱을 끼고 차에서 내리는 그녀를 보았다. 얼굴에는 주름이 분명하게 가로지르고 있는데도 손톱에 붉은 매니큐어가 칠해져 있어 오히려 초라하게 보였다. 여자의 뒤, 플라타너스 나무에 박아 놓은 간판이 보였다. 염산 축산. 붉은색 염산이란 글자와 청색 축산이라는 글씨가 나름대로 조화롭게 씌어 있었다.

"김남식 씨요."

"우리 집 양반은 으째 찾는당가?"

"친척인데요."

"그라요. 시방 읎는디. 설도 선창에 갔는디라."

"선창요?"

"야. 돌아서 10분만 가믄 되라우. 칠산도 술집에 있을 것이구만이라."

그때 문이 열리며 단발머리의 여자 아이가 나왔다. 초등학교 4학년이나 될 정도의 아이가 앙감질하며 다가왔다. 햇볕과 소금 바람에 바랜 머리카락이 흐릿했다.

"알겠습니다. 고맙습니다."

"오메, 못 만나믄 누가 왔다 갔다고 헐께라. 수희야, 볼펜 쪼까 갖고 나와라이."

"……. 함평 조카요. 수명이라고."

인사도 못 했다는 것을 안 것은 시동을 걸고 난 후였다. 개들이 다시 짖기 시작했다. 언제 그들의 짖는 소리는 그쳤을까? 닭들이 푸다닥 홰를 치며 달아나고, 몸을 돌려 집으로 돌아가던 아이가 그녀를 바라보았다. 눈이 누군가를 닮아 있었다. 잠시 플라타너스 잎 위에 햇살을 묻히고 있던 바람이 시동 소리에 놀라 날아가 버린다. 그녀는 차 문을 열고 고개를 숙였다.

그렇겠지. 혼자 살 수 없는 남자지. 멀게 느껴졌던 길이 돌아갈 땐 너무 짧았다. 뒤창에서 밀려오는 오후의 햇살에 계기판의 글자가 바래고 있다. 염전을 벗어나 면 소재지라는 표지판을 봤을 때, 그녀는 차를 멈췄다. 그냥 갈까. 왔으니, 다시 올 수 없으니 한 번, 그 어떤 날 찾아왔던 그 남자의 친절에 대한 부채감에서 벗어나기 위해, 그래서 완전히 기억과 습관 속에서 지워 버리게 만나고 갈까. 그녀는 잠시 멈췄다. 세상이 온통 후발되고 있는 듯한 느낌이다. 논밭 멀리 산, 도로, 가로수 모든 게 허공이었다. 그녀는 오른편으로 차를 향했다.

10분이 걸린다고 했지만, 훨씬 못 미쳤고, 선창이라 할 만한 곳도 안 되었다. 횟집이 몇 개, 수조에 활어들을 놓고 파는 가건물 생선 가게나 젓갈 집이 몇 개 있을 뿐이었다. 어울리지 않게 주차장이 넓었다. 그녀는 선글라스를 벗어 들고 바다를 브았다. 훨찐한 갯벌이 까마득하게 펼쳐져 있었다. 멀리 보이는 섬들에까지 닿을 듯이 너른 회갈색 갯벌 위로 가을 햇살이 난반사되어 눈이 아렸다. 시원한 바닷바람이 그녀에게 밀려왔다. 따스한 햇볕과 바람에 그녀는 욕조에 잠겨 있는 듯 기분이 좋았다.

누군가가 손짓을 했다. 정면에 보이는, 가건물 생선 가게 앞에 선 남자가 손짓을 하며 누군가를 부르는 듯했다. 그녀는 다시 한번 바다를 향해 긴 호흡을 했다. 비릿한 냄새가 입덧처럼 그녀의 목을 자극했다. 왼쪽으로 먼 곳에 배가 몇 척 있고, 그 너머 아령칙하게 마을이 보인다. 아, 그녀는 외마디 소리를 냈다. 염산이 바닷가인가?

그랬다. 서해안이 리아스식 해안이라고 줄줄 외웠지만 단 한 번도 그것을 본 적은 없었다. 주름살처럼 해안선이 조밀해 길며, 간만의 차가 크다고 생각했지만 갯벌이 있다곤 생각하지 못했다. 염산에 염전이 있다고만 알았지만 바다가 있다는 것도 생각하지 않았다. 가끔 들여다본 지도에 염산이 파란 색칠한 바다에 면한 것을 봤지만, 아니 염전이라는 단어가 갖는 바다와의 상관성을 너무 잘 알지만, 단 한 번도 염산과 바다를 관련시켜 상상하지 못했다. 아니, 오는 내내 바다를 곁에 두고 왔으면서도 난 왜 그것을 몰랐을까? 그만큼 나는 그 남자를 증오했던 건가. 증오는 세상의 사실마저도 깨뜨려 버리는 것인가. 의미를 아는 것과 그것을 체득한다는 것은 얼마나 다른 것인가. 앎과 실체의 그 위력적 차이에 그녀는 잠시 송연했다. 나는 정말 그 남자의 몸만 필요로 했을까?

눈부신 가을 햇살이 타작기에 깨어지는 겨처럼 날아가 갯강구나 작은 게의 등짝을 타고 고물고물 움직이고 있어서 눈이 부셨다. 그녀는 몸을 돌려 좁은 선창 상가를 향해 걸었다. 사실 걸을 필요도 없었다. 눈을 돌리자, 칠산도는 곧 눈에 들어왔고, 가까이 가자 생선 가게 안쪽, 수족관으로 반쯤 가린, 바다로 난 좁은 온돌방을 잘라 놓은 공간에 나무 탁자가 두 개 있었고, 한 탁자에 둘러앉은 세 명의 남자와 한 명의 여자가 낄낄대며 술을 마시고 있었다. 그녀가 펄펄 뛰는 생선 대야 앞에 서자, 여자는 몸을 돌려 밖으로 나왔다.

작은 키에 다부진 몸피를 가진 남자가, 불콰한 얼굴에 머리가 희게 센 남자가, 민답한 표정으로 눈을 크게 뜨고 들어 올리던 술잔을 허공에 멈추었다. 그였다. 그녀는 들고 있던 선글라스를 핸드백에 넣었다. 까닭 모를 분노와 허기가 느껴졌다. 남자는 급히 술잔을 내려놓고 일어섰다. 그녀는 몸을 돌격 선창 안으로 들어섰다. 후회와 함께 희게 센 머리카락이 바람에 파란 지는 갯벌같이 황량했고, 서러워 보였다. 누가 뭐라고 하는 소리가 들렸지만 그녀는 무시하고 선박 출입항 신고서라는 간판이 붙은 건물까지 걸어갔다. 이따금 파리와 갯가의 날것들이 그녀 앞을 스쳐 지나갔다. 생선을 말리는지 비릿하고 역한 냄새에 비위가 상했다.

"수명이지, 너?"

그녀는 입을 다물고 선착장인 듯싶은 곳으로 다가갔다. 큰 소나무 두 그루가 콘크리트 바닥 한 귀퉁이에서 나란히 바다를 향해 가지를 뻗고 있었다. 그녀는 거기에 섰다. 물이 빠진 갯바닥에 박힌 FRP 선박들 주위로 괭이갈매기들이 떼를 지어 오르내리기를 반복했다. 남자는 그녀와 조금 떨어진 곳에, 뱃줄을 걸기 위해 마련해 둔 철 구조물에 걸터앉았다.

멀리서부터 갯가의 색깔이 변하고 있다. 바다와 갯벌의 경계인 듯했다. 돌아가야 한다고 그녀는 생각했다. 이제 다 끝이다. 임신의 충격이 불러일으킨 말도 안 되는 감상적 충동은 이용 정지된 카드와 같다. 남자도 봤고, 염산에도 와 봤다. 스멀스멀 내부에서 준동하는 자기혐오에 그녀는 진저리 쳤다. 나답지 않다. 난처한 이 상황에서 그녀는 벗어나야 한다고 생각했다. 이미 끝난 관계를 다시 이을 필요는 없다. 여름 같은 가을에 저지른 예기치 못한 실수에 대한 회피라 생각하자. 돌아가려는데, 저 남자는 왜 이토록 집요하게 붙박인 듯 앉아 말도 없이 바다 건너 섬인지 육지인지 아련한 곳만 바라보고 있을까.

황혼에 양홍색으로 물든 해가 계엄군처럼 은밀하게 들어서는 밀물에 스며들어 눈썹을 찌를 때까지 그렇게 그녀는 있었다. 남자도 역시 꼼짝 없이 그렇게 있었다. 담배 필터가 몇 개 남자의 발밑에 남아 퇴적한 시간의 흔적을 말해 주었다. 이제는 정말 몸을 돌려야 했다. 어두워지기 전에 광주에 도착하고, 그 남자에게 말해야 한다. 뭐라고?

"갑니다."

"……고맙다."

남자는 아주 힘들여 말했다. 매우 짧고 날카로운 음성에는 힘이 실려 있었다. 그녀는 온몸의 힘이 일시에 빠지는 것을 느꼈다. 그녀는 남자를 보았다. 새 담배에 불을 댕기려 하는데 바람 때문에 성냥불이 꺼졌다. 다시 성냥을 꺼내어 불을 켰지만, 불꽃만 보이고 사라졌다. 약했다. 황홀한 낙조의 바다에 성냥불은 보이지 않았다. 그녀는 핸드백을 열어 라이터를 꺼내어 남자에게 내밀었다. 부질없는 감상이라 생각하며 손을 거두어들이기에는 늦었다. 남자의 손이 그녀의 손에 얹혔다.

"와 줘서 고맙다."

"정신없는 애비에게 난 딸이 미친 짓 한 번 했어요. 그러나 한 번뿐이죠."

"결혼은 안 했더구나. 매달 호적을 떼어 본다. 결혼은 하고 아이들은 낳고 사는지."

그녀는 몸을 돌이켰다. 빠르게 선창을 지나 주차장으로 왔다. 햇살이 무너지듯 쏟아 내려 색깔을 구별할 수 없었다. 세상은 모두 양홍색이었다. 그녀는 차에 올라탔다. 백미러를 통해 초라한 남자가 보였다. 차를 향해 손을 흔들고 있는 그의 모습이 갑자기 부옇게 흐려졌다.

갈 수 없는 길

주거 공간이 좁을수록 사색의 공간이 넓어진다. 법정의 말을 듣고 청소를 시작했다. 정작 가질 것은 못 가졌는데, 쓸모없어 버릴 것들이 지하실, 벽장, 고미다락에까지 빈대처럼 박혀 있었다. 무소유는 아득하다. 한참 치우는 일을 하는데 오랜만에 긴급히 버려야 할 전갈이 와 화장실로 갔다. 변기에 앉아 한판 승부를 위한 전투 준비로 들고 온 책을 폈다.

교과서였다. 내 것인지, 나처럼 버리기 싫어해 뭐든 모아 두는 아내 것인지 모르지만 고등학교 국어 책이다. 화학이나 물리보다 낫고, 소설이나 잡지보다는 못한 그것을 하는 수 없이 펴며, 전투의 성공을 빌었다. 복사근과 복직근에 다각도로 힘을 줘 대장의 연동을 시도했지만, 항문은 포도주 코르크 마개처럼, 따개가 아니라 드릴을 필요로 하고 있었다. 배변의 실패에 대한 짜증이 비등하더니, 종내 그녀의 얼굴이 거북하게 떠올랐다. 이제 변비는 제 길을 가고 만다.

그날 아침 노—란 두 길.

시나 그림, 조각, 또 영화 한 편이 인생을 망칠 수 있다는 주장에 나는 동의한다. 내가 바로 그런 인간이며, 시 한 편이 나를 망쳤다. 그래서 그 시인에게, 상환 불능의 고액을 대출해 줘 부도를 초래한 불량 신용금고 전무 같은 감정을 갖고 있다.

물론 사람들 중에서 덜 필요한 인간은 도태시켜야 한다. 그래야 세상이 살기 좋아질 것이다. 되먹지 못한 철학이나 예술을 빙자한 환상으로 타인을 현혹시켜 망치는 사람들은 보다 강도 높게 도태시켜야 한다. 그들 중 하나가 30년을 넘어서까지 내 항문을 막는 기막힌 능력을 지닌 시인이다. 로보트 푸르스트. 백의민족의 항문을 막히게 한 외국 시인에게 어쩐지 부당하다는 생각이 든다.

나는 볼 일도 못 보고, 거기에 더해진 스트레스에 배를 만지며 화장실을 나왔다. 변비라는 것이 그렇다. 충분한 예열이 괄약근을 확장하고, 그것이 대장의 연동 운동에 박차를 가해야 배변에 이르게 된다. 기껏 일구어 놓았는데, 겨우 방귀 한 방으로, 허방 딛듯 한 번 꺼진 열기를 다시 화력을 돋우워 발화점에 이르게 하기까지는 아득하고 창창한 구름 한 점 없는 가뭄이 든 여름 하늘 보는 듯 짜증 나 청소를 작파하고 거실에 앉았다.

마누라도 없으니 화풀이할 곳도 없고, 직장 동료들이나 친구 녀석들을 만나면 애꿎은 동정의 소리나 들을 게 빤해 하릴없이 텔레비전을 켜려고 리모컨을 찾는데, 그놈의 로보트 푸르스트의 시가 실린 국정 교과서는 여전히 내 손에 들려 있었다. 집착이 심해서다. 그때 전화가 왔다. 아내였다.

"점심은요?"

자기는 교사들과 가사실에서 먹고 있다며, 언제부터 그리 챙겼다고 꼭 드세요, 라며 끊는다. 전부터 이리 녹녹했으면 나는 더 높이 승진을 했고, 직급 정년을 당하지 않았을 것이다. 외박하고 돌아온 날에는 아예 나는 죽어야 했다. 바가지에, 억측에, 억단까지 해 가며 내 속을 긁었지만 싸울 수도 없고, 허허거리기만 했다. 그렇게 회사보다는 가정에 충실하다 보니 능력이 부족한 나는 늘 뒤쳐져 결국 금년 봄에 직급 정년을 당했다. 제 시간에 제자리에 가지 못한 무능한 사람들의 허망한 터울거림.

프로그램이 신통치 않고 노오란 두 길이 나를 재촉하여, 다당으로 나가 채마밭에 필요 없는 물만 주었다. 손바닥만 한 마당에 채소를 심자고 제안한 것은 아내였다. 그녀는 마치 내 퇴직의 충격을 자연요법으로 치료하면서, 남편의 자존심을 최대한 지켜 주려는 듯이 고상하게 말했다. "꽃도 못 피우는 잔디 대신 상추나 쑥갓을 심어 청정채소나 먹읍시다." 겨우 열다섯 평 되는 마당이다. 더구나 다섯 그루의 정원수 사이에 채소를 심었댔자 얼마나 되겠는가. 그러나 나는 그녀의 말대로 봄이 되자마자 종자를 구입해 심었다. 일하는 것이 나를 다스릴 유일한 방법이라고 믿었다.

물뿌리개로 물을 주고 있으려니 시가 생각난다. 생의 아침에 풀들이 덜 밟힌 길을 택하라는 충고에 그 길을 택했고, 그래서 인생이 변했다. 그 인생이 누구의 인생일까. 시인의 인생, 그것을 읽고, 읽을 사람들의 인생? 분노의 이유는 왜 내가 말도 안되는 그런 시구에 마치 황홀경에 빠진 사람처럼 감동에 떨며, 나를 던졌느냐는 것이다.

성급함은 올바른 사고를 잠식한다. 나는 그를 만나서 단단히 따져야겠다는 생각이 들었다. 이대로 놓아두어선 안 된다. 지금도 똑같은 마법으로 나 같은 어수룩한 사람들을 낚고 있을 시인의 악의에 찬 행동을 저지해야 한다는 생각이 의무감처럼 들었다. 아이들아, 인적이 덜한 길은 오히려 위험한 길이니 피해라. 이봐! 당신 시는 악의적 혹세무민으로 가득 차 있어, 하고 고함을 치고 싶다는 생각이 편집증처럼 나를 누른다. 요새 말로 패러디도 있고, 패스티시도 있으니 조금만 고친다면 더 많은 인기를 얻을 것이라 충언하며, 그것이 먹혀들지 않을 경우 세상을 기망한 죄를 들어, 그를 형사범으로 고소까지 하고 싶은 심경이다. 고소가 기각된다면 나는 누구처럼 그를 납치해서라도 선량하고 올곧은 많은 사람들의 정신과 영혼에 잘못된 정보를 주입

시킨 그에게 합당한 린치를 가하고 싶었다.

그런 생각이 들자마자 몸속에서 어쩐지 힘이 느껴졌다. 그것은 회리바람처럼 온 혈관을 타고 휘돌아다니더니 이윽고 구름을 만들고, 비로 엉겨, 봄비처럼 내 몸을 촉촉이 적시며, 충만케 했다. 직급 정년이란 병균에 오갈 든 무 같은 내 근골에 오랜만에 채워지는 싱싱한 자양들. 그것들은 일시에 녹슨 관절과, 탄력을 잃어 버석거리던 살과 정신에 신선한 혈액을 공급해 모든 조직들을 재생하고 있는 듯했다. 다 빼앗겼다고 여겼던, 황막한 내 정신의 벌판에 켜켜이 꽂히는 희망의 다발들.

세상에서 제일 무서운 폭력은 목적이 너무 커 모든 수단의 장단점을 무시할 때 나온다고 믿는다. 나는 스스로에게 단 한 번도 그런 기회를 제공하지 않았다. 말하자면 나는 그렇게 큰 목표들을 가져 본 적이 없었다. 그럭저럭 살자. 물 흐르는 것처럼 살며, 큰 손해만 보지 말자가 나의 신조였다. 그런데 갑자기 이런 과격한 생각에 솟구치는 힘을 느끼다니, 나는 지금까지 벗기조차 어려운 가면들 속에 나를 유폐시켜 온 게 아닐까. 처세라는 족쇄에 나를 스스로 가두었는지도 모른다.

넘치는 힘이 나를 일으켜 세워 지하실의 책들을 버려두고, 나는 2층 테라스로 올라가서 며칠째 미루고 있던 분갈이 끝낸 화분을 옮기는 일을 시작했다. 반송, 소철, 유칼립투스, 사철나무 등을 장마철에 내놓고 충분히 비를 맞게 한 다음 분갈이를 해서 가져다 놓으면 1년은 물론이고, 잘하면 2년도 버틴다. 동물이고 식물이고 갈무리하기 나름이다. 사람은 말할 것도 없고. 내 밑의 직원들은 모두 내게 훈련을 받아 창구 업무에서 최고였다. 아직 나는 능력이 있다. 능력과 존재는 별개며, 세상의 갈무리에는 다른 요인들이 작동하는 법이다.

무엇보다 푸르스트를 만날 방법을 생각해야 했다. 어려운 일을 계획할 때, 골똘히 그 생각만 하기보다는 땀을 쏟으며 힘든 일을 하면서 강구하는 것이 내 방편이다. 중요한 것을 결정할 때에는 집에 들어와서 땅을 파서 나무를 옮긴다든지, 멀쩡한 개집을 부수고 다시 조립하는 등 노작거리를 만들어 땀을 빼면서 공구한다. 아내는 그런 내게 대장간 집 내력 어디 가겠느냐며 조상까지 동원해 가며 지청구하지만, 퍽 좋은 방법이라 추켜 주는 여자도 있으니 최소한 본전은 되는 일이다.

여덟 개의 화분은 하나같이 내 키를 훌쩍 넘는 것이라 옮기는 것이 여간 어렵지 않았다. 하기는 그 정도의 무게나 크기가 있으니 자신의 이름을 갖는 것이다. 물리적 경계가 없는 것은 모두 추상적이며, 그래서 구체성이 없어 이름 붙이기 어렵다. 그러니 사물들의 크기나 무게를 탓하는 것은 그것들의 존재를 인정하지 않으려는 아집일 뿐이다. 화분은 도자기 화분과 분청 화분이 있다. 분청 화분에는 침엽수를 심고, 자기 화분에는 활엽상록수를 심었다. 호랑가시나무, 오엽송 등은 나름대로 주의해서 옮겨야 한다. 침엽에 찔리면 별것 같지 않지만 상처가 상당히 오래

간다. 언젠가는 눈동자를 찔려 달포 넘게 치료받은 적도 있다. 활엽수는 그렇지는 않지만, 잎 때문에 시야를 가려 자칫 실족하게 한다. 세상에는 우리들을 위험에 내던지는 수많은 겻들이 있다. 그러므로 모든 것은 조심히 다뤄야 한다, 여자는 더욱.

작업을 시작하기 전에 목운동을 했다. 테라스에서 본 동네는 조용했다. 여름 정오, 주택가 골목은 쉼표로 마감한 아이들 일기처럼 적요하다. 하늘 복판에 박힌 해가 쏟아 붓는 열기로 골목길의 솥 밑바닥처럼 시커먼 콜타르가 관솔불같이 이글거린다. 구부러지고, 갈라지고, 나뉘는 좁은 길들로 인해 나는 미궁의 입구에 막 발을 내디딘 나그네 같았다. 이 길을 내가 10년을 넘게 밟으며 살았다는 게 오히려 신기했다. 문득 요사이 읽었던 이상한 소설들이 생각났다. 이상한 세계의 백과사전들, 죽었는데 다시 나타나는 인물들. "소설치곤 교양 있고, 재미도 있는 소설이라며 우리 국어 선생님이 선택해 줍디다"라며 아내는 매 33쪽에 도서관 관인이 찍힌 책을 일주일에 꼭 두 권씩 가져다주었다. 그래서 읽었던, 주로 남미의 묘한 소설들이 내게 그런 생각을 더해 주었는지도 모른다. 우리 집도 그런 미궁의 장치물 중 하나가 아닐까. 택지를 분양 받아 3년 후에 겨우 본채를 지은 다음, 여유 있을 때마다 거기에 잇대어 넓힌 창고, 다용도실, 곁부엌, 세탁실, 차고 등이 한 번에 정확한 설계로 지은 집과 비교하면 미궁과 같다. 그리고 지금 내가 하려는 일 역시 해결의 확신이 없는 묘한 미궁이다, 영락.

그날 아침 내게 놓인 길들.

문득 화분들을 이용해서 미궁을 만들고 싶었다. 화분들을 테라스에 흩어 놓고 그 가운데 대나무 평상을 놓은 뒤 차일만 치면, 무더운 열대야에 시달리지 않을 수도 있겠다는 생각이 들었다. 그래서 먼저 나는 제일 큰 소철 화분을 가장 가까운 이웃집과의 사이에 놓았다. 이웃집의 완고한 사각형 창문이 거의 다 가려졌다. 이번에는 적송 분재——유일하게 아버지가 남겨 준 식물로서의 재산——를 겨우 끌어다 놓자 건너편 툭 불거진 베란다마저 감쪽같이 가려졌다. 다음에는 멀리 떨어져 보이지 않을 것 같지만 그래서 오히려 더 잘 보이는 맞은편 집을 가리기 위해 호랑가시나무 화분을 반원형의 테라스 꼭짓점에 가져다 놓았다. 그리고 그 곁에는 구부러진 좀 낮은 오엽송 화분을 가지가 닿을 듯 나란히 붙여 놓고, 오른편에도 두 개, 그사이에 하나씩 화분을 가져다 놓으니 짜장 숲 속에 들어가 있는 기분이 든다. 제갈공명의 팔진도가 이런 것이었겠지. 어느새 나는 내 주제를 성인의 반열에 놓고 있다. 열등감에서 발현되는 허장성세.

사철나무 화분을 든 순간, 물컹하고 미끈거리는 기분 나쁜 감촉이 손끝에서 느껴졌다. 던지듯 내려놓고 나는 화분 밑동을 살폈다. 지렁이들이다. 그것들은 햇볕에 드러나자 혼비백산하며 몸을 뒤척였다. 비위가 상했다. 모든 것이 가치가 있지만 더러 어떤 것은 덜 가치가 있는 법이다. 나는 부리나케 테라스 한 쪽에 놓인 작달비를 가져다 그것들을 죽였다. 노르스름한 분비물을 쏟아 내며 죽는 지렁이를 홈통까지 쓸고 가 수도를 틀었다. 쏴 소리와 함께 시체들이 씻겨 내려가는 것을 확인한 다음, 조심해 가며 화분을 기울이자, 밑바닥에 지렁이가 몇 마리 더 붙어 있었다. 빗자루로 떼어 내자 놈들은 갑작스러운 공격에 놀랐는지, 본디 습성인지 몸을 한 바퀴 굴리기 시작했다. 나는 그 놈들도 환원시켜 태초로, 무명의 시간으로 돌려보냈다.

그렇지만 여전히 불안했다. 혹시 모든 화분의 밑바닥이 똑같진 않을까. 나는 곧 화분들을 훑으며 조사를 시작했다. 되도록 자리 변동이 없이. 다시 배치하는 수고를 하다가 지금까지의 내 생각을 후회하고 다시 실내로 들여놓을지도 모르니까. 화분들을 굴리고 넘겨 가며 한동안 조사를 끝낸 다음 허리를 펴자 정말 나는 미궁 속에 갇혀 있었다. 어디로 빠져나가야 할지 몰라 망설였다. 다닥다닥 붙어 있어, 발을 뗄 만한 딱 그곳에 놓인 화분들 때문에 나는 멍해졌다. 좁아진 거리가 문제가 아니라 가야 할 곳에 놓여 있는 것들이 문제였다. 하는 수 없이 나는 반송 화분을 밀치고 빠져나왔다.

그러자 배가 고팠다. 고작 지렁이 몇 마리와 싸우기 위해 점심도 먹지 않았다는 생각에 쓴웃음이 절로 나왔다. 계단을 내려오며 도대체 며칠 전 분갈이 할 적에는 보이지 않았던 지렁이들이 언제부터 생겼을까를 잠시 생각했다. 분명 화분 속으로 들어간 놈도 있을 것이다. 그렇다면 언젠가 어두울 때에나 습도가 높을 때에 기어 나와 베란다를 어슬렁거리다가 방이나 거실, 부엌에까지 돌아다닐 수도 있다. 아내와 딸은 혼절할지도 모른다. 더구나 내 발바닥에 밟힐 수도 있으며.

밥을 먹으며 생각하니 정작 내가 화분을 옮기고자 한 목적은 달성하지 못하고, 소득 없는 일로 한 시간 넘게 허비했다는 생각에 허무한 느낌이 들었다. 그러나 내게 시간밖에 뭐가 더 남았을까. 내일 다시 하자.

소화도 시킬 마련으로 의자에 앉아 책을 들었다. 위대한——번역자의 말을 차용하자면——보르헤스의 작품은 동시대인인 우리에게 우리가 어디에 있는가를 가장 정확히 지시한다. 그는 또 우리가 그의 세계관을 이해해야 한다는 그 점이야말로 이 작가가 위대한 이유라는 자칫 논리가 안 되는 말을 하고 있다. 세계관을 바꾸는 소설가이므로 위대하고, 그 증거는 소설의 난해성이라고 강조한다. 요컨대 어려운 소설이므로 위대하다는 등식이다.

그것은 내게 곧장 로보트 푸르스트는 덜 위대하다는 것을 알게 해 주었다. 왜냐하면 나는 그의 시를 읽었을 때 곧장 이해했고, 그렇기 때문에 그 시뿐만 아니라 참고서에 있는 그의 시를 하나 더 암기했고, 또 이해했다. 눈 오는 날 먼 숲을 바라보며 읊은 시였다. 부아가 농주처럼 짙게 밀려든다. 단박에 이해되는, 쉬운 시를 쓰므로, 크게 위대하지 못한 작가에게 현혹이 되어 내 삶의 방향을 바꿨다는 사실에 나는 좌절마저 느꼈다. 그만큼 내 인생은 경박했고, 무가치했다. 그러자 분노가 이마 위에서 땀으로 석출되기 시작했다. 그를 만나야 했다. 당신이 그래서는 안 된다고 교정해 주는 것이 내가 할 응분의 도리라는 신념으로 굳어진다.

그런데 어떻게 만나지, 라는 물음에 부딪혔을 때, 나는 당혹했다. 그를 만나기 위해서 무작정 미국행 비행기를 탈 수는 없다. 나는 그 언저리에서 잠시 생각을 멈춰야 했다. 방법. 사실 나는 방법에는 늘 곤혹스럽다. 내가 제일 서툰 것은 방법론이다. 언제든 새로운 문제에는 꼼짝도 못 하고 나는 그 방법을 생각하다 거기에 얽매여 며칠을 어정쩡하게 보낸다. 오늘 화분을 옮긴 것도 그 때문일 것이다.

머리를 식히려 나는 아내가 자작하게 끓여 놓고 간 둥굴레차를 컵에 따라 들고 마당을 바라보았다. 마당 깊숙이 밑뚝을 박은 햇볕이 대기를 달구고 있었다. 나무들로 그늘이 진 채소밭을 보다 어서 뽑아내야지, 저것들을 빨리 없애야겠다는 생각을 한다. 상추가 뭐며, 쑥갓이 당키나 한 일인가. 그래도 15평 정도면 방 한 칸은 들일 수 있다. 그 정도면 사글세라도 이 동네 시세로 500만 원은 너끈히 받을 수 있는데 신선초와 케일이라니. 이번만 수확하고 갈아엎자. 보기만 좋지 망하는 일이다. 방은 용돈 보충은 물론, 아직 내가 뭔가 할 일이 있다는 생각을 줄 것이다. 뭔가 움직일 수 있는 내 소유를 갖고 있다는 것은 짜릿한 일이다. 여자의 얼굴이 스친다. 그녀를 안았으면 나는 변했을까, 이 나이에.

내친 김에 마당으로 나갔다. 문을 여는 순간 시위에 꺼 있던 더위가 꿸 듯한 기세로 날아와 살갗에 박힌다. 아직 한여름도 아닌데, 올 여름은 사람을 데치려나 보다. 나는 두 걸음도 채 걷지 못하고 발을 안으로 들였다. 그리고 소파에 다시 앉았다. 푸르스트는 이 더위에 합당한 시를 뭐라고 썼을까. 개 혀같이 축 늘어진 불알. 등줄기로 사태나 흐르는 땀. 열기로 조려지는 기독교도의 방황. 생각할수록 그를 만나야 한다는 생각이 강렬해진다. 어서어서 만나야지. 그러나 어떻게. 아, 방법.

반나절을 궁리하고 골몰해서 얻어 낸 방법은 톡톡 털어 둘이었다. 이미 진토가 되어 있을 망자를 찾아 타임머신을 타든지, 용한 무당들을 불러다가 초령(招靈)을 하든지. 그렇지 않고서야 산 내가 죽은 그를 만날 묘책이 없으니까. 물론 첫 번째 방법이 가장 좋은데, 아직 그런 기계가 없으니 제외되었다. 게다가 나는 과학을 크게 신뢰하지 않는다.

두 번째는 여러 가지 증거도 있어 훨씬 신뢰도와 실행력이 높은 방법이다. 그러나 무당을 부르고, 영매를 앉혀 놓고, 꽹과리나 징소리를 참아 줄 정도의 이웃을 못 두어 난관에 부딪혔다. 더군다나 이중의 화자. 그의 입을 빌려서 내게 주는 신탁이 과연 그의 것인지를 확신할 수 없어서 이 방법은 보류했다. 그래서 나는 제3의 방도를 생각해 내야 했다.

궁즉통(窮卽通). 인생이 있는 곳에 뜻이 있다. 그 반대인가. 이제 조요하게 고도를 낮추는 햇빛을 등지고 앉아 이리저리 머리를 굴리다가 번개처럼 스쳐 지나가는 아이디어를 잡았다. 나는 벌떡 일어나 2층으로 뛰어 올라갔다. 지난달에 몇 장 읽다가 서재 어디엔가 꽂아 놓은 책. 그 책이 맞아, 요체다. 『보르헤스를 만나러 가는 길』이란 책이 분명히 있을 거다. 그것은 아내가 사 온 책이다. 아내는 소설책으로 알고 사 와서, "표지가 맘에 들고 제목이 좋아서 샀어요." 하며 내밀었다. 그러나 소설이 아니라 위대한 거장의 소설 작품을 읽고 난 평론가가 잘 이해하지 못할 미숙한 독자들을 위해 쓴 입문서로, 또 작품의 해설로 보르헤스의 작품을 품위 있게 해석한 내용이었던 기억이 얼핏 난다. 아직 다 읽지 않았지만 뭔가 단서를 제공해 주리라는 강한 믿음이 들었다. 다 떼어 놓고 제목만 보아도 그는 작가를 만나는 방법을 알 테니, 적어도 약도 정도야 그려 놓았을 것이다.

책은 버려둔 이후 한 번도 펼치지 않아, 갈피 사이가 접착제를 바른 듯이 교합된 채, 세 번째 서가에 꽂혀 있었다. 책을 빼는 순간 차임벨이 울렸다. 나는 그 고개를 빼고 밖을 보았다. 아내가 양산을 접은 채 문이 열리기를 기다리고 있었다.

겨드랑이에 책을 낀 채 내려가 홈 폰 버튼을 눌러 문을 열었다. 아내는 더위에 지쳤다는 듯이 부채로 얼굴을 연신 부쳐 가며 현관문을 젖히듯 열고 뛰어들었다. 양산을 통에 꽂듯 던지며 올라서 쉿소리로 말했다.

“아이, 더워. 무슨 풍색이 벌써 여름이야.”

“더워야 곡식이 익지.”

“유월 더위로 곡식 익는다는 말은 난생 처음이네.”

아내는 옷을 하나하나 벗으면서 방으로 들어갔다. 아내의 뒷모습에서 설핏 그녀가 보인다. 나는 소파에 앉았지만 ‘그 찾으러 가는 길’을 펴지는 않았다. 이번 일은 아내, 아니 누구도 몰래 하고 싶다. 어차피 도움이 안 되고, 곳간 같은 내밀한 공간을 하나쯤 지니고 살아야 하는 것이 인간이라고 나는 믿는다. 왜 그녀의 속삭임을 나는 현실로 만들어 삶의 비밀로 전환하지 못했을까. 책을 테이블 아래 밀어 넣으면서 나는 스스로에게 물었다.

샤워를 하는지 물 쏟는 소리가 요란하다. 물소리에 꾀었는지, 왠지 욕정이 일어 안방으로 갔다. 샤워기 밑에서 비누 거품을 만들며 몸을 씻다 나를 발견한 아내는 눈썹을 비틀며 눈총을 쐈다. 동시에 왼발을 들어 여닫이문을 닫는다. 빌어먹을, 다치면 어쩌려고. 나는 언성을 높였지만 사실은 아내의 뒷모습이 불러낸 그 여자에 대한 방어기제였다. 떨어지는 물소리에 아내의 땀 대신 내 욕망이 씻겨 나가고 있다는 허망함이 마음 밑을 가로지르며 명료한 금을 그렸다.

한 가지 생각은 다른 한 가지를 환기시키는 법이다. 유사성이든 유유상종이든. 그 환기된 것들은 처음 것과 같든지, 적어도 공통된 부분들을 갖는다. 그래서 나는 푸르스트 시집을 사보기로 했다. 『보르헤스 만나러 가는 길』의 작가가 그렇게 길을 만들었다는 데 착안했다. 작품을 많이 읽고 작가와 동화되어 — 물론 독자로서의 통찰력 있는 안식으로 — 작가의 행로를 쫓아가는 것. 사막으로 가면 사막으로, 작가가 시간을 책갈피 말 듯이 원통형으로 말아 2000년 시공을 몇 줄로 축약하면 압박된 채, 해협을 지나면 해연의 박한 공기에 허덕이는 채로, 책을 따라가는 길은 물리적인 우주의 법칙과는 전혀 다르며, 모든 작가마다 다르기 때문에 언제나 나름대로 의미를 갖는다고 했으므로.

딱히 방법이 없으므로 나도 전철을 밟기로 했다. 우선 푸르스트의 시를 더 읽어야 했다. 딱 두 편의 시로 그 사람과 격살을 잡고 싸울 수는 없는 노릇이다. 지피지기까지는 못 가더라도, 어느 정도는 읽어야 하지 않겠는가. 일이 잘 되려고 그랬는지 어쨌는지 그날 아침 조간신문의 광고에 덜 위대하신 '로보트 푸르스트'가 '로버트 프로스트'로 정정된 채, 세계 시인 전집 중 한 권에 나와 있었다. 민음사 간, 세계 시인선 열아홉 번째 권. 나는 아내가 출근한 후 이런저런 일로 시간을 보내다가 더위를 꿰차고 버스 정류장 근처에 있는 서점에 갔다. 그의 시집을 달라고 했더니 무식하게 생긴 주인이 없습니다, 한마디 하고 고개를 돌려 버렸다. 내가 그대로 서 있었더니 그는 마분지같이 거친 피부에 쑥 들어간 옴팍한 눈에 작은 눈동자만 굴리며 마뜩잖게 대꾸했다.

"오후에 한 번 더 오십시오. 사입 나가는 길에 구해 놓지요."

나는 그에게 당조짐을 겸해서 선금을 주었다. 그는 7500원을 거슬러 주며 3시경에 오라고 했다. 나는 거스름돈을 주머니에 넣고 는적는적 집으로 되돌아왔다. 골목길 모퉁이의 공중전화 부스를 보는 순간 나는 걸음을 멈추고 말았다. 텅 빈 골목에 햇빛이 쌓여 봉분처럼 솟아오르고, 그 휘황함 뒤 어두운 부스 속에서 여자가 보였다. 검은 옷을 입은 여자는 더위로 빗질한 머리카락 같은 빛의 줄기에 셀 수 없이 잘게 잘려 가며 웃고 있었다. 주둥이가 얼굴의 반은 될 것 같은 개가 곁에 세워 놓은 차에서 얼굴을 내밀고 짖지 않았다면 나는 한참 그렇게 서 있었을 것이다. 여자는 전화를 끊고, 개에게 뭐라고 종알대며 대형 승용차에 오르더니 곧 자리를 떴다. 나는 승용차가 갈가리 찢어 놓은 빛들의 잔해를 밟으며 골목길로 들어섰다.

불현듯 지금 내 행위의 의미가 무엇일까 생각했다. 남아도는 시간을 죽이기 위해서라지만 어처구니없는 짓이다. 왜 이런 식으로 시간을 죽이고 있는 걸까. 대문의 고리를 잡고 망설였다. 이 미친 짓을 때려치우고 친구들이나 만나자. 고등학교 동창들 아니면 고향 친구들. 돌아서서 아직 내 퇴임을 모르는 녀석들을 만나서 낮술이라도 한 잔씩 하고 근처 산이나 하나 둘 정복하는 편이 훨씬 낫다.

그러다 결국 나는 대문 안으로 들어섰다. 대문 곁에 있는 수도를 틀어 마당에 물을 뿌렸다. 특히 상추와 쑥갓이 심긴 쪽에는 흠씬 물을 주었다. 물이 떨어지는 곳, 조금 뒤편에 무지개가 보였다. 이 정직한 자연현상. 비길 데 없이 정교한 환상의 색채들. 너무 여리고 흐릿하고 작아 볼품없지만 그래도 여건한 물리적 인과의 세계. 그러고 보니 내게는 황홀한 것이 몇 가지 더 있다. 여러 번 접어 고의춤에 숨겨 놓은 노인들의 만 원 지폐처럼, 너무 깊이 숨겨 곰팡이가 슬었지만 늘 정겨운 귀거래의 소망도 있고, 아내 모르는 비자금도 적잖게 있고, 기하학에 대한 열정은 순간순간 황홀한 공상에 빠지게 한다. 그 길로 나아갔더라면. 그날 아침에.

꼭지를 잠그면 무지개는 사라질 것이다. 그것이 법칙이다. 법칙이란 시종이 분명하며, 과정 역시 명확하다. 이상은 사실들의 뒤틀림이다. 혹시 반대로 생각하면 어떨까. 순리는 없다. 모든 것은 제멋대로 법칙에 의해서 생성 소멸된 것이며, 우리가 순리니 시종이니 순서라고 확신하는 것들은 그렇게 되었으면 바라는 욕망들이 만들어 낸 환상이라 간주하면 소위 법칙이니 순리니 질서 등등은 모두 체득될 수 있지 않을까. 그렇지 않더라도 적어도 그것들로부터 자유로울 수 있을 것 같다.

수도꼭지를 잠그면 물이 멎고 무지개도 사라지듯, 욕망을 잠그면 모든 것이 사라질까. 무지개가 결코 수돗물 때문에 생기는 것만은 아니다. 무지개는 햇빛과 물방울의 공동 작업이다. 솜사탕도 그렇다. 반 숟가락도 못 되는 설탕 가루가 열과 속도의 공동

작업에 낯바닥만큼 커지지만 본색은 반 숟갈 설탕이다. 만사가 다 그렇듯 홀로는 없다. 그렇다면 마음은 내 것인데도 단 한 번도 내 것이 못 된 것은 나와 어느 것의 불화 때문인가. 원체와 실상. 현상과 원상. 위상기하학. 풍선에 그림을 그려 공기를 주입하면 커지면서 모양이 변한다. 그러나 그것들이 가졌던 조건들은 변하지 않는다. 요컨대 중요한 것은 모양이나 현상이 아니라 그것들이 태초에 지녔던 조건들이다. 내 조건은 어떤 것이었을까? 수학을 잘하면서도 시를 읊었던 것은 청소년기의 반항이었을까, 정말 단순히?

아하. 늙음의 어리석음이란 말은 틀리다. 늙음의 느림. 왜 백과사전을 생각하지 못했을까. 서재에 있는 『동아대백과사전』에는 로버트 프로스트가 분명히 기재되어 있을 것이다. 세상의 모든 지식을 차곡차곡 쟁여 놓은 그 책에 이 시인은 어떻게 나타나 있을까. 생각이 잡념을 없애는 법이다.

『동아대백과사전』 29권 186쪽에 봉두난발의 노안 사진까지 실려 있었다. 거기에는 그의 약력이 자랑스럽게 나열돼 있었고, 순간 나는 좀 부끄럽다는 생각을 했다. 그 시인에 비하면 반딧불만도 못한 자신이 처량하게 생각됐다. 내가 아는 대부분은 소위 천재들에 의해서 알게 된 거다. 그런저런 이유로 사실 훌륭한 이 시인에게 따질 형편도 아니다. 그러나 사실 그것 때문에 따져야 하는 것이 아니냐고 전의를 되살렸다. 바로 나와 같은 미미한 존재들을 사다리 삼아 당신은 세상에서 별이 된 것이 아니냐. 그러니 당연지사로 흐릿하고 사소하게 보이는 나 같은 이들에 대한 책무를 져야 하는 법이다.

수학 선생이나 되겠지. 세상에 수학 교사가 얼마나 많은가. 그날 아침 내가 보았던 그 길에는 수학 교사와 컴퓨터가 놓여 있었다. 전산의 길은 좁고, 사람이 지나간 흔적이 별로 없었다. 아아, 나는 그 길을 택했고 내 인생은 달라졌다. 나는 그를 만나야만 한다. 내 오늘을 도의적으로나마 책임지라고 요구하자.

내가 왜 그의 책을 우정 주문까지 해 가면서 읽으려 하는지 여러분은 이미 다 알 것이다. 되도록 많이 읽고, 많이 보고, 많이 생각하는 것이 요체이다. 그래야 그를 만나서도 그의 여러 가지 변명을 봉쇄할 수 있는 방패가 된다. 또 꿈을 확실히 가능하게 하는 비결은 압축과 전치라니 우선 부지런히 압축을 하기 위해서다. 달리 헤아려 보아도 내가, 나에 의해 알게 된 프로스트는 터무니없이 작고, 적다. 그래, 그 길밖에 그에게 가는 방도가 없다. 꿈길. 그런데 압축되기엔 정보의 양이 터무니없이 모자랐다. 솜사탕이나 튀밥의 원상태. 분열되고 합성된 것들의 중심에 놓인 원형질. 그를 만나 톡톡히 따지기 이전에 그를 만날 수 있는 유일한 통로를 항해하기 위해 먼저 노력해야 했다. 세상에는 결코 쉬운 일이 없다. 버키 박사처럼 나도 휘트먼의 광휘가 아닌 프로스트의 그림자라도 밟을 수 있을 것이다. 전례가 있으므로, 가능성은 높다.

점심 때 나는 중국집에다 콩국수를 배달시켰다. 설탕을 몽땅 넣고 구수한 맛과 달콤한 맛을 동시에 느끼기 위해 천천히 젓가락질을 했다. 그런 다음 콩의 꺼칠한 맛이 입속을 굴러다니며 변비로 대장에 고여 있는 숙변처럼 느끼하게 느껴져 매실차를 한 잔 마셨다. 입 안이 상큼해지고 노곤하게 잠이 왔다. 사실 어젯밤에 난 잠을 좀 설쳤다. 올해 대학에 들어간 큰놈의 늦은 귀가에 잠들 시간을 놓쳤고, 다음엔 프로스트 때문에 수면이 충분치 않았다.

로보트 푸르스트가 아니라 로버트 프로스트였다.

3500원짜리 책에 담긴, 몇 줄 안 되는 시를 좌우명으로 차용한 내 미욱함이 가져온 결과는 지금 이 시간에 화문석 위에 누워서 빈둥대는 것이다. 부당 대출의 이면에 솜처럼 틀어박힌 어리석음. 갑작스레 서점으로 갔을 때는 이미 3시가 지나 있었다. 태양이 욕정처럼 끈끈하고 뜨겁게 쏟아 붓는 길을 건너 들어갔다. 주인은 나를 향해 북어 껍질같이 누런 종이봉투를 내밀었다.

"1000원 더 내십시오."

"예?"

"새 개정판으로 출판되면서 1000원 인상되었습니다."

나는 주머니를 뒤져 1000원짜리 지폐를 그에게 내밀고 집으로 돌아왔다. 그림자가 부쩍 짙은 것을 보니 여름이 어느새 내 정문(頂門) 위에 못처럼 박혀 있었다. 알량한 종이봉투는 땀에 젖어 이내 찢어지고, 복사열로 발바닥은 화상 입은 것처럼 얼얼했다.

『불과 얼음』. 그리고 그의 이름은 푸르스트가 아니라 프로스트였다. 책 표지에는 그의 이름이 영어로 R. Frost라 적혀 있었다. 그 바로 위 제목은 '파이어 앤드 아이스(Fire And Ice)'로 되어 있다. 위대하지 않고, 훌륭하기만 한 시인이지만 이름마저도 상징적이다. 불과 얼음 사이에, 그사이에 들어갈 동류의 원소는 수증기, 물, 성에, 서리뿐. 이 묘한 배치는 작가의 의도였을까, 편집인의 재기 넘친 장난이었을까.

목차를 뒤적거렸는데 「가지 않은 길」이란 제목은 쉬 눈에 띄지 않았다. 자세히 살펴보니, 비슷한 것으로 '걸어 보지 못한 길'이 있었고, 그것이 바로 「더 로드 낫 테이큰(The Road Not Taken)」이라는 것을 ── 그때까지 나는 「낫 테이큰 더 로드(Not Taken The Road)」로 알고 있었다. ── 확인했다. 고교 교과서에 실렸던 것과 조금 달라서 맛이 나지 않았다. 읽기 좋고 이해를 돕기 위해 산문체였다. 그러나 그것도 이해해야 했다. 그 시를 그렇게 옮긴 번역가는 시인이면서 교수였기 때문에, 무엇노다 시를 시답게 번역했을 것이다. 교수에게는 지지 않겠지만 시인이며 교수이기에 나는 그의 논리를 수용할 도리밖에 없었다. 번번이 우리들의 앞을 막는 담장들. 한 가지만 아니라 두 가지 고두 잘하는 세상의 보다 나은 존재들. 아내와 그녀, 둘 중 누구에게도 나는 온전한 몫을 다 하지 못했다. 불능의 취약성.

47쪽을 펴고 시를 읽었다. 놀랍게도 다른 시와 다르게 그 시는 제목부터 각주가 삭정이처럼 길어서 삭정이로 보이지 않고 튼실하고 긴 근골처럼 붙어 있었다. 시인이자 교수인 번역가는 이 시가 갖는 중요성을 알았는지, 아니면 내가 찾아 읽을 줄 알았는지, 친절히 길게 설명해 놓았다. 다른 두 연구가의 제목 명명법과 번역가 자신의 견해까지도 충실히 첨부해서.

그러나 결국, 그 시는 30년이 지났어도 나를 감동시켰던 그 능력을 고스란히 간직하고 있었다. '아, 먼저 길은 다른 날 걸어 보리라! 생각했지요'까지는 거침없이 읽을 수 있었다. 그러나 '인생길이 한 번 가면 어떤지 알고 있으니/다시 보기 어려우리라 여기면서도'에서는 가슴에 가시라도 찔린 양 멈칫하며, 나는 이미 고교 시절로 되돌아가 있었다. 오히려 역정이 났다. 이래선 안 된다. 반대로 행동하기 위해서 시를 읽는 중이다. 나는 전심을 다해 흡입하려는 프로스트에게서 벗어나려 했지만 한동안 몽유처럼 묘한 순례를 했다.

그것이 감상적으로까지 가지는 않았다. 그럴 나이도 아니고, 무엇보다 좀이 슨 종이의 그 시절과 이렇듯 명도가 높고 활자가 좋은 책에서 비교되는 빈궁한 시대를 보낸 장년들의 물질적 반감이 있었다.

한참 있다가 나는 마지막을 읽어야 했다. 어찌 되었든 내 손에 들린 책이므로.

'두 갈래 길이 숲 속으로 나 있었다, 그래서 나는

─사람이 덜 밟은 길을 택했고,

그것이 내 운명을 바꾸어 놓았다.'라고.

무력감이 내 모든 기운을 휘발시키고 대신 허탈감을 꼭꼭 채워 넣는다. 나는 책을 놓고 눈을 감았다. 언제 2층 옥상에 올라왔는지, 나는 그곳에 있었다. 그리고 살피자 나는 어느새 어제 종일 노력하여 옮긴 화분들 사이에 놓인 등이 긴 의자에 발을 뻗고 눕듯이 앉아 있었다. 정염처럼 쏟아지는 여름 기운에 덩달아 달아오른 앞집 지붕 위에서 희게 탈색되고 있는 기왓장이 보기 싫어 눈을 감았다. 츱츱한 기분이 들며, 나는 용기가 없어, 말했다.

그것은 헤어진 직장의 내 자리가 떠오를 때마다 느끼는 그런 감정이었다. 굳이 그렇게 애달 것도 없는데. 돈 만지는 은행이라 퇴직금도 삼삼하게 받았고, 좋은 시절에 허락하는 범위에서 조금 부적절하지만 알고도 속는 거래도 남보다 많지는 않아도 적당히 해서 챙기기도 했다. 직장 때문이 아니라고, 나는 고백해야 한다. 그 여자 때문이라고. 직장을 잃어서가 아니라 그녀와 같은 공간에서 나만 내팽개쳐진 것이 더 절망이라고. 사랑할 가망성이 있다고 믿은, 그것에서 좌절당한 분노 때문이라고, 약취라고도 해도 좋을 어린 여자 아이를 더 이상 사랑할 시간을 얻지 못한 데에서 오는 불만 때문이라고 나는 고백해야 한다.

생각이 갈래갈래 나뉘어 조각나고 있다. 그런데 그 조각들이 갑자기 눈앞에서 선회하고 있다. 회전운동. 여러 개의 조각들이 보이지 않는 어둠의 축을 잡고 각기 다른 진자 운동을 시작했다. 그런데 묘하게 그들은 서로서로 교차하고 충돌하면서도 전혀 손상을 입지 않았다. 끈도 얽히지 않고, 부딪치며 부서지는 일이 없었다. 이건 말도 안 되는 현상이다. 물리적 법칙이 존재하는 이 세계에는 이런 일이 있을 수 없다. 나는 눈을 홉뜬 채 뚫어지게 본다.

그들의 운동 범위는 점점 길어지고 넓어지더니 나를 에워싸기 시작했다. 진자의 길이가 늘어나고, 겨우 형태를 유지하고 있던 조각들이 뒤틀리며 게놈 지도처럼 나선형으로 분열되고 다시 조합되더니 큰 덩어리가 되어 내 머리 위에서 빙빙 돌기 시작했다. 나는 블랙홀 속으로 빠져드는 기분이 들었다.

어두웠다. 어딘지도 모르고, 삭풍이 부는 곳을 향해서, 바람을 맞으며 나는 걸었다. 왜 바람을 등지고 갈 수도 있는데 그렇게 욧 진 놈 오기처럼 우정 거스르며 향했는지 스스로 생각해도 어리석었다. 거기에 간간이 눈이 뿌렸다. 달은 아직 중천으로 뜨지 않고, 건너편 자작나무 숲 바로 뒤에서 지싯거리고 있다.

발이 시려 발가락을 꼼지락거렸다. 그러면서도 나는 걸어갔다. 걷지 않으면 죽을지도 모른다는 절박감이 계속 걷게 만들었다. 하나 둘 하나 둘. 숲 가까이에 이르렀을 때에야 비로소 나는 얼어붙은 강을 보았다. 달빛 줄기 몇 개가 강물에 낀 채 얼어붙어서 하늘로 오르지 못하고 있었다. 달빛의 무더기가 강물 위에서 냉동되어 마닐라 삼처럼 굵고 거친 밧줄로 변해 있었다. 아하! 나는 내게 말했다. 그랬군. 이유가 있었어. 하기야 간상에는 모두 이유가 있지.

나는 좀 더 숲 가까이로 갔다. 그곳에서 그를 만났다. 그 남자, 그 시인은 서성이며 뭔가 중얼거리고 있었다. 그러나 정작 그는 어슬렁거리며 주위를 맴돌 뿐, 제대로 방향을 잡지 못하고 있었다. 나는 그에게 가서 무엇인가 항변해야 한다고 생각했다. 한 발 가까이 그에게 다가가자, 경치가 변했다. 거기에는 깊은 웅덩이가 있었고, 숲 사이로 놓인 샛길들이 군데군데 보였다. 숲을 관통하는 길인 듯싶었다.

그제야 그의 소리가 들렸다. 그는 반복적으로 말하고 있었다. 술에 취해 노래의 같은 소절을 수없이 반복하는 버릇이 있는 사람처럼 말이다. "잠들기 전에 몇십 리를 더 가야 하는데." 더 이상 의심할 것 없이 그였다. 로버트 프로스트. 시집에 붙은 사진이나 백과사전에 실린 화보처럼 그는 흰머리에, 이름처럼 서리를 가득 이고 있었다. 다만 군데군데 빈 머리카락으르 서리는 듬성듬성 붙인 색종이 모자이크같이 엉성했다.

그는 나를 보지 못한 것 같았다. 숲으로 들어가지 못하고 왔다 갔다만 반복했다. 나는 마른기침을 하기 위해 울걱질을 해댔다. 그래도 그는 나를 설핏 볼 뿐 "잠들기 전에 몇십 리를 더 가야 하는데."라고 중얼거렸다.

"가기 전에 몇 마디 말해 줘야겠습니다, 선생님."

그제야 나를 보고 희미하게 웃었다. 노인이다. 노인들이 갖는 특유의 여유 있는 웃음이 독 오른 구월 뱀 같은 나를 진정시킨다. 그러나 그뿐, 다시 고개를 앞으로 내밀고 숲 가까이에 가서 바장댄다. 나는 빠르게 가서 그의 팔을 잡았다. 허깨비처럼 가볍다. 왜 살아 있는 노인들은 이렇게 가벼울까. 부피에 비해 지나친 가벼움에서 오는 편차가 단단히 따지려 벼르던 내 생각을 순간적으로 무력하게 한다.

"처마에 달린 고드름들이 내 증오의 무기처럼 느껴진다——그리고 그대, 그대는……, 그대는 뭐라고 말하려 한다……. 그대여 잠깐만!"

그는 왼손을 내밀며 말했다. 각운의 무성자음이 주는 조금 부족한 듯한 절단. 그는 운율로 말하고 있다. 대꾸를 해야지 생각하는데 입이 열리지 않는다. 그러나 이미 내 마음은 그에게 묻는다. 이제 그의 한 발이 숲 속에 들여 있다. 조금 늦으면 그가 숲 속으로 접어들 터이고, 그러면 놓치고 말 것이라는 급박함이 내 입을 연다.

"당신은 제게 큰 부채를 졌습니다."

프로스트의 한 발이 다시 빠져나와 길섶에 선다. 그러면서 내 손을 잡는다. 가벼움. 위대하지 않은 시인.

"나는 증오에 대해서 충분히 알고 있다고 생각하오. 그것으로 충분하오."

"증오가 아닙니다. 나는 증오하지 않습니다. 책임을 지시라는 것이죠.”

“책임요?”

그 시인에게 내가 들은 유일한 말이었다. 지금까지 그는 내가 닳도록 읽은 그의 시를 읊었을 뿐이다.

“선생님은 사회적 책임을 지는 것이 당연합니다. 그것이 당신이 누린 권리의 대가지요.”

“담을 잘 쌓아야 좋은 이웃이 되죠.”

“선생님은 좋은 이웃을 충분히 가지고 있습니다. 나쁜 독자를 만들기도 하지만요. 선생님의 시를 읽고 그대로 했습니다. 그러다가 이 모양이 됐습니다. 이제 책임을 지셔야 합니다. 검증도 되지 않는 걸 진리라고 믿고 따르라고 선도했으니 말입니다. 진리는 두루 통해야 하죠? 그런데 제게 통하지 않았으니 그것은 진리일 수 없습니다. 선생님의 시처럼 선생님의 입속에는 아픔 대신 물감이 잔뜩 들어 있습니다. 그런데도, 지금도 선생님의 시는 세계 각국의 언어로 번역되어서 읽히고 있습니다. 정장을 새롭게 해 출판한 것만 봐도 알 수 있지 않습니까? 저 요구는 간단합니다. 다만 바꿔 주십시오. 선생님의 시에서 한 대목, 아니 두 행만 바꿔 주시면 됩니다.”

“모든 시는 결말을 지니고, 그것은 생의 해명으로 끝난다고.”

그의 이번 말은 민음사 시집의 해설에 실려 있는 것과 동일했다. 나는 그의 입술을 보았다. 그는 머뭇머뭇 말했다.

“나는 진실을 말하려고 했지만.”

싫습니다. 그것도 선생 시의 한 구절이지요. 「자작나무」의 한 구절 아닙니까. 나무가 휜 것은 사실은 얼음의 무게 때문이라는 것 아닙니까? 시는 필요 없습니다. 시 말고 당신의 말이 필요합니다. 입이 얼어붙어 발화되지 않았다. 그런데 익숙한 듯 복화술사같이 술술 말이 나온다.

"아마 더 나은 듯했다는 그 부분을 고쳐 주시면 됩니다."

"……."

"왜요? 왜 못 고친다는 겁니까?"

그러나 시인은 벙싯 웃을 뿐이다. 온화한 웃음이 아니라 그러한 일로 자신을 찾아온 내가 측은하다는 빛이다. 시 한 편에 인생을 건 몹시 어리석은 황인종에게 아무것도 줄 수 없다는 듯한 웃음이다.

"시는 해명이라고 당신이 말했어요!"

나는 소리쳤다. 그러자 그는 다시 발을 내밀어 자작나무 숲으로 들어섰다. 나는 뒤쫓다가 넘어졌다. 손을 짚자 작은 돌이 잡힌다. 어디로 갔을까. 숲에는 두 길이 놓여 있었다. 그리고 프로스트의 모습은 감쪽같이 사라졌다. 나는 망설였다.

"시는 해명도 존재도 아니고 계속 가야 하는, 아직 못 가 본 길이다."

소리가 났다. 그였다. 나는 분노와 함께 소리를 지르며 그에게 움켜쥔 자갈을 던졌다. 적어도 남자답게 자신의 잘못을 고백해야 한다는 나의 신념을 저버렸기 때문이다. 그는 돌에 맞았다. 그러나 돌은 그를 투과해 눈 속에 파묻혔다.

"가지도 못하지만 올 수도 없는 길이기도 하지, 우리들의 길은."

눈 속의 돌을 찾아 들며 프로스트가 말했다. 끝까지 그는 내게 진실을, 본의를 보이지 않았다. 자작나무 사이로 미끄러지며 사라지는 그의 모습과 함께 강물에 매였던 달이 두두둑 밧줄을 끊고 솟아오르고 있었다.

그녀의 모습이 떠올랐다. 나는 쫓기듯 일어서서 세수를 하고, 면도를 마친 다음 옷장으로 갔다. 그녀가 퇴근하기 전에 가야 했다. 바지를 꿰차고 문을 나섰다. 대문을 나서는데 아내가 서 있었다. 모의고사로 일찍 돌아온 아내가 내 팔짱을 낀다. 그리고 약속처럼 우리는 골목길을 걸어 나갔다. 내가 고개를 돌려 집을 보자 골목의 여름이 서리처럼 조폐하고 있었다.

칼 벼리는 밤

1

그녀는 의자에 앉는다. 엄지발가락으로 콘센트 스위치를 누른다. 위이잉——본체가 부팅되는 소리와 동시에 코발트 빛 화면이 깔린다. 마우스를 움직여 클릭한다. 클릭 소리에 막혔던 뭔가가 뚫린 기분이 든다.

클릭—링커. 자신이 만든 하잘것없는 이 복합어에는 묘한 마력이 숨어 있다. 맞아. 클릭—링크. 모든 것들은 순간적으로 절연되고, 접속된다. 인간사도 마찬가지. 그녀는 화면을 보며 생각한다. 어디로 갈까. 목적지까지의 시소러스(thesaurus).

잠시 머뭇거리다 결정한 듯 연감을 찾는다. 인명록. 그녀는 잡지의 표지를 넘기듯 가볍게 그 속으로 스며들어 간다. 『동아

연감』의 「후즈 후(who's who)」. 검색어로 예술가, 하고 입력한 뒤 엔터 키를 눌렀다. 음악, 미술, 문학, 연극……. 두 번 생각지도 않고 빠르게 미술 사이트로 빠져 곧 조각가 브랜치에 들어서고 나서야 숨을 내쉬었다. 자꾸, 동양화 쪽으로 가려는 자신을 제어하기 힘이 들었다. 가나다 순의 차례에서 특별한 생각 없이 클릭했다. 책갈피처럼 화면이 뜨고 이름들이 나타났다. 이름에서부터 가운뎃점이 열댓 개 찍힌 뒤에 작가의 얼굴이 보인다. 그들은 웃고 있었다. 적어도 웃지는 않더라도 웃음을 띤 낯빛이다. 조작된 웃음의 생경함이 그녀를 굳게 만든다. 신문이 아직도 그 명맥을 유지하는 이유는 정적, 그 영속적 멈춤에 있다.

이리저리 뒤적이다 그녀는 자신과 비슷한 이름을 가진 작가에게 눈이 갔다. 양은호. 그녀의 이름은 은혜이다. 사진 아래 그의 인생 유전의 대차대조표가 압정처럼 박혀 있다. 1945~1990. 그는 이미 죽은 사람이다. 죽은 사람의 사진이 지나치게 밝고 흰해서 오히려 소원함을 느꼈다. 이어서 그의 작품이 나타났다. 두 남자가 지게를 받쳐 둔 채 이야기하고 있는 청동의 환조. 투박하고 거칠었지만 그만큼 생동하는 힘이 솟아나고 있다. 지나치게 큰 지게가 균형을 깨뜨려 인물들의 궁핍함을 강조한 것이 그녀의 비위를 갉작거렸다. 그녀는 남자들의 얼굴을 확대했다. 화면이 커질수록 웃음은 작아졌다. 농부의 입술을 확대하자 낯선, 아주 생소한 청동 덩어리가 둔중한 질감을 보여 준다. 그녀는 색 선택을 누른 다음 붉은색, 천박할 정도로 예쁜 다홍, 적색

14843번으로 그들의 입술을 칠했다. 그녀는 웃는다. 하하하……. 드래깅. 다음 작품이 나타난다. 누드, 테라코타 여자. 질량감으로 겨우 존재를 인정받은 여자. 유방과 치모를 드러내고 왼팔을 꺾어 머리를 받치고, 오른손은 단전쯤에 놓아두고 있다. 그녀는 벌떡 일어서서 소파에 누운 다음 몸을 뻗어 같은 포즈를 취해 보았다. 힘이 들었다. 장의자에 앉아서 이런 포즈를 잡는다는 것은 불가능해. 이 여자는 분명히 방바닥에 누웠을 것이다. 이 작품은 모델이 없거나 아니면 그림의 배경과 다른 장소에 모델을 눕히고 그렸을 것이다. 왜 그랬을까. 문득 그 남자의 소리가 들렸다. ‘손은 자연스럽게 무릎에 올려.’ 그녀는 디 도시 저편에 살고 있지만, 그는 보이지 않았다. 눈에는 아직 선명한데 보지 못한다고 그가 없을 것인가? 또 들린다. ‘피곤하지? 조금만 참아. 다 됐어.’

이렇게 누운 자세라면 작가는 분명히 그녀의 성기를 보았을 것이다. 그렇지만 드러난 치모 이상 더 표현할 방법이 조각으론 없었겠지. 심하게 구부러진 허벅지와 스크래칭으로 여자의 국부를 표현하고 있군. 조각의 숙명. 본 것을 보지 않은 것처럼 만든다는 것이 보지 못한 것을 본 것처럼 만드는 것보다 훨씬 힘이 든다는 것을 그녀는 알고 있다. 세상이란 그런 것이니까. 아무튼 이 모델은 유방보다 훨씬 예쁜 성기를 가졌을 것이다. 여자는 다음 페이지를 찾아 누르며 화면을 지켜본다. 겨우 두 장의 그림으로 마흔다섯 해를 산 남자의 시대는 벌써 사라지고 있었다.

지난달에 갔을 때, 당신은 제게 동백꽃을 가지째 꺾어 주면서 말했어요.

"이렇게 곱게 피다 죽을 때면 제 모가지를 스스로 피도 없이 참수한다. 그게 차마 안타까워 가지가지 꺾어 주다 보니 몸피만 크고 위로는 안 자란다."

"글쎄 그런 걸 왜 주세요? 안 주면 되죠."

"사람들이 발을 못 떼고 그 앞에서만 맴도는 것을 다 아는데, 줘야지."

"평생을 그렇게 당하고도 아버진 여전하네요."

"꽃이란 것이 나눠 보라고 있는 것이지."

나는 더 말하지 않기로 했습니다만 한편으론 화가 나기 시작했지요. 웬 쓸모없는 자비심.

그래요. 나는 그 동백이 사실 특별히 예쁘다거나 좋아 보이지 않았습니다. 한겨울의 동백. 근근한 눈 속에 핀 꽃, 그게 신기할 따름이었죠. 홑꽃잎들이 눈 속에서 바르르 떨렸으니까요. 그러나 다른 동백과 달리 투명하게 엷어, 마치 동상 걸린 아이들 뺨처럼 보이는 연약한 꽃잎과 잡색 하나 없는 붉은빛이 다를 뿐이었습니다.

"언제 가려냐?"

"오늘요, 곧."

"하룻밤이나 자고 가지."

"스님이 속가의 인연에 연연해하면 중생들에겐 뭘 가르치 세
요, 대체?"

"그러니 아직 멀었지."

"백우가 그나마 제대로 된 스님이어서 끔찍이 모시니 다행이
죠. 전화라도 놓고 사세요."

"전화는 무슨."

"어떠세요? 수술 경과가 좋다곤 하지만."

"괜찮다. 넌 어떠냐? 논문인가 뭔가는 잘되냐?"

"잘되겠죠. 부모가 다 독한데 그 딸이 어디 가겠어요."

허허허. 끝내 당신은 웃음으로 끝냈습니다. 그렇게 옹골차게
부아를 돋웠으니 그 정도는 약과였겠죠. 그러나 아마 당신은 분
노로 가장한 내 절망의 밑바닥을 이미 보고 있었으리라 생각해
요. 왜 어머니란 여자가 이럴 땐 생각날까요. 당신을 보면 어머
니가 풍선처럼 떠올라 화가 나요. 드레스 곱게 입고, 차에 오르
던 그 여자의 모습이 칼끝처럼 나를 쑤셔대고, 나는 그 상처를
이겨 내기 위해 분노하죠.

산을 내려오다 두 번 발을 삐었습니다. 그때 꺾어 준 꽃도 버
렸어요. 빌어먹을 산길. 다시는 안 와. 설상가상 버스도 37분이
나 연착을 해서, 나는 겨울 추위를 재산처럼 고스란히 품고 서
있는 간이 정류장에서 다짐했죠. 다시는 오지 않을 테야. 마을
에서 곧게 오르는 연기를 보면서 이를 갈았어요. 연기처럼 솟아

올라 사라지면 좋겠어. 그러면 다시 오지 않겠지.

나는 늘 오지 않겠다 맹세하며 당신을 떠나곤 했습니다. 이번이 마지막일 것이라고, 다시는 이곳을 찾아오지 않을 것이라고. 그러나 어김없이 나는 당신을 찾아와야 했습니다. 의무처럼, 아니 짐이 된 당신을 확인하기 위해서 와야 했어요. 암자에서 절까지 공양에 맞춰 다니다 독사에게라도 물리지 않았나 확인해야 하고, 겨울에는 얼어 죽지 않았나를 확인해야 했으니까요. 그래요. 다른 것은 없었어요. 버리기는 아직 아쉬운 낡은 짐덩이가 묶인 채 그대로 잘 있을까를 확인하려는 마음뿐이죠. 당신은 잘 아시죠. 뭐든지 확인하고, 만져 봐야 안심하던 아이가 나 아니었나요? 땅거미가 지고 혼자가 될 때면 나는 당신께 다녀와야 한다는 의무감의 치사함에 몸서리쳤습니다. 분명히 그것은 몸서리였습니다. 어느 날 갑자기 다가올 당신의 불행에 대처할 방법을 나는 준비할 능력이 없어요. 지금처럼 당신이 죽음과 마주하고 있을 때는 더욱더.

찬바람이 혁명군처럼 거리에서 밀려오기 시작하면 나는 옷깃을 여미기 전에 당신이 있는 이곳의 기온을 생각하며 이를 닥닥거렸습니다. 내 생전 처음 당한 그 혹독한 추위가 생각나기 때문이죠. 바로 당신과 한 방에서 서로 부둥켜안고 온몸이 추위로 얼어 가는 생체 실험을 한 기억 때문이죠. 당신은 불을 더 지펴야겠다고 했지만 할 수 없었습니다. 내가 매달려 우는 바람에 당신은 움직일 수가 없었으니까요. 우리가 가진 것은 옷 보따리

하나였죠. 밤에 찾아든 유마사는 이불도 한 채 없는 폐사였습니다. 겨우 나를 안은 당신의 체온에 구들장도 없는 방, 문도 없이 놓인 방 한구석에서 떨어야 했어요. 왼편 구석만 빼놓고 눈이 수북이 쌓였지요. 허물어진 벽을 타고 바람은 난장보다 더 심하게 불고요. 그날 바람은 왜 그리 독하게 추웠을까요.

그래요. 설핏 잠이 든 내게 스웨터와 외투를 덮어 주고 당신이 어둠 속에서 피를 흘려 가며 나무를, 그것도 눈비에 젖은 썩은 마들가리 몇 개를 주워 방 안에서 불을 때 주었기에 나는 그날 살아남았을 겁니다. 그래서 지금도 나는 온기를 느끼면 눈을 먼저 감습니다. 그날 연기에 질식해 죽을 뻔했기 때문이에요. 구멍 뚫린 방이라 환기는 잘 될 것으로 알았지만 아니었죠. 그런 것을 보면 인생이란 게 반드시 죽을 일만은 없는 거죠. 덕분에 우린 까마귀가 됐어요. 당신이 제 얼굴을 보면서 밝게 웃었죠. 나는 겨우 눈을 뜨면서 당신을 보고 깔깔 웃기만 했고요. 웃음이라뇨. 난 그때 어지간히 속이 없었죠. 죽음의 문턱에 다녀왔으면서, 그런 원인을 제게 준 당신을 보며 웃다니요. 눈과 입술만 제외하고 우리는 모두 검뎅이를 묻히고 있었어요. 까마귀들. 우리는 그 겨울 그 절에서 까마귀처럼 살았습니다. 당신은 절에 있는 이것저것으로 겨우 방을 만들었죠. 아궁이에 종일 불을 때고 판자니, 돌로 벽을 막으니 이제 얼어 죽지는 않겠다는 생각이 들었습니다. 당신이 선택한 것 중 제일 잘한 것은 우리가 절에 가서 살기로 작정한 것입니다. 폐사래도 절이라고 그릇도 있고, 솥도 있었으니까요. 마을까지 가서 당신은 쌀과 김치를 사 가지고 왔습니다. 나는 아직도 풀리지 않은 몸으로 방에서 떨고 있었을 뿐이죠. 아, 이불. 그래요, 이불도 있었지요. 법당 뒤에, 이불이 한 채 있었어요. 겨우 우리 두 사람의 몸을 덮어 줄 이불이 있다는 것만으로도 우린 행복했죠. 그해 겨울. 우리 부녀는 그렇게 보냈습니다. 밥을 지어 먹고, 날이 좋으면 절을 청소하고. 당신은 법당을 청소했죠. 염불 대신 청소라고, 정말 법당 안에 부처라도 있는 양 당신은 법당 청소에 열심이었습니다. 일곱 살 먹은 난 불상에 더께 져 내려앉은 먼지를 벗겨냈어요.

그녀는 의자에서 일어난다. 베란다 너머 잠든 도시를 밟아 가며 문을 연다. 노인은 이제 낮게 코까지 골며 잠들어 있다. 그녀는 이 시간이 좋다. 거실에 나와서 어둠 속에 스위치를 누르고 윙윙윙 소리를 내며 작은 기계 속에서 펼쳐지는 공간을 유영하는 일이 요사이 그녀의 낙이었다.

주방에 들러 여자는 맥주를 가져온다. 맥주를 마시며 그녀는 컴퓨터 앞에 다시 앉는다. 내일의 날씨, 모레, 더 먼 다음 주의 날씨를 알아낸다. 비를 몹시 싫어해서 그녀는 비 오는 날은 잘 나가지 않는다. 비가 몰고 오는 축축한 대기에선 음산함이 느껴진다. 죽음 같은 음산함. 맑음, 맑음, 맑음, 흐림. 그러나 비는 없었다.

그녀는 채팅을 한다. 그러나 곧 그만두고 싶다. 지나치게 상대를 꿰뚫고 있거나, 인생을 많이 아는 듯한 상대와는 이야기하고 싶지 않다. 더 싫은 것은 가벼운 사람들이다. 익명이 주는 가식과 허위 때문에 그녀는 채팅을 한다. 그녀가 인내를 발휘하며 몇 마디 더 붙였다, 예의상. '땅을 보고 걸으라 했어요, 탈레스의 그 여잔.'

'그 여잔 투기가 전공인 복부인이겠죠.' 그녀는 곧 손을 빼며 말없이 상대방 남자와 작별한다. 그러나 컴퓨터와 결별을 하는 것은 아니다. 아직은 몇 시간을 더 이렇게 보내야만 한다.

읽다 만 책을 들어 뒤적인다. '언제부터 사람들은 옷을 만들어 추위와 부끄러운 부분을 가리게 된 것일까.'라고 씌어 있는 부분을 읽다가 그녀는 책을 소파에 던졌다. 부끄러운 부분을 가리다라는 말이 그녀에게 거슬렸다. 사랑이 가능한 부분에 부끄러움은 없다. 그래서 부끄러운 부분은 사람에 따라 달라진다. 지난달에 죽은 노파는 자신의 가슴에 때처럼 끼어 있는 반점을 몹시 부끄러워했다. 남이 볼까 두려워 그녀는 죽는 순간에도 두 손으로 가슴을 가린 채 임종했다. 의사가 오기도 전에 죽어 간 그녀에게서 나는 죽음보다 주검 위에 여전히 남아 있는 그녀의 반점을 떠올리며 진저리 쳤다. 죽음과 함께 모든 것이 사라져 버린다면 죽음이란 어쩌면 신의 마지막 선물일지도 모른다.

소리가 나는 듯해서 그녀는 방문을 조금 연다. 노인이 몸을 비틀고 있다. 불쾌하거나 소변을 보는 중일 것이다. 감각이 없어진 그는 그래도 소변을 볼 때 몸을 뒤틀기까지는 한다. 요도가 잘려서 오줌을 질질 흘리는 남자에게 끼워진 인공 요도는 자극이 없다. 그래서 요의를 느끼지 못한다. 오줌 줄기가 모이는 동시에 흘러내릴 뿐이다. 입원했던 내내 노인은 성기 부분을 드러내 놓고 있었다. 그러나 그는 조금도 부끄러워하지 않았다. 적어도 그에게 그의 성기는 부끄러운 부분이 아니다. 고장이 나 그저 불편한 부분일 따름이다. 가장이란 미학이라고 정의하는 위악적인 문명이 그것을 부끄러운 것이라고 치부케 했을 것이다.

아니면 독점적 즐거움을 누리고자 만들어 낸 금제 장치인지도 모른다. 더 강한 쾌락을 원하는, 그러나 누구도 그 극치에 도달치 못함으로써, 그래서 허무를 보지 못한 누군가가 아직도 그 속에 남아 있는 은밀한 탐욕을 감추기 위해 부끄럽다는 담론을 만들어 냈을 것이다. 한 사람의 기지와 열 사람의 공통적 감정. 그 기지에 찬 한 남자에게 동의한 사람들. 그리운 나의 열락.

그녀는 시계를 본다. 2시 50분. 겨우 한 시간을 보냈을 뿐이다. 기저귀는 나중에 바꾸어 주면 된다. 그녀는 다시 컴퓨터 앞으로 다가간다. 그리고 클릭을 한다. 이제 조간신문을 찾기 시작한다. 사랑이랑 이름의 이 누추한 미련. 그녀는 두 손에 바르르 떨림을 느낀다.

"지, 겨, 운, 생."

그녀가 천천히 한 자씩 띄어 가며 발음한다. 지겨운 생.

노인이 몸을 심하게 움직이는지 비닐이 부스럭거리는 소리가 들린다. 비비빅 차르르. 소리는 그녀의 삶처럼 구겨지고 있었다. 그녀는 노인을 위해 일어서지 않는다. 아직 더 기다려야 한다. 내가 당신에게 가려면 한 시간은 더 있어야 해. 지금은 내 시간이야. 누구도 뺏을 수 없어. 오히려 그녀는 자신의 고의춤으로 손을 집어넣었다. 허전한 하복부의 밋밋한 경사. 의사는 말했다.

"알아볼 수 없을 겁니다."

"난 그것 때문에 한숨을 쉬지 않았어요. 스물넷에 두 번쩌 낙태한 여자가 딱해서지."

차르르 차르르. 오늘따라 노인은 요란하다. 마침내 그녀는 일어선다. 좀 늦게 간다고 특별히 나쁠 것은 없다. 이 노인에게 정해진 노역 이상을 쏟아 부을 가치가 없다. 그녀에게 내미는 그들의 돈만큼만 하면 충분하다. 그녀는 자격을 갖춘 간병인이다. 9시간, 매일의 노동으로 받아 쥐는 것은 결코 많지 않다. 또 이 노인은 그리 쉬 죽지 않을 것이다. 이 병은 워낙 죽음과는 상관없기 때문이다. 젖은 채 그대로 있는 것, 이제 당신은 그런 습관을 길러야 하며, 습관은 사람을 편하게 한다는 진리에 순응해야 할 터이니.

그러나 그녀는 문을 연다. 노인의 손이 그녀를 향해 진작부터 뻗어 있었다. 그녀는 가까이 가서 그의 이불을 벗긴다. 뼈만 앙상한 노인의 하반신을 움켜잡아 올리며 비닐 종이를 잽싸게 빼냈다. 시트와 마찰하는 소리가 부─욱 파열한다. 그녀는 노인을 내려놓고 환의를 벗겼다. 노인용 기저귀는 그런 대로 괜찮았다. 젊어서 제 한 몸 몸가축하고 다녔을 때에는 보통 깐깐하지 않았을 것이다. 기저귀를 가져온 다음 젖은 것을 벗겼다. 앙상한 뼈와 대비되는 아직도, 형태를 유지하고 있는 성기가 그녀에게 순간적으로 혐오감을 주었다. 수척해야 될 것이 아닌가. 다른 부분처럼 그것도 햇빛에 마르는 푸성귀처럼 졸아들어야 할 것 아닌가. 어쩌면 이것은 이렇게 오래, 그대로 버티고 있단 말인가. 이미 무용한 성정에도 불구하고 어쩌면 이렇게 능연하게 버티고 있단 말인가.

그녀는 노인의 미소를 등지고 밖으로 나왔다. 화면은 수면 속에 빠져 있었다. 주인을 내팽개치고 그 혼자 안식을 찾는 뻔뻔스러움에 그녀는 스페이스 바를 눌러 그를 깨웠다. 부스스 눈을 뜨며 그가 보았다. '놀자.' 그녀는 말했다. '나는 놀지 못해. 노는 것은 너뿐이지. 난 노동을 하는 거야.' 그녀는 다시 한번 말했다. '우리 놀자.' 그는 묵묵부답이었다. 지표에서 한참을 내려가 매장되는 관처럼 컴퓨터는 침묵의, 매우 어두운 미소만을 보낸다.

"동백꽃과 동박새는 아무런 상관이 없다."
당신은 산다화나무 아래에 서 있었어요. 꽃이 만발해서 푸새먹인 가사 장삼 위에 점점이 꽃물이 들고, 파르르 깎은 머리 위에도 진달래 빛 선홍이 거울처럼 비쳤죠. 나는 가볍게 코웃음 쳤어요. 포로롱. 정말 새 한 마리가 날아왔죠. 멧새. 녀석은 부리로 꽃을 쪼았어요. 꽃잎이 그의 입에 꽂혔고요. 새가 날개를 접자 나는 돌을 주워 녀석을 겨냥했죠. 그때 당신은 손을 내밀었어요. 나는 돌을 땅에 떨어뜨렸죠. 손에 올려놓는 것보다 자존심이 덜 상하니까요.

"나는 새가 싫어요."

"왜? 왜 싫으냐?"

"우니까요. 새는 울어서 싫어요."

"그럼 노래한다고 생각하면 되잖느냐?"

"우는 것을 노래한다고 할 순 없어요."

어떻게 이 모든 것을 기억하느냐고요? 그 남자를 처음 만난 날이었어요. 지금도 삼삼하게 아른거립니다. 여름밤에 느슨하게 데워진 공기처럼 그는 나타났어요. 제가 처음 맞아들인 몇 안 되는 손님 중 한 사람이었죠. 개 짖는 소리에 문을 열자, 그가 대웅전 계단에 서 있었어요.

당신도 평상복 차림으로 나왔죠. 그가 당신을 확인하고 계단으로 내려와 불빛 아래 섰을 때만 해도 내가 그를 사랑하게 될 줄은 몰랐습니다. 그는 키가 훌쩍 크고, 조금 야위어 보였고, 어깨에 가방 대신 바랑을 메고 있었습니다.

"유마사 맞지요? 백우 스님 부탁으로 왔습니다."

"이 밤에 뒷산을 넘어서 말이오?"

"길 따라 그저 오다 보니 도착했습니다."

그의 거짓말에 나는 웃었죠. 꽉 막힌 산 속에 무슨 길이 있다고. 필경 노은재 넘고, 제비 계곡을 건너야 했을 텐데 그림 그리는 일이 뭐 그리 급하다고. 그때부터냐고요? 아뇨, 그와 내가 정작 사랑을 느끼게 된 것은 한참 뒤였죠.

양 보살을 불러내 저녁 공양을 마련하게 하고 나는 방으로 들어갔습니다. 책상 앞에 무릎을 꿇고 앉으며 나는 머리를 흔들었어요. 그 같은 사람들을 너무도 많이 봤으니까, 그런 사람들 중 하나. 저이는 또 어떤 인생이기에 하필 절을 떠돌며 탱화를 그릴까. 책을 펴면서 나는 자문했죠. 수학 II.

시계 대신 시보가 운다. 아까 들어갔을 때 주사를 놓고 나올 것을. 30분쯤 빨리 맞는다고 잘못될 것도 없는데. 노인의 미소는 바로 그것이었나. 어차피 놓을 거 미리 해 주지 그러나, 하는. 그녀는 잠시 머뭇거렸다. 곤히 잠든 노인을 깨우는 것이 나을까, 아니면 항생제를 한 번 덜 맞히는 것이 나을까.

노인이 두 번째 혼절했을 때, 가족들은 비로소 현실을 제대로 깨닫게 되었다. 어리석게도 효성 지극한 노력이 물거품으로 변한 후에야 그들은 전문적 간병인이 필요하다는 것을 알았다.

그래서 그녀가 왔다, 그 필요한 전문가로. 호스피스는 보통 여자였고 노인의 환부가 성기라는 것이 또 전문가인 그녀를 선택한 이유였다.

"환부가 좀, 말하기가 좀……. 그게, 좀. 뭐, 그런데 괜찮으실 거예요. 워낙 점잖은 분이시라 말이에요."

늙었기 때문에, 쇠퇴한 성욕이기 때문에 성기 부위가 괜찮다는 식으로 말했다. 그렇다면 우리가 성기 부위에 대해 느끼는 부끄러움은 결국 성욕의 실행 가능성에 따른 것이란 말인가. 성욕, 그것 때문에 우리는 치부가 드러나는 것에 수치를 느끼는 것일까. 성욕이 쇠잔한 사람들이나 성욕을 느끼지 못하는 사람들에게는 발목이나 손목처럼 그 부분이 아무렇지도 않은 것일까.

"치매 따위로 받아야 하는 소변이 아니라 방광 자체의 병으로 인한 것이니까 괜찮을 겁니다."

그녀는 아무 말 없이 웃었다. 성욕이 과잉되어 주체하지 못하는 사람의 병환이라도 그녀에겐 괜찮다. 환자 대 간병인으로 만나는 것인데 그것이 뭐 어떻다는 말인가.

맥주 캔이 발에 차여 도르르 굴렀다. 그녀는 남아 있던 액체가 쏟아져 나오며 그리는 긴 선을 보았다. 그러나 뭐가 대수랴, 카펫으로 스며드는 맥주 몇 방울이. 그보다 남겨 둔 논문이 더 궁금했다. 여자는 흘러내린 머리를 뒤로 끌어당겨 묶으며 화면을 들여다보았다. 「산후 좌욕 후의 심리 상태의 변화와 좌욕의 소독적 기능에 대한 연구」, 길다. 가치보다 더 크거나 길거나 한 것들을 보면 짜증이 난다. 그것은 불평등처럼 억울하다. 보들보들 씹을 만하다고 생각해서 깨물었을 때 뒤로 물러나는 송곳니의 낭패함. 그것인지 모른다. 그녀는 대학원을 다닌다. 왜냐고 물으면 할 말이 없다. 다른 방편이 없어서다.

'좌욕'이 뒷물과 다른 점은 뭘까. 그녀는 몸을 돌려 그가 있는 곳을 보았다. 약간 열어 놓은 문으로 조명이 새어 들어서인지 노인이 몸을 움직이는 소리가 났다. 그녀는 부리나케 일어서서 그에게 다가갔다. 노인은 손을 뻗을 대로 뻗은 채 손가락을 가볍게 움직이고 있다. 그녀는 시간을 보았다. 아직 그에게 물을 줄 시간은 아니다. 소변의 양으로 미루어 체내 수분은 충분하다. 꼭 필요한 정도의 물은 한 시간 뒤에 마셔도 된다. 지금 마신다면 배설의 고통이 한 번 더 있을 것이다. 그대로 누워 자는 게 낫다. 죽을 때까지 노인은 물을 절약해 먹는 방법을 배워야 할 것이다. 욕구를 조절하는 것이 얼마나 중요한가를 그는 알아야 한다. 이제부터 그의 삶은 그것을 배우는 과정이고, 그것을 다 배웠을 즈음에는 죽을 것이다.

남자가 그림을 다 완성할 때까지는 꼬박 1년이 걸렸다. 「지장십현도」는 간단히 그려지는 그림이 아니다. 열 폭의 그림에 대왕을 중심으로 시녀, 판관, 외호신상들을 나열하는 방법이 모두 법도가 있어 힘이 들었다. 그와 절에서 함께 있던 그때 그녀는 욕구를 억압하는 방법을 배웠다. 그 값은 고통이었다.

2

그녀를 찾아야 한다. 갑자기 공간으로 잠적한 그녀. 이런 대화방에서 만나기 어려운 여자였다. 내가 아는 유일한 정보는 그 여자가 독특한 수사적 문법을 가지고 있다는 사실이다. 매우 독특하게 이야기를 시작했다. 사이버 공간에서 어울리지 않게 인사도, 예절도 없이 곧장 본질에 도달하는 여자.

그런데 여자가 맞는 걸까. 나는 확신이 없다. 여자인지 남자인지도 알 수 없다. 글만으로 상대를 파악할 수 없기는 하지만 나는 그녀라고 부르고 싶다. 여자가 아니라면 그렇게 표현할 수 없다. '과거는 나자식물의 새잎처럼 속절없는 것이란 사실, 믿어요?' '현재보다 짜릿한 감각이 어디 있나요?' '현재란 충실의 문제가 아니라 예비 투자의 문젠데요.' '당신에게 투자하고 싶어요, 미래를 위해.'

여자는 실없는 농담 몇 마디에 물러갔다. 일방적으로 화면 너머 공간 속으로 사라졌다. 있기는 하나 존재를 알 수 없고, 확인할 수 없는 공간. 행방불명된 그녀를 찾기 위해 나는 수없이 여러 가지 방법을 생각했지만 불법이 아니고는, 그리고 그것에 따른 어려움을 감수하기 전까지는 할 수 없을 것이다. 나는 집을 나서야 한다고 믿었다. 어디서 그녀를 찾을는지 몰라도 일단 이 복잡한 머리를 식혀야 한다고 생각했다. 그런데 출판사에 가거나, 동료들을 만나고 싶은 생각은 없다. 문득 그 공원을 생각했다. 어떤 노소설가가 썼던 공원의 장면을 읽으며 꼭 한 번 그 시간의 공원으로 가려고 작정했던 기억이 떠올랐다. 그래서 5시가 넘어서 미적미적 집을 나섰다.

며칠 전 내가 그 이야기를 하자, 편집부 미스 강이 심드렁하게 말했다.

"순수로 가시려고요, 그 훌륭하고, 유명한 순수요?"

"예? 갑자기 무슨 말……."

"이제 돈 좀 벌었고, 이쪽에선 좀 이름도 얻었으니 당연히 그런 생각이 나겠죠?"

나는 웃음으로 그만두려고 했다. 그러나 웬일인지 여느 때의 그녀답지 않게 집요하게 공격했다.

"이 세계에서 뼈 굵은 사람들의 보편적이고 항구적인 콤플렉스잖아요? 순수 창작 쪽으로 가려고 날마다 비분하고, 달마다 강개하는 것. 특히 찬바람 불면 병이 들죠, 그것도 중증으로. 가소롭죠. 자기들 세계는 못 만들고 다른 세계를 기웃거리는 몸부림 말이에요. 우리나라에서 가장 큰 문제가 뭔지 알아요? 남의 밥그릇 기웃거리는 것. 공식적 세계만 고집하는 것. 순문학만을 문학으로 보는 것. 자기들 세곈 바꿔 보려 하지 않고 평생 스스로를 비굴하게 만드는 타자 의식."

"왜 그래요, 미스 강? 나 아무 말 안 했어요. 그 노작가의 묘사가 하도 뛰어나서 말이에요. 그 공원에 꼭 한 번 가 보고 싶단 말만 했는데. 너무 예민한 것 아녜요?"

"허허허. 그런 데에 예민하니 남자에겐 둔감하지. 그래 아직 애인도 없잖은가. 이봐 미스 강, 너무 흥분하지 말고, 자, 여기 교정지나 훑어요."

공원은 고적했다. 노인들이 몇몇, 희망이 물보라처럼 솟아나는 젊은 남녀 몇 쌍. 공원의 중앙을 향해 나아갔다. 분수대에서 뿜어 나오는 비말이 공중에 부유하다 이마에 부딪쳐 터지는 순간마다 마음이 조금씩 밝아진다. 분수대 주위에는 사람들이 많았다. 유모차를 끄는 여자들, 담소를 나누는 흰 와이셔츠의 샐러리맨들, 아이들, 대학생으로 보이는 남녀들.

나는 그들을 지나쳐 언덕으로 올라갔다. 문득 고적하다. 불현듯 찾아온 이상한 고요에 나는 잠시 걸음을 멈추고 주위를 살폈다. 분수가 멎었다. 힘차게 뿜어 오르던 물줄기가 어디론가 가 버리고 없었다. 소리마저 함몰된 분수 주위에서 방금까지 활기 있던 사람들이 힘이 빠져나간 양 흐느적거리고 있다. 청각과 시각의 상쇄와 상생.

그 작가의 작품에 분수나 매점은 없었다. 그리고 큰 팔각정도 나타나지 않았다. 어쩌면 이 공원이 아닌지도 모른다. 여러 가지 정황으로 미루어 이곳이라고 나는 믿었다. 소설에서는 시내에서 외곽으로 빠지는 길목에 외로이 놓인 슬픔 같은 공원이라고 했다. 그렇다면 한 곳밖에 없다. 이 공원.

나는 구릉의 정점에 놓인 의자에 앉았다. 태양이 소나무 가지 사이에 걸려 벗어나려 파닥이고 있었다. 소설 속의 시간이 아니었다. 소설에서는 해가 막 지려는 때였고, 의자에서 잠을 자다 막 몸을 일으킨 인물의 두 눈과 태양이 수평으로 만났다. 도시의 수평선에 걸린 태양이 그 인물의 눈을 감겼다. 남자는 눈을 뜨지 않는다. 눈을 뜨면 자신이 봤던 그 명휘로운 아름다움이 사라질까 무서워 눈을 뜨지 못한다. 그는 눈을 감고서 그 세계를 그린다. 세상이 진달래 빛으로 융화되며 모든 것이 단일하게 원만한 세계가 된다. 세상의 모든 것이 순일한 세계 내부로 원융되며 어둠과 밝음의 중간, 이 미명의 순간이야말로 인간이 처해 있는 현 상황이라고 생각한다. 모든 사람은 경계선에 서 있다. 그곳이 어떤 곳이든 영구하고 완전한 곳은 아니다. 슬픔과 기쁨, 실망과 희망, 미래와 과거, 기투와 무관심.

그러나 내가 눈을 감은 것은 그것 때문이 아니다. 나는 여자를 찾고 싶다. 여자와 내 소설의 내용에 대해서 이야기를 나누고 싶다. 적어도 그녀라면 다른 식으로 말하리라는 상상을 한다. 그래서 그녀를 찾을 방법을 찾고 있는지 모른다. 전화가 울린다.

깜빡했다. 오늘은 이것을 넣고 오지 말았어야 했는데. 적어도 오늘만큼은. 나는 휴대전화를 받는다.

"형이유? 나 봉추명, 송명학. 어디 있어요? 나 물레에 갈 텐데. 한잔합시다."

"……. 나, 좀. 오늘은."

"그러지 말고 나와요, 오늘 인세를 받았어. 『강호표해록』이

좀 떴대. 정 사장 입이 찢어지면서 현금으로 줍디다. 후배 기분
도 좀 맞춰 줘요.”

“그, 조금 이따 가면 안 되겠냐?”

“그래. 대신 꼭 와야 해. 아홉 시까지는 여기에 있다가 좀 되
면 열애로 옮길 테니까 그리로 오든지, 하여튼 꼭 와야 해.”

나는 대답 없이 전화를 끊었다. 그리고 잠시 앞을 보았다. 아
직 해가 수평에 오지 않았지만 눈이 환해지고 바르게 뜨기 어
려웠다. 그 작중인물은 졸았다 눈을 떴다. 그래서 나는 잠시 눈
을 감고 있다가 갑자기 이 모든 것이 가소롭다는 생각이 들었
다. 이런 행위가 내게 무슨 유익이 있을까.『강호잠룡기』,『무림
구원록』을 쓰는 나와 지겹게 이상한 작품만 쓰는 노작가가 무
슨 상관이 있다는 말인가.

모든 생각을 떨치고 일어섰을 때, 나는 태양을 보았다. 혼융
된 색깔이 아니라 도저히 어떻게 해 볼 수 없는 색. 페인트가 제
멋대로 섞인 채 버려진 상태. 그는 왜 그렇게 봤을까. 혼잡과 단
순한 순수를 구별하지 못했다. 그렇게 보는 것은 거짓이다. 실
상을 제대로 살피지 못한, 노안이 가져온 필연적인 착시. 나는
노작가의 늙음이 슬펐다.

문득 그녀가 보고 싶었다. 어디에서 찾을까. 그렇다. 그 이름
으로 내는 거다. 나는 ‘진눈깨비’. 나는 ‘진눈깨비’. ‘또 하나의
나’를 찾습니다. 게시판에서 나를 발견하면 그녀가 한 번은 오
리라. 왜 실없는 농담으로 그녀에게 실망을 주었을까. 내가 왜.

3

노인은 입술에 컵이 닿자 허겁지겁 마시려 했다. 그녀는 컵을 뗐다. 그는 본능적으로 입을 앞으로 내밀었다. 그녀는 컵을 기울여 그의 입술을 적시는 것으로 시작했다. 건조한 구강 속으로 갑자기 많은 물이 들어가면 위험하다. 자칫 잘못하여 폐로 흡입되면 치명적이다. 그녀는 천천히 컵을 들어 올렸다. 노인은 입을 다시며 혀를 움직였다. 만족할 만큼은 아니겠지만 정량을 먹이고 나서야 그녀는 노인의 환의를 갈아입혔다. 곧 해가 떠오를 것이다.

대학원을? 간호사나 제대로 하지, 무슨 대학원. 지도 교수는 차갑게 말했다. 필요하니까요. 교수가 되고 싶어? 대학에 남고 싶어서? 그녀는 슬펐다. 뭔가 해야 하니까요. 많은 시간을 사용해서 잊어야 할 것이 많아서요. 그녀는 그 말은 않기로 했다.

아침이 도시 저편에서 머뭇거리고 있었다. 그녀는 다시 컴퓨터 앞에 앉았다. 컴컴한 화면이 번쩍 눈을 뜬다. 그녀는 마우스에 손을 얹고 클릭했다. 조간신문을 찾았다. 가나다 순서로 그녀는 조간을 찾았다. 부고란. 죽음을 알리는 면. 그녀는 한동안 이름을 뒤적거렸다. 마지막 신문에서 빠져나왔을 땐, 해가 창에 머리를 맞대고 기웃거렸다. 그녀는 컴퓨터를 끄고 노인의 방으로 들어갔다. 노인은 곤히 자고 있다. 그녀는 침대 곁에 있는 의자에 앉아 그의 팔을 들어 무릎에 놓았다. 그리고 고무줄로 팔을 묶은 다음 그의 정맥을 찾았다.

노인의 정맥은 생각보다 튼튼하다. 그녀는 주사를 놓고 열, 맥박, 혈압을 체크해 차트에 적는다.

그리고 욕실로 가서 샤워를 한다. 비누질을 하고 물을 흘려 내렸다. 뜨거운 물이 그녀의 정신을 번쩍 들게 했다. 다음엔 부엌으로 갔다. 가스를 켜고, 냄비를 올렸다. 곧 냄새가 가득 퍼졌다. 아무리 야근에 익숙해 있다지만 입은 항용 깔깔했다. 식사를 마치고 가방에서 칫솔을 꺼내 이를 닦았다.

노인은 아이처럼 새근새근 잠이 들어 있다. 호흡이 고른 것으로 미루어 푹 자고 있는 모양이다. 그렇게 뒤척거렸으니 육체도 피곤할 것이다. 그녀는 커튼을 조금 연다. 햇살이 알맞게 침대 발밑에 깔린다. 밝아진 방의 전등을 끄고 문을 닫는 순간, 큰아들이 들어오며 그녀에게 수고했다는 말과 함께 인사를 건넨다. 그녀는 목례하며 시계를 본다. 8시 30분. 정확하다. 봄 정원에서 뽀루지처럼 맺힌 이슬이 현관 닫는 충격에 자지러지며 떨어졌다.

봄. 아, 그 봄. 기억나세요, 쑥을 캤던 그 봄이? 쑥, 산보리, 돌나물. 당신은 쑥으로 국을 끓였어요. 향기로운 쑥국을 먹던 날 나는 엄마가 그리워서 기어이 울고 말았지요, 그런 추악한 인간을 그리워할 능력이 있다는 게 어린 시절이죠. 선악이나 미추와는 관계없이 핏줄과 그 따스한 품이 그립지 않았다면 나도 어머니를 미워하지 않았을 겁니다.

흐느끼는 나를 당신은 그저 안아 주었죠. 깊이, 깊이. 원래의 무색계로 보내려는 듯이 깊은 애정으로. 그러나 나는 당신이 싫었습니다. 나를 안아 주는 당신 때문에 어머니가 떠났을 것이라는 전혀 엉뚱한 생각에서였죠.

당신은 그날 깨진 거울을 앞에 놓고 머리를 잘랐습니다. 그때 나는 즐거웠습니다. 머리카락이 베어져 나갈수록 당신의 얼굴이 변했으니까요. 이윽고 가위를 버리고 면도칼로 당신은 머리를 밀어냈습니다. 숨겨졌던 상처가 나타나고, 가르마가 나타났으며, 머리카락에 가려져 숨어 있던 살갗이 되살아났습니다. 가까이 가 보니 당신의 눈에 눈물이 맺혀 있었습니다. 지난 며칠간 당신이 법당에 그렇게 오래 앉아 있었던 것은 그런 까닭이었을까요? 당신의 눈물에 일곱 살배기 아이는 두려웠습니다. 나는 당신의 손을 슬그머니 잡았습니다. 아마 당신은 뿌리치고 싶었을 겁니다. 아, 라훌라. 내 손을 뿌리치고 법당으로 들어가고 싶었는지도 모릅니다. 그러나 당신은 그러지 않았습니다. 내 손을 꼭 쥐어 주었죠. 봄볕이 따뜻하대도 그때 당신의 손처럼 따뜻할까요?

그렇게 당신은 스님이 되었고, 저는 출가 전 덤받이로 얹혀 살아가는 팔자가 되었죠. 그리고 초라하지만 깨끗한 절에 사람들이 때때로 방문을 했죠. 예불도 드리고, 재도 올리고, 천도를 하기 위해서. 지금도 나는 처음으로 법당 불전함에 들어 있던

1000원짜리 지폐 세 장을 기억합니다. 아버지가 절에서 거둬들인 최초의 수입이었을 겁니다.

가사를 입은 아버지를 바라보는 딸로서 내가 어렸다는 것은 행운이죠. 어떤 일의 의미를 알기 전에 그 일을 미리 경험한다는 것은 어쩌면 운이 좋은 건지 모르죠. 가사를 입은 당신을 보는 순간, 아버지를 잃어야 할 때가 왔다고 생각했습니다. 아니, 아버지와 나는 관계없는 존재라는 체념을 먼저 했죠. 가사를 입고 법당에 앉은 당신은 이제 나를 끌어안고 눈물을 흘리며 밤을 새워 주는 아버지가 될 수 없을 테니까요. 공양주가 들어와 진구덥을 하고, 열성적인 시주들의 도움으로 절이 제 모습을 갖추어 갈수록 우리가 다른 세계에 존재한다는 것을 인정해야 했죠.

어머니라는 여자가 처음 우리를 찾아왔던 날 기억나요?

명자나무가 먼저 봄을 알리고, 동백도 채 떨어지기 전에 홍매화가 고약하게 관능적으로 피었습니다. 그때 어머니가 나를 데리러 왔지요. 모릅니다. 양심에 남은 짐을 덜기 위해 우리를 확인하러 온 건지도. 그녀는 화사한 블라우스에 나이에 어울리지 않게 터무니없는 빨간 트렌치코트를 입고, 절과 상관없이 색기 짙은 겨울 매화같이 들어섰지요. 여전히 아름다웠지요, 얼굴은. 그런데 그 얼굴엔 왠지 강한 욕기가 가득했습니다.

열 살밖에 안된 아이지만 나는 벌써 다 커 버렸어요. 곧 이악

스러운 계산을 하기 시작했어요. 3년 만에 본 어머니였지만 나는 곧 그녀를 알아봤어요. 오히려 나를 몰라본 사람은 그녀였지요. 아마 그랬는지도 모르죠. 나도 먹색이나 회색 승복을 입고 있으리라 생각했는지.

당신은 오히려 담담했습니다. 다(茶) 공양을 하다가 귀에 익은 목소리를 듣고 나온 당신은 3년 전 아무것도 없이 쫓겨 나오던 때와는 달랐습니다. 세월이 당신을 참 많이 변하게 했다는 것은 알았지만, 그렇게 옹골차게 냉정을 유지하리라곤 생각도 못 했습니다. 내게 향하던 당신의 눈빛 속에는 일반 시주와는 다른 천진함이 늘 천덩거렸으니까요. 평등 없는 자비에 어찌 종교적 성스러움을 부여하겠습니까. 그때까지 나는 당신이 거죽만 스님이라고 생각했으니까요.

어머니가 오히려 당혹했지요. 당신은 그때 마치 그녀를 남처럼, 한가하게 절 구경이나 다니는 사람처럼 대했으니까요. 어머니와 당신은 방으로 들어가서 좀 오랫동안 이야기를 나누다가 나왔습니다. 그때 내가 무엇을 하고 있었는지 아십니까. 개천에 나가 운동화를 빨아 나뭇가지에 널어놓은 채 산바람을 맞고 있었어요. 왠지 멀리 떨어져 있어야 한다고 생각했어요. 두 사람 모두에게서 벗어나 있어야 한다는 생각 때문에요. 한참 후 양 보살이 부를 때까지.

공양주 양 보살 생각나세요? 곰보 보살님. 많이 얽어 소박을 맞았다고들 했지만 자세히 보면 예쁜 얼굴이었지요. 얼굴형이

갸름하고, 눈도 깊이 있게 아름다웠지요. 나는 그녀를 통해 첨으로 정말 예쁜 얼굴이란 여러 번 보아서 아름다운 얼굴이라는 것을 배웠지요. 그래요. 한 번 봐서 좋은 것이란 한 번 안 봄으로써 잊을 수 있는 것이니까요.

그녀는 바람처럼 내게 다가와서 말했어요.

"스님이 찾는다."

"안 가요."

"가자. 이럴 땐 네가 꼭 필요한 사람이란다."

"왜요?"

그녀는 대답 대신 석류 빛깔 입술로 미소 지었어요. 언제나처럼 해맑은. 송송 뚫린 구멍도 몇 번은 낯설고 무섭지만 시간이 지나면 세월의 퇴적으로 다 메워지죠.

나는 그녀의 등에 업혀 올라왔죠. 양손에 맹꽁이 운동화를 한 짝씩 들고 있어서 그녀는 몹시 힘이 들었을 겁니다. 당신은 그때 마루에 앉아 눈을 감고 있었고, 어머니는 계단에 서서 아직도 분이 풀리지 않는지 씩씩거리고 있었어요.

"은혜로구나. 엄마랑 가자. 다 썩은 절 구석에 있어 봐야 네 인생 뻔하다. 저런 능력 없는 중이 어떻게 널 가르치고, 또 뭘 배워 살것냐. 어서 짐 챙겨 나와라."

"안 가요. 당신관 안 가요!"

분명히 당신의 눈이 번쩍 뜨이는 것을 보았습니다. 어머니는 상상도 못 한 공격에 어쩔 줄을 몰랐습니다. 그녀는 당신이라고 부르는 제 딸년의 목소리에 넋이 나갔는지 한동안 말도 못 하고 당황하다가, 곧 독한 눈으로 노려보았죠. 그 눈의 살기. 당신은 차마 못 견디겠다는 듯이 급히 눈을 감았고, 양 보살은 나무아미타불만 낮게낮게 속삭이듯 외웠습니다.

"흥! 거짓 중이 염불은 안 허고 새끼헌테 원망만 가르쳤나? 저, 저 어린년 눈에 웬 독기가 저리 가득할까? 이것아. 너 위해 가자는 거야. 잔소리 말고 빨리 짐 싸!"

"난 안 가. 당신이나 가!"

"그 씨에 그 새끼구먼. 세상모르기는 부전여전이야!"

나는 맨발로 산으로 뛰어갔죠. 얼마나 뛰었는지 당신은 아실 겁니다. 양 보살이 고무신을 들고 나를 따라왔을 때 나는 이미 옥샘[玉泉]에 엎드려 손으로 물을 움켜 마시고 있었죠. 그녀는 숨 가쁘게 뒤쫓아 달려와 내 어깨를 쓰다듬었어요. 그리고 고무신을 신겨 주었어요. 발에서 피가 나는 것을 그때 알았어요. 그녀는 작은 바가지에 물을 떠 발을 씻겨 주었어요. 옥샘, 그 작고 맑은 물로.

차가운 물이 닿자 상처가 아팠어요. 그러나 울어서는 안 된다는 생각이 나를 독하게 했는가 봐요. 나는 이를 악물고 참았어요.

"용서해라. 사람은 용서하려고 태어난단다. 부모를 용서하고, 친구를 용서하고, 이웃을 용서하고, 지금 네 눈에 눈물을 흘리게 한 사람은 전생에 네가 울린 사람이란다. 그러니까 용서하고 살아라."

말보다 그녀의 부드럽고 열기 있는 손이 식은땀으로 차가워진 어깨 위에서 느껴진 순간, 뜨거운 정에 교감되었는지 눈물이 나왔습니다. 그러나 용서하는 것과 따라가는 것은 별개의 차원입니다. 나는 가지 않았어요.

"약 발라라. 파상풍이라도 걸리면 어쩌려고 맨발로 산엘 올라가느냐. 너를 꼭 데려간다고 하지도 않았는데."

"……."

끝내 말이 없는 나를 포기한 채 그날 밤 당신의 독경은 새벽 예불까지 계속 이어졌다면서요? 그날, 자장가처럼 들리던 독경이 해가 밝아질수록 맑아진 이치는 아직도 모르겠습니다. 그래서 이 모양일까요? 아침에 일어나니 당신의 청아한 독경 소리가 번쇄한 어제를 다 잊게 했다는 기억만은 결코 잊지 않았습니다만.

다음 날 나는 학교에 가질 않았습니다. 버스를 타고 장 보러 간다는 사람들 틈에 끼어 나도 읍내에 갔습니다. 장터를 기웃거리면서 군것질에, 약장사 구경으로 하루를 보냈죠. 그 뒤 때때로 나는 그렇게 당신을 속인 채 장을 맴돌곤 했습니다. 초등학교 3학년 악바리 계집아이는 그때부터 철저히 당신을 속이고 살았죠.

당신의 운수가 늦게 터지는지 몰라도 절은 해가 다르게 변해갔지요. 대웅전을 보수하고, 미륵전과 요사채도 새로 들였죠.

뒤에 들어온 백우 선사 덕분이죠. 그는 열성적으로 불사를 했죠. 탑을 세워 극락에 이르고, 전을 세워 도를 넘을 듯. 당신은 절 내부 행사에 힘을 썼고요. 회향제, 초파일. 백중, 동지에 1년 두 번 있는 안거로 바쁜 틈 속에서도 당신은 참 성실히 잘해 나갔습니다. 활불이 따로 없다고 할 정도로 당신의 명성은 퍼져 나갔습니다. 그러나 이젠 병과 함께 후패되어 가겠죠, 그 모든 것은요.

전화가 울렸다. 그녀는 수화기를 든다. 환자의 둘째 딸이었다. 제주도에서 교수로 일한다는 그녀는 대뜸 물었다. "꿈자리가 사나워서요. 별일 없는 거죠?" "그래요. 없어요. 오래오래 살아야 나도 편히 돈을 벌죠." "정말 별일 없는 거죠?" "예, 못 믿겠으면 건너와 보세요. 제주에서 여기가 얼마나 된다고." "여보세요. 죄송하지만 전화 끊지 마시고 좀 들여다보고 오실래요?" "보고 싶은 당신이 와서 봐요. 괜찮아요. 방금 주사를 맞아 그런지 편히 자요." "고마워요. 따로 인사할게요."
그녀는 웃으며 시계를 본다.

4

'열애'로 들어갔을 땐 이미 대부분 취해 있었다. 낯익은 얼

굴들이 보였다. 늦게 온 내게 후래자 삼배라며 모두들 술을 권
했다. 그 술을 다 마시면 나는 집에 들어가지 못한다. 시간이 늦
은 바람에 하나하나씩 눈치껏 자리를 뜨고 남은 것은 그래도
오늘의 주인공인 봉추명이라는 젊은 친구였다. 봉추와 공명의
합성어.

"왜 이리 늦었어요? 목 빠지게 기다렸는데."

"만날 사람이 있어서."

"드디어 여자 하나 찾았나요?"

"아니고."

"어쨌든 잘 왔어요. 이번 작품 잘 봤어요. 『무림폭풍』. 김용에
다가 와룡생 수법이 절충된 기가 막힌 작품입디다. 역시 좋은
대학을 나와서 그런지 형님 소설은 최곱니다."

"농담하지 마. 나 그런 농담 싫어하는 것 알잖아?"

"내 『강호표해록』은 어때요? 표해, 떠도는 인생. 여전히 포르
노같이 나쁩디까?"

아무 말 하지 않아야 한다는 것을 안다. 남에게 던지는 충고
란 때론 헛되고 욕이 된다.

"도대체 무협 소설이 뭡니까? 킬링 타임, 오락용, 소모품 문
화. 그러면 대상이 누굽니까? 10대나 10대 같은 성인들 아니냐
고요? 아직도 의리나 신념이란 것이 남아 있다고 생각하는 얼
치기 낭만주의자들을 위한 것밖에 뭡니까? 거기다가 성이란 것
하나 덧붙인 것뿐이라고. 나는, 다시 말하지만 아이들에게 성교

육만 아니라 성적 교육도 시켜야 한다고 믿습니다. 나도 철학이 있는 놈이라고요. 그래요. 나쁘다고 해요. 성적인 글을 이용하는 것이 나쁘다고 생각하죠? 그럼, 우리가 않는다고 지금 세상에 깔린 도색 영화를 없앨 수 있어요? 천만에. 그 시류에 따라 가야죠. 도색도 나름대로 교육 효과가 있습니다. 나는 그것을 이용하는 것뿐이라 이겁니다."

"나는 그렇게 생각하지 않네. 물론 어떤 장르의 글이든지 그런 장면이 있을 수 있지. 필연적인 이유로 말이야. 자네의 문제는 사건의 필연성에 의해서 에로틱한 장면이 나타나는 것이 아니라 베드신의 필연성에 사건을 짜 맞춘다는 데 있네."

"뭐라고요? 그러니까 내가 쓴 소설이 다."

"물론 다는 아니지. 그리고 내가 읽기에 자네 데뷔작은 무척 좋았네."

"잘난 체 마세요. 그러는 형이나 나나 한 그물에 걸려 있다고요. 더구나 형은 틈만 있으면 도망가려는 사람 아네요?"

"나, 걱정 말게. 마르고 닳도록 이 자리에 있을 테니."

"킬킬킬. 거짓말 마세요. 내가 모르는 줄 아세요. 「스페이스 인 오리엔탈 유니버스」를 날마다 동호인 잡지에 올리는 사람이 누군데요. 형 아닌가요? 날 속이려고 머리 돌리지 마세요. 형 아니면 그 작품을 누가 써요? 고도로 교묘하게 반전시키는 것이나 교차 서술 등등. 딱 형의 수법이잖아요. 문체도 그렇고."

이럴 때가 나는 싫다. 누군가가 나를 알고 있다는 것. 아니

내가 알리기 싫은 것을 미리 알아 엉너리를 놓는 것이 싫어 나
는 자리를 떠야 한다고 생각했다. 그러나 나는 그럴 수 없었
다. 그녀도 이런 심정이었을까. 그래서 자판을 허공 속에 놓아
버렸을까.

"좋아요, 그건 적어도 숨어서 되잖은 작품을 쓰는, 엉터리 환
상 문학이니 뭐니 하는 황당무계한 작품을 하고한 날 써 대는
작자들보다는 한결 낫더라고요. 좋아요, 씨팔. 인정하긴 싫지만
형님은 그런 능력 있어요. 그러니 주류 세계로 가서 폼 재고 사
세요. 가요, 가세요."

"나, 아니야. 자, 그런 소리 집어치우고 술이나 마시자. 여기
술 좀 더 줘요! 아줌마!"

얼마나 마셨을까. 우리가 나섰을 땐 자정이 되어 있었다. 녀
석을 보내고 나는 잠시 서성거렸다. 취하지도 말끔하지도 않은
이런 상태로 집에 들어가기는 싫다. 나는 누군가를 찾아야 한
다. 술을 같이 하든지, 아니면 잠을 같이 자 줄 여자가 필요하
다. 그래, 여자가 필요하다. 이런 시간에 그런 여자를 만날 수
있는 곳을 적어도 다섯 군데는 더 알고 있다. 나는 그곳을 찾아
가기 위해 택시를 잡았다.

기사는 거리가 조금 짧은 데 기분이 상했는지 거칠게 차를
몰았다. 브레이크도 자주 밟고, 핸들도 거칠게 꺾었다. 뒤에 기
대 있던 나는 요동을 쳤다. 그때 문득 그 여자가 생각났다. 여자.
그 여자. 나는 왜 그 여자를 그렇게 상대했을까. '때론 과거를

지우고 싶지 않아요?' 마침내 내 농담에 싫증이 났는지 여자가 말했다. '여자에 대한 기억이란 오랠수록 좋지 않은가요?' 여자는 두말없이 사라졌다. 예의 없다고 욕했지만 사실 나는 이렇게 말해야 했다. '과거 지우기요? 우리 삶에 그것은 필수죠.'

포장마차에 들어가 앉아서 나는 술을 시켰다.

"같이하죠."

삭막한 음성. 물기가 거세된 사막 같은 음성이 들렸다. 이런 여자는 싫다. 여자는 수분이 있어야 한다. 안았을 때 건조하지 않고 뭔가 촉촉해서 손이 달라붙을 정도의 여자가 좋다. 그러나 거절보다 빨리 여자가 내 앞에 앉았다. 나는 고개를 들어 여자를 보았다.

머리카락이 이마를 가리고 있었다.

"술값이나 제대로 할까?"

"술값 내 달라고 하지 않았어. 그 정도는 내가 낼 수 있어."

이런 여자일수록 값이 싸다. 그래서 나는 싫다. 여자와 술은 비싸야 한다. 나는 아직 의리와 영웅적 개혁이 있다고 믿는 무협지 작가다. 내 주인공들은 다 그렇다. 그러니 이 여자를 내게서 멀리 해야 한다. 다행히 이곳의 여자들은 거절하면 곧 물러간다.

"촌놈이군. 잘 있어. 괜히 발품 팔았어."

여자는 일어섰다. 충동처럼 나는 그 여자의 손을 잡았다. 그녀는 그대로 주저앉았다. 특별히 반항하는 기색 없이 술병을 들고 혼자 따라 마신다. 내가 잔을 내밀자 여자가 자신의 잔을 채우지 않고 내 잔을 채운다.

"자주 오나?"

"그런 것 묻지 않기. 누군지 알려고 안 하는 게 여기 불문율 아냐?"

"때론 술이 그것을 잊게 하지."

"계단을 오를 정도면 술은 아직 멀었는데, 뭔 변명이 그리 많아?"

"만만찮은 적수군. 어디를 쏴야 죽나?"

"심장 한가운데. 아니면 왼편 뇌. 생각하는 두뇌를 없애 줘."

"그렇다면 난 안 돼. 난 사시야. 왼편이나 가운데는 곤란해. 오른편 가슴이나 오른편 뇌는 충분한데."

"호호호. 재밌어. 정말 재밌어. 사팔뜨기가 정조준해서 총을 쏠 수 있다는 것은 몰랐네."

"총도 종류가 여럿이라."

"상스러운 농담은 그만. 여기가 아니라도 세상은 도색으로 물들어 있으니까."

우린 술을 마시고 의기가 투합해서 계단을 내려왔다. 그러고는 기억이 없다. 어떻든 나는 내 방에서 자고 있었다. 비록 옷을 입지 않았지만 내 집인데 무슨 상관있겠는가. 나는 덜 깬 채로 발가벗은 몸을 굴려 베란다로 갔다. 발코니는 배 모양이었다. 그 움푹 파인 내부로 햇빛이 그득 담긴 채 고여 있었다. 나는 설탕처럼 그 속에 녹아들고 싶었다. 그리고 이 취기가 사라질 때까지 그대로 있고자 했다. 녹아드는 건가, 내가. 나는 의식을 놓고 깊이깊이 침윤하고 있었다. 그러자 운명이 생각났다. 여자, 그 여자가 내 운명이 아닐까. 이렇게 깊이 침투해서 나를 사로잡아 가고 있는 것을 보니.

5

아침 비행기로 귀국했다는 노인의 막내아들이 오늘 밤 환자 곁에서 보내겠노라 고집을 편다. 이럴 경우에 그녀가 대처하는 방법은 늘 한 가지다. 그렇게 하세요. 대신 그녀의 야간 일정은 모두 망가진다. 그녀는 그러나 이런 일에 썩 익숙해 있어서 곧 궤도를 바꾸어 책을 읽는다. 책이란 이럴 때 제격이다. 시야를 차단하는 가리개와 소통의 단절을 위한 몰입의 도구.

최근에 학위를 받은 선배의 논문을 꺼내 손에 들었다. 그리고 창가 쪽 의자에 앉았다. 남자가 쓸데없는 온정을 베풀어 환자에게 해가 되는 행위를 막기 위해서였다. 그는 날카로워 보였다. 그는 모든 신경을 아버지에게 보내고 있는지 조그만 움직임에도 반응을 보였다. 그녀는 마침내 결정을 내렸다.

"밖에서 기다려도 됩니다. 의식을 차릴 때마다 보여서 환자가 힘이 들거든요."

266

"몇 번이나 깨어납니까?"

"늘 깨어 있죠. 불분명하니 그렇죠."

"생존할 가망이 얼마나 있습니까?"

"수술 자체론 그런 걱정 없죠. 생명과는 직접적 관련이 없는 수술이니까요."

"그럼, 이 상태는 얼마 동안이나……?"

"인공 장기에 대한 적응에 달렸죠."

문득 단어가 생각났다. 그녀를 잡고 있는 단어. 안락사. 그녀의 첫 번째 논문 주제였다. 지도 교수는 단칼에 막았다. 안락사에 대한 환자들의 의식 연구. 그러나 안락사가 행복사는 아니다.

"적응이 안 되면, 그땐?"

"그래도 죽을 정도는 아니죠, 불편은 하시겠지만."

그 남자의 날카로운 콧날이 흔들리는 것은 그녀가 잘못 본 것인지 모른다고 다짐하며, 책을 들고는 결국 하고 싶은 이야기를 마치지 못한 것을 낮은 한숨으로 달랬다.

"결국 돌아가시지는 않는단 말이죠?"

"예. ……이번 수술로는 그렇단 말이죠. 그런데 노인들은 예측할 수 없으니까요. 수술 후유증도 안심할 수 없고, 합병증을 일으키는 경우도 왕왕 있거든요. 노인들은 안심할 수 없어요, 어떤 경우든요."

남자의 콧날이 다시 날카로워졌다고 생각한 것은 그녀의 착각이었다.

'살아 있는 미소, 그래 좀 밝게 웃어라, 은혜.'

그 사람의 목소리다. 그녀는 주위를 살핀다. 어둠 속에서 그의 얼굴이 떠오른다.

그래요. 당신 말씀처럼 죽음이란 미래를 보장받기 때문에 행복한 것이다, 생각하며 살았어요. 명부전 청소를 내가 맡겠다고 자청한 이유는 그것 때문이죠. 당신은 제게 그랬죠. 수선화 향기를 맡으려고 그러지. 수선화요? 그 빙충맞은 꽃요? 그 독한 추위에, 매서운 산바람에도 조화처럼 피어오르는 오기가 창창한 어린 첩 같은 수선화를 내가 좋아한다고요? 날카로운 잎을 졸병처럼 앞세우고 하늘하늘 피는 노란 꽃. 기실 내가 좋아하는 꽃은 살구꽃이었죠. 따스한 봄볕에 벙그는 꽃들. 나중에 열매를 맺을 수 있는 꽃 말이에요.

명부전은 이 지상에 속한 것은 아니죠. 저승의, 유명의 세계를 현세에 옮겨 놓은 만다라. 지장보살이 있는 곳. 지장의 이야기를 아십니까. 어머니를 위해 전 재산을 보시하고도 그것조차도 부족해서 입고 있는 옷까지 걸인에게 벗어 주고 마침내 벌거숭이로 구덩이에 몸을 감추면서도 마지막 향을 사르고 헌화 공덕을 올리고 기도하며 어머니의 환생을 빌었어요. 그때 부처가 나타나 그녀를 보살이라 불러 줬죠. 지장보살, 땅속에 몸을 갈무리한 성녀. 그녀는 지옥의 모든 중생을 구제할 때까지 성불하지 않겠다, 발원하며 지금도 지옥에 있다고 하죠. 그 부처를 모신 집이에요. 어머니를 위한 희생. 탱화의 그 보살은 도명존자와 무독귀왕의 협시를 받으며 미소를 짓고 있습니다. 물론 「지장삼존불」에서 그의 미소는 어쩐지 자비와는 관계가 없는 듯이 보였습니다만.

어머니라는 애틋한 정을 내게 느끼게 해 준 것은 미안하지만 공양주 보살로 있던 질뚱바리 옥주댁입니다. 무지렁이라던서도 내가 글을 가르쳐 주려 할 때마다 도망가는 그녀에게서 모성을 느낄 수 있었죠. 아마 그녀가 내게 초조(初潮)를 가르쳐 주었기 때문일 겁니다. 배앓이처럼 슬슬 아랫배가 아프고 뭔가 습기 가득한 불쾌함으로 학교에서 돌아오자 저녁 공양 준비를 하던 옥주댁이 낌새를 채고 왜 그러느냐고 물었어요. 배가 기분 나쁘게 아프다고 했더니 그녀는 얼굴에 곤혹스러운 빛을 머금더니 곧 내 손을 잡고 방으로 들어가서 무명 수건을 꺼내 차라고 했습니다. 내가 수건을 던지며 표독스러운 눈으로 한참을 노려보는데 그녀는 누런 이를 드러내며 말했어요. “가시나, 인자 여자가 될라고 그런 것인디. 알어서 혀라.”

기어이 나는 수건을 던져 버리고 씻지도 않은 채 그대로 잠이 들었어요. 새벽 종소리에 일어났을 때, 나는 하복부의 상태를 느낄 수 있었죠. 초조였습니다. 당혹해서 어떻게 할 줄 모르고 쩔쩔매고 있는데 그녀가 들어와서 그럴 줄을 알았다는 듯이 다시 무명 수건을 내밀었어요. “빤쯔는 안 보이게 신문지어 싸놔. 내가 빨아서 삶어 놓을 텐게. 어저께 차고 잤으면 괜찮을 것을 공연시 고집 부리다가 내 일만 복잡허게 헌당께.” 그렇지만 그녀는 전혀 나쁜 감정이 없는 눈빛이었습니다. 나는 부끄러워 그녀가 방에서 나가 주기만 바랐죠.

그래요. 지장보살의 어머니는 적어도 딸의 생리는 잘 처리해 주었는지 모릅니다. 그러나 내 어머니는 그런 여자가 아니었죠. 자기보다 세 살이나 나이 어린 남자와 살기 위해 딸과 남편을 몰아냈으니까요. 그러니 내 나이 열 살 때 그런 수모를 당하고 갔어도 잊어 버릴 만하면 찾아오는 친척처럼 나타나곤 했어요.

마지막으로 나타난 건 여고 2년생 때였어요. 그가 그림을 그리고 있을 때죠, 「지장시왕도」. 그녀는 더욱 화려한 차림이었습니다. 늙기는 했지만 아직도 짙은 화장기로 자신의 얼굴을 숨길 만큼 용감했죠. 절 데리러 온 것은 아니었죠. 어떻게 소문을 들었는지 당신의 절에 재산이 있다는 것을 알았기 때문이었어요. 그때 백우 선사가 아니었더라면 당신은 퍽 곤란했을 겁니다. 워낙 경우 바른 선사가 딱 가로막아 그녀를 처리했기 때문에 그녀는 다시는 당신 앞에 얼굴을 내밀지 못했습니다. 덕분에 된통 당한 것은 역시 나였습니다.

학교로 찾아온 그녀는 내게 포악을 부렸습니다. 중 딸년이 자비는 개 콩이고, 독하기가 야차라며 소리를 고래고래 질렀습니다. 청소 시간에 아이들이 다 보는 앞에서, 중의 딸이라는 것을 아는 사람이 없게 하려고 면내에 있는 학교가 아니라 읍내까지 50리 거리를 버스 통학했던 내 몇 년의 수고를 그녀는 하루아침에 뒤엎어 버렸습니다.

운명의 허망함을 나는 그때 체득했죠. 아무리 발버둥해도 벗어날 수 없는 어떤 일이 있다는 것을 나는 깨달았습니다. 학생들이 수군대는 소리를 들으면서 나는 그녀에게 차갑게 말했습니다. "그리고 화냥년의 딸도 되고요." 아아. 부끄럽습니다. 천지가 뒤집어지는 아픔에 나는 이성을 상실했습니다. 그녀는 내게 달려들어 뺨을 쳤습니다. 절에서 10년을 자랐건만 나는 자비는커녕 냉혹과 잔인성만 길러 왔는지 모릅니다. 그래요. 그 흉악한 사천대왕이나 아수라를 유독 좋아하며 지장도 그리는 것만을 즐겨 보고 자랐으니까요.

당신은 조퇴하고 돌아온 나를 부도전으로 데리고 갔습니다. 나는 제5 왕도에 여념 없는 그의 곁에 더 있고 싶었지만 당신은 나를 재촉해 우정 부도전으로 빙 돌아오는 긴 산책길을 택했습니다. 느티나무 그늘이 부도탑 위로 흔들거리는 시간에 물푸레나무에 기대어 서서 당신은 바다를 가리켰습니다. 그곳에서 바라보는 진달래 빛 낙조가 깔린 바다는 여전히 아름다웠습니다.

"왜 아버지는 어머니를 용서하셨어요?"

"……"

"어머니가 먼저 배신한 거죠?"

"그런 건 다 잊어서 잘 모르겠다."

"잘 모르시는 것이 아니라 너무 똑똑히 기억해서 분노로 말이 막히신 거죠?"

"부처님이 걸어가시다가 백일홍을 밟으셨나 보다. 오늘 노을은 유난히도 때깔이 곱기도 하고 짙기도 하구나."

"왜, 절 이리 데려오셨어요? 아저씨 곁에 있는 게 불안해 보이셨죠? 어머니처럼 그 남자를 유혹해서 어떻게 할까 두려우신 가요?"

"부처님 발바닥은 어찌 큰지 한 발 뛰시면 천지가 다 어두워져."

"그런 말씀하시면 누가 부도래도 세워 준대요? 아무리 노력해도 내겐 아버진 아버지예요. 죽어도 금해 스님이라곤 부르진 않을 거예요."

"뒤꿈치 어여쁘신 것 봐라. 하늘이 멍들어 저렇게 자줏빛 구름으로 안 떨어지냐?"

"어머니도 답답했을 거예요. 늘 이랬으니."

"어둠이 진할수록 등불이 밝은 법이다. 네 맘이 그러니 불법이 좀 밝것냐, 은혜야."

아직 여전한 낙조를 두고 아버지의 그 심상한 말을 듣고 있자니 나는 짜증이 났습니다. 돌을 주워 들어 부도전 뒤에 철없이 키만 크게 서 있는 산사나무에 던졌습니다. 돌이 비틀려 나가더니 부도탑에 맞았습니다. 석회석으로 되어 진작부터 송송 구멍이 뚫리며 한쪽으로 조금씩 기울던 탑이 우르르 쏟아졌습니다. 나는 경악했습니다. 그러려고 한 일은 아니었습니다. 당신은 괜찮다는 듯이 내 머리를 쓰다듬었습니다. 딸을 만지는 손이 아니라 중생의 하나를, 마음 아픈 중생을 달래는 듯한 동작

272

에 나는 억울해서 손을 뿌리치고 돌아섰습니다.

마침 그날 일과를 마친 그 남자와 백우 선사가 부도전 쪽으로 오고 있었죠. 합장도 없이 지나치는 나를 이상히 생각했던지 그가 내 뒤를 따라왔습니다. 산 위 정상까지 코를 씩씩 불며 단숨에 올라 바위에 앉았어요. 수득수득 내려앉는 해를 보았습니다. 그 사람은 잠자코 아무 말 없이 그저 내 곁에 앉아만 있었습니다. 그이에게서는 이상한 냄새가 났습니다. 건조하고 깊은 묘한 냄새. 처음엔 염료의 냄새라고 생각했지만 아닙니다. 그것은 남자의 냄새였습니다. 강한 체취.

잠시 일어섰다 돌아온 그는 내게 화환을 내밀었습니다. 들꽃으로 만든 화환. 그가 내 목에 화환을 걸어 줄 때, 그의 목울대가 몹시 떨리는 것을 보았습니다. 우리는 아무 말 없이 나란히, 해가 바다에 깊이 묻혀 갈 때까지 그렇게 앉아 있었습니다. 밤이슬이 내리려는지 대기가 차가워지는 그 순간 그는 내게 손을 내밀었습니다. 나는 그의 손을 잡았습니다. 따뜻하고 촉촉한 그의 손에 닿는 순간 나는, 운명적이라는 말을 떠올렸습니다. 너무 진부하고 유치해서 쓰지 않으려고 했지만, 난 그때 운명이라 믿었습니다.

백우 선사가 데려온 지옥도를 그리는 사람, 나이보다 앳된 남자. 서른이라고 했지만 내가 보기엔 스물다섯 그 이상은 아니었습니다. 이마를 덮는 긴 앞머리가 바람에 날릴 때면 나는 그의 맑은 이마를 보면서 옥천을 생각했습니다. 하루 세 번 옥빛으로 보인다는 샘물. 그의 이마는 그런 옥색이었습니다. 종이 위에 엎드려 지장도를 그리고 밤에는 바흐와 모차르트를 듣는 그이에게 사랑을 느낀 것은 당연한 일이죠. 전 그때 여고 2학년 이었습니다.

6

　말짱하게 정신이 든 시간은 5시가 넘어서였다. 그동안 밥을 먹고, 담배를 피우고, 화장실에 갔다. 대변은 아직도 건강하다는 듯이 황금색이었다. 나는 그제야 컴퓨터 앞에 앉았다. 그리고 대화방으로 찾아가서 나를 알렸다. 그 여자가 했던 말을 기억을 더듬어 될 수 있으면 똑같이 준비하고 나는 기다렸다.

　소설을 썼다. 1200매 정도면 다섯 권이 되는 무협 소설을 이번으로 열두 번째 쓴다. 운이 좋아선지 두 편은 만화의 원작이 되기도 했다. 만화가는 말했다. 재밌어요. 그리고 재미 말고 뭔지 모르지만 형씨에겐 그게 있는 것 같아. 나는 그것이 뭔지 궁금했다. 그는 언젠가 만화영화를 만들려는데 그때 같이 작업하자고 했다. 마치 선심을 베풀듯. 그는 내게 손을 내미는 등 여러 가지 제스처를 사용했다. 넌 틀렸어, 촌놈아.

　출판사에 넘겨줄 원고를 디스켓에 저장하고 나는 연 이틀 미뤄 둔 환상 소설을 쓰려다 말고 먼저 전자우편함으로 들어갔다.

두 통의 편지, 봉추명이다. '형, 내가 개판 쳤지, 미안해, 나 대책 없는 놈이잖아.' 녀석은 개판이지만 적어도 촌놈은 아니었다. 또 한 통은 자칭 독자란 녀석에게서 온 것이었다. 녀석은 몹시 불경스럽게 독자 겸 비평가라고 자신을 밝혀 놓고 있었다. '귀하의 글은 읽을수록 상대방에게 불쾌감을 줍니다. 도대체 소설적 허구란 것이 황당무계라고 누가 그러던가요? 소설을 쓰기 전에 소설을 공부해야 쓰겠습디다. 우주에 대한 학식도 더 쌓아야죠. 「스타워즈」와 「천녀유혼」을 적절하게 혼합한 당신의 글에는 최소한의 상식도 들어 있지 않다는 것을 꼭 가르쳐 드리고 싶어 이 글을 띄웠소.'

나는 픽 웃는다. 오늘도 여전하군. 논리성이나 학식을 찾으려면 아카데미를 찾아 헤맬 것이지 왜 소설 쪽을 살피고 있담. 그러나저러나 이 기분으로 오늘 작업은 안 되겠다. 나는 일어서서 냉장고로 가 맥주를 두 병 꺼내 와 마셨다. 홧홧한 기분이 전신으로 퍼지면서 오기가 났다. 나는 어제까지 써 놓은 소설의 뒷부분을 계속 했다. 오늘은 아수라 마왕이 또 다른 신세계를 만들려는 천제의 군사들과 맞서고 있었다.

파라다이스. 잃어 버린 세계와 만들어지는 낙원. 문득 손가락에 힘이 빠진다. 성능 좋은 내 컴퓨터는 스치기만 해도 감지하고 글자를 만들어 낸다. 아수라 마왕은 도대체 왜 천제와 맞서는가. 패배는 언제나 그의 것이면서. 습관화된 패배를 잊어 버릴까 무서워서? 아니면 도박하는 심정으로 혹시라는 기대를

걸고, 하루를 지낼 수 있으므로? 그나마 없으면 너무 지겨워서
일까?

여자를 찾아야 한다. 나는 마우스를 움직여 혹시 여자가 연
결이 됐는지 확인해 본다. 없다. 아무도 나를 찾는 사람은 없다.
막막하다. 그녀는 왜 그리 쉽게 물러갔을까. 한 번 정도 더 시도
해 보지 않고. 그런 어려운 대화를 도대체 누가 좋아하겠는가.
편히 쉬려고 들어오는 대화방에 그런 화두 같은 내용으로 누가
이야기하겠는가. 그랬다면 자신이 조금 인내를 해야 하는 게 아
닌가?

잠시 망설이다 나는 다시 소설을 썼다. 아수라의 공격으로
시작되는 장면이다. 그는 제석천의 애인 벨라미(Belle-Amie)를
유혹해 옛 애인을 공격하게 했다. 제석천은 분노에 가득하다.
애인이 그를 버리고 아수라에게 갔기 때문이다. 두 연인은 잠시
긴장을 한다. 그러나 벨라미가 머리카락을 휘날리며 제석천의
가슴을 향해 우주의 폭풍을 날린다. 그녀의 머리카락 공력은 무
저갱에서 100년을 연공해서 얻은 마공이다. 제석천은 연인의
머리카락 향기를 맡으며 잠시 정신을 잃는다. 언제나 가슴에 기
대어 사랑한다고 속삭이던 여자의 향기가 그를 과거로 이끌어
정신을 잃게 한다. 아니다. 나는 썼다. 아니다. 제석천은 여자의
유혹 따위에 넘어갈 수 없다. 그리고 나는 아니다. 여자 때문에
나는 나를 포기하는 사람이 아니다.

아아악. 제석천이 공격을 피하지 못하고 일격에 비틀거린다.

276

한때 자신의 연인이 비틀거리는 것을 목격한 벨라미의 두 번째 공격은 약해진다. 바보. 이래선 그야말로 삼류가 되는 것이다. 악한 인간은 악하게 만들어라. 네가 당한 만큼. 나는 벨라미의 의식에서 빠져나와 제석천에게로 향한다. 그는 생각한다. 미망에 빠져 정의를 수호하는 내 본분을 잃다니. 그는 검을 꺼낸다. 그의 검은 안드로메다 성운의 간다라 혹성에서 채석해 제련한 금속으로 만든 우주 제일의 검이며, 휘두를 때마다 메가톤급 파워를 지닌 레이저 광선이 분출되어 가공할 파괴력을 지닌다. 지권인을 한 것을 보고 벨라미는 고소를 한다.

　문득 나는 두 단어에 고착된다. 정의와 수호. 내 자신도 믿지 않는 가치들을 나는 강조하고 있다. 왜일까. 독자들을 위해서다. 만화방에서 무협지를 빌려 가는 청소년들은 남녀 주인공들이 내쏟는 환상적 에너지와 상상의 공간 속에 함몰되기도 하지만 적어도 그들에게는 사필귀정이나 정의는 반드시 승리한다는 도덕성이 있다. 어떤 점에서 그들은 누구보다 따스한 가슴을 지니고 있는 것이다. 스무 살이 넘어도 여전히 손에서 무협지를 놓지 않는 사람들은 더욱 그런 편이다. 정의와 수호. 서른네 살의 나는 그런 것은 이미 잃어 버렸다. 아니 스물네 살 때도 나는 그런 것을 갖고 있지 않았다. 그런데도 나는 그것을 이용해서 밥을 먹고 생활을 한다.

　그래. 좀 정직해 보자. 그것이 아니다. 나는 정의나 수호라는 단어가 아니라 '빠져나'가에서 잠시 망설였다. 어서 대화방에 들어가거나, 전자우편으로 혹시 전송되었을지도 모르는 그녀의 소식을 찾고 싶었다. 이 스페이슨지 유니버슨지 어느 것이 더 큰 공간인지도 아직 모르는 우주적 전투에서 빠져나가 인간의 세계, 뭔가 다른 그녀의 이야기 속에 잠닉하고 싶었다.

"당신처럼 순수하게 여자를 원하는 사람은 처음 본다." 나는 말이 없었다. "탓하는 게 아니고 좋아서 그래. 당신과 섹스를 하고 싶어, 라는 말을 너처럼 분명하고 솔직하게 표현하는 사람들은 분명히 착할 거야." 나는 대답 대신 그녀의 가슴에 손을 댔다. 그때 나는 배를 타고 섬을 찾아 들어가고 있었다. 여자는 다방 마담으로 간다고 했다. 우리는 허름한 연안 객선의 난간에서 있었다. 둘 다 담배를 피우기 위해 아직은 찬 봄바람을 무릅쓰고 나와 있었다. 내가 바라보자 움켜쥐었다. 스물여섯이었고, 막 제대하고 나왔을 때다. "재밌어, 어떤 것 하나에만 열중하는 남자가 나는 젤 좋더라." 나는 담배를 바다에 던졌다. 여자는 필터 가까이까지 깊게 빨았다. "어디서 잘래? 부두 다방으로 전화해. 밤에 갈게." 나는 아무 말도 하지 않았다. "네 눈이 되게 강렬했어. 그저 끌어들였어." "나 너를 안고 싶어 하는 욕망만 있고 다른 것 없었어." "그게 맘에 들어. 오늘 자자. 꼭 연락해." 나는 그녀에게 대답하지 않았다. 그러나 그날 밤 나는 그녀를 불렀고 그녀는 파도 소리가 머리맡에서 들리는 섬의 허름한 여

278

관에서 나와 같이 누워 있었다. "넌 좋은 남자가 될 것 같다." 여자는 아침에 일어나 떠나며 말했다.

없었다. 아무것도, 누구도. 내게 접속을 시도한 사람은 없었다. 나는 다시 빠져나가 우주로 들어가든지 아니면 뭔가 다른 일을 해야 한다. 나는 잠시 일어섰다. 술은 안 된다. 어제 그렇게 마셨으면 오늘은 쉬어야 하는 법이다. 독신은 독신의 건강법이 있어야 하니까. 뭘 할까. 유일하게 잘하는 운동은 탁구밖에 없는데, 그것은 혼자서 하는 게임이 아니다. 달리기를 저 외한 운동은 모두 두 사람 이상이 필요하다. 모든 게임이 복수라는 것은 공평치 못하다. 공정하지 못한 것은 할 필요가 없다. 난 공정하지 못하게 잘렸다. 왜 나만? 전화위복인지도 모른다. 덕분에 나는 오히려 더 많은 소득을 올리게 되었다. 1년에 세 편의 장편소설을 쓰는 노동이 나를 즐겁게 한다. 나는 즐겁다는 것을 느낀다.

옷을 입고 비디오 숍에 갔다. 흰옷을 즐겨 입는 주인 여자는 내게 미소를 지으며 인사한다. 그녀는 서랍에서 테이프를 하나 꺼내어 내게 내민다.

"몇 번 복사한 것이라 화질이 좋지 않을 텐데, 구해 달라던 거요."

도시오 히라주노의 만화영화다. 그는 상상이 아니라 상징으로 만화를 이끌어 간다. 철저하게 닌자의 세계를 그리는 그의 만화는 스토리가 아니라 화면 구성 자체에 묘미가 있다. 그의

컷에는 여백이 없다. 꽉 찬 색과 형태들이 철저하게 성적인 것
으로 구성된다. 뾰족하고 돌출된 것은 남자의 성기로, 그루터기
나 창문, 구름과 특히 버섯을 여성의 성기로 환치해 놓은 그의
「닌자, 침몰하다」는 딱 죽이는 작품이다. 워낙 성인 대상의 작
품을 주로 하기 때문에 상당히 오래전에 부탁해 놓은 것이다.

나는 그녀에게 좋으면 살 수 있느냐고 물었다. 그녀는 고개
를 끄덕이며 만약 구입을 원한다면 끝내 주게 시설 좋은 곳에
서 레이저로 복사해 줄 수도 있다고 했다. 원화 못지않게 좋은
버전으로. 집으로 돌아오는 길에 슈퍼에 들러 먹을 것을 사 가
지고 왔다. 슈퍼를 가지 않고 혼자 살 수 있다면 천국일 것이다.
장보기만 없다면 나는 행복한 독신을 주장할 것이다. 그 끔찍한
일, 장보기.

테이프를 넣고 리모컨 재생 버튼을 누르려는 순간, 컴퓨터를
끄지 않았다는 생각이 들었다. 스페이스 바를 눌러 화면을 찾아
내자 편지가 들어 있었다. 그녀가 아닐까. 갑자기 입에 침이 마
르는 것을 느꼈다. 나는 편지를 불러냈다. '『강호비감록』은 잘
읽었고 히트를 치리라 생각하오. 이제 그쪽은 그만 벌어 주시고
작품 하나 우리에게 주시면 좋겠소. ── 호호 출판사 정.' 불쾌
함이 느껴진 것은 기대에 대한 좌절 때문일 것이다. 나는 당장
편지를 없애 버리고 말았다.

7

남자가 그녀에게 커피를 내민다. 그녀는 노인의 기저귀를 둘둘 말아 쓰레기봉투에 넣은 다음 손을 씻고 나오는 참이다. 그녀는 가볍게 목례를 하고 잔을 받아 든다. 남자의 손가락이 지나치게 가늘다.

인지와 중지에 낀 노란색으로 미뤄 담배를 자주 피우는 사람처럼 보인다. 그런데 오늘밤은 아직까지 담배를 피우지 않고 있다.

"밤일을 하면 낮에는 쉽니까?"

"예."

"때때로 무섭기도 하겠네요? 혼자서 간병을 하려면요."

"직업인데요."

그녀는 잔을 들고 창가 의자에 앉아 창턱에 잔을 잠시 내려놓는다. 남자는 그녀의 지시대로 침대에서 조금 떨어진 채 앉아 있다. 그는 머그잔 가득히 커피를 채워 마셨다.

"한 시간 후 물을 마시니까 그때까진 좀 쉬세요."

그는 여전히 조용했다. 그녀도 조용히 입을 다문다. 그러자 남자가 고개를 돌린다.

"가서 쉬시죠. 물은 제가 먹이렵니다."

"그게 제 일 중 가장 어려운 일인데요."

"물 먹이는 일이 그렇게 어렵나요?"

“쉬워 보이는 게 오히려 어렵다는 사실 아세요?”

“이런 일을 하시면 보람이 많죠?”

여기서 끝을 내지 않으면 그와 쓸데없는 이야기를 계속해야 할 것이다. 끝내자.

“아뇨. 전 보람 때문에 일하진 않습니다.”

“……그렇겠네요.”

뭐가 그럴까요? ‘그렇겠네.’ 또는 ‘그렇지.’는 당신이 가장 많이 사용한 단어라는 것을 아시는지요? 곰보 양 보살이 절을 떠난대요, 하자, 당신은 그렇겠지, 라고 짧게 대답했어요.

아마 내가 중학교 입학한 후 첫 여름이었을 겁니다. 절에는 솔란이 지천으로 쓸데없는 꽃들을 피어 대고 있을 때였죠. 제법 스님 노릇에 이력이 붙은 당신은 물오른 경전 공부로 정신이 없었으니 혹 기억을 못 할 수도 있겠죠. 학교에서 돌아오자 그녀는 짐을 챙기고 있었습니다. 나는 그녀가 속가의 집에 자주 드나들었기 때문에 의례적 외출인 줄로만 알았습니다. 그러나 그날은 뭔가 달랐습니다. 늘 달랑 가방 하나 들고 가던 때와 달리 그날은 벽장에 넣어 두었던 트렁크까지 빼냈습니다. 옥주댁도 말이 없고, 여자만 거처하던 종무소 뒤편 객사는 오뉴월 서리라도 맞은 양 조용했습니다.

양 보살은 가방을 한쪽으로 밀어젖히고 나를 데리고 옥샘에 갔죠. 옥샘. 왜 나는 당신이 그렇게 자주 보았다는 옥빛을 보지 못했는지 모르겠어요. 새벽에서 아침 사이, 낮에서 초저녁 사이에 은은한 옥빛으로 물이 반짝인다는 그 현상을 못 봤다는 것만으로도 나는 그 절과 애초에 인연이 없었던 거죠. 그 영험하다는 샘도 인연 없는 제게 자신을 보여 주지 않았지요. 인간들보다 자연물들이 훨씬 그런 데에 민감하니까요.

돌감나무의 늦게 핀 꽃 냄새를, 손을 부채 삼아 날리며 나와 그녀는 옥샘을 넘어 훨씬 올라 중턱에 있는 너럭바위에 앉았습니다. 당신과는 다르게 나는 거기에서 바라보는 바다가 제일 좋았습니다. 양 보살의 얼굴로 햇살이 가득 쏟아지더니 그 파인 부분을 메우는 듯 환했습니다.

"이제 안 올 거다, 아줌마."

"왜요?"

"인연이 다 됐나 봐. 수행하는 사람들에게 방해만 되고."

"……"

"누군가를 사랑하게 되면 슬픔부터 먼저 배우는 팔자가 있대. 내가 그런가 봐."

그녀의 고개가 더 숙여지고, 햇살은 그녀의 머리를 지나 내 눈을 바람처럼 독하게 후려쳤어요. 나는 고개를 돌려 산자락에 내리는 어둠의 그늘을 지켜봤어요. 그래요. 내가 그때 본 것은 어둠이었어요.

"누구를 사랑하게 됐어요?"

그녀는 말하지 않았어요. 그러나 나도 짐작하고 있었어요.

그건 당신이라고.

"넌 절대로 산에서 내려오지 마. 산에 있을 때가 편한 거야."

그건 그녀의 월권이죠. 다른 사람의 삶의 방편을 인정하지 않으려는 매우 이기적인 발상이라고 생각했어요, 그땐. 물론 난 여전히 대답이 없었죠. 내려오다 우리는 옥샘에서 물을 마셨어요. 잇바디가 시릴 정도로 왜 그날의 물은 그렇게 차가웠을까요.

"작년에 큰스님하고 산에 오르다가 샘에서 옥빛이 나는 것을 봤다. 옥빛이 그렇게 은은할 수 없더라. 인연 있는 사람에게만 옥빛이 보인다며……."

물이 차가워서일까요. 그녀의 말은 매우 느렸고 또 떨렸습니다. 어두워지는 산비탈 좁은 길을 내려오면서 그 후에는 단 한 번도 입을 열지 않았습니다, 그녀는. 그리고 새벽 예불도 시작되기 전에 떠났습니다. 아침 공양 때 내가 말했죠. 양 보살님 떠났어요. 그러나 당신은 고개조차 끄덕이지 않고 그랬구나, 했어요.

곰보 양 보살이 우리를 떠난 것은 당신 때문입니다. 왜 그녀가 당신을 사랑하게 되었을까요. 이룰 수 없는 사랑을 왜 스님인 당신을 상대로 했을까요. 그녀 말대로 운명은 누구도 거역할 수 없는 건지도 모르죠. 그러나 그림자처럼 당신 곁에 있었으면, 세월이 사랑을 부식시키고 닳게 할 때까지 여전히 그림자로서, 뒷전에 있는 부도처럼 서 있었으면 됐을 텐데. 그녀가 왜 경내의 나무가 되고 싶어 했는지 이젠 압니다. 왜 꽃을 피우고 열매를 맺고 싶어 했는가를 나는 곧 알 수 있었습니다. 그녀나 나,

모두에게 금지된 일이었는데 말입니다.

그러나 난 그녀에게서 아무런 교훈도 얻지 못했습니다. 결국 그 사람을 사랑하고 말았습니다. 그가 결국 속세로 떠나기 전에 우린 서로 사랑하고 있다고 믿었죠. 여고생으론 좀 빨랐나요? 그래요. 그 후에도 우린 가끔 만났습니다. 그 사람이 나를 찾아왔지요. 학교 앞 제과점. 통학 때의 버스 정류장. 저자에 살지만 그는 여전히 먹빛 장삼을 입고 다녔습니다.

그가 나를 그리기 시작했을 때 당신은 눈치를 챘을 겁니다. 결국 당신이 걱정한 대로 나는 그렇게 되고 말았습니다. 한국화에 탱화를 결합한 그 남자의 그림이 국전에 특선을 했을 때, 난 대학 2학년이었죠. 성공이 꺼내 온 평균대는 어차피 기울어서 무게중심을 옮겨야만 했고, 그다음 2년 동안 내가 겪은 혼란은 당신도 아시겠죠. 이미 남자는 떠나고 없는데. 그래야 했겠죠, 자신의 성을 쌓는데 나 같은 중의 딸보다 나은 사람을 찾아야 했겠죠. 그 사람의 최근 소식은 신문에서 읽었어요. 간경화. 당신과 비슷한 시기에 그도 수술을 받았답니다. 당신은 췌장암이었고요. 인과응보인가요, 당신 말대로.

"여기요. 아버님이 뭔가를 찾는데요."

귀찮다, 이 사람. 뭘까? 이 사람이 노리는 것은. 아니면 다른 목적이 있어 그런 걸까. 어떻든 귀찮은 일이다. 혼자 있을 시간에 다른 사람과 같이 있는 것이 싫다. 컴퓨터를 켜서 부고도 찾아야 하고. 부고? 굳이 그럴 필요가 있을까. 백우 스님이 다 알아서 처리할 것이다. 내가 찾는 것은 누구의 부고일까. 아버지, 어머니, 아니면 그 사람. 탱화를 그리고 또 나를 그리고, 내 마음을 그러쥐었던 사람.

"특별한 일이 아니면 저렇게 애타게 찾는데 좀 도와 드릴까요?"

"습관이 잘못 들면 앞으로 힘들어요. 충분히 참을 수 있게 해야 합니다."

남자는 그녀를 힐끔 쳐다본다. 불신이 가득한 얼굴이다. 지불한 돈만큼 충실하지 않다는 뜻일까. 직업이 당신을 삭막하게 만들었나 보군요, 라는 듯한 표정.

노인이 다시 한번 손을 들어 앞으로 내민다. 분명히 물은 아니다. 뭔가 이상이 있다. 그녀는 침대 곁으로 간다. 그리고 시트를 들춘다. 오줌이다. 틀림없이 이 남자는 그녀 몰래 뭔가를 먹였을 것이다. 남자는 그녀 곁에 가까이 있다. 그녀는 노인의 환의를 조심히 만진다. 양이 많아 기저귀가 감당하지 못해서 흘러내리고 있다. 그녀는 노인의 바지를 벗긴다. 남자는 그때까지 그대로 서 있다. 마침내 그녀는 노인의 기저귀를 끌렀다. 노인의 하복부. 앙상한 아랫도리에도 여전히 충실한 노인의 성기가 드러난다. 그것을 차마 여자인 그녀와 같이 볼 수 없다는 듯 그가 물러난다. 왜? 당신의 생명이 만든 소중한 기관인데, 그 거룩한 기관에 경배라도 드리죠.

새 기저귀로 바꿔 채우고 비닐 깔판도 새로 갈아 주고 환의
도 새것으로 갈아입혔다. 노인은 눈을 지그시 감고 자는지 호흡
도 가지런하다. 이불을 덮고 맥박을 살폈다. 모든 것이 정상이
다. 나는 정상이 아니다. 이 남자만 없다면, 이 사람만 지금 가
준다면 나는 오늘 행복하리라. 그러나 자식의 효도를 누가 막을
것인가. 그녀는 가만히 고소를 짓는다. 효행이라니. 그녀가 제
일 자신 없는 부분이다.

"뭘 좀 드시렵니까? 배가 고픈데요."

그녀는 시계를 본다. 그래. 뭔가 먹기는 먹어야 한다. 어제 점
심도 대충 때웠기 때문에 배가 고프군. 그래서 더 짜증이 나는
지 몰라.

"샌드위치를 만들어 놓았을 거예요, 파출부 아줌마가. 드
려요?"

"아닙니다. 제가 하죠. 뭐 그것 하실래요, 아니면?"

"커피 한 잔만 더 가져다 줄 수 있겠어요?"

잔미워서 그랬을까? 그녀는 망설이지도 않고 부탁했다.

"커피요? 너무 쉬운 부탁입니다."

그래요. 그럼 가 주세요. 형의 집이든, 처가든 가서 앞으로 남
은 다섯 시간을 온전히 내 몫으로 사용하게 해 줘요. 당신의 효
성이 이 노인에게 무슨 의미가 있어요? 당신이 침대 머리맡
에 앉아 있다고 해서 이 노인의 치유가 더 빨라지지도 늦어지
지도 않죠. 어떻게든 당신과 이 노인의 병은 상관없으니 제발

가 줘요.

"얼굴은 왼편으로, 가볍게 미소하고, 눈은 저 배롱나무를 봐요. 그게 아니라 이렇게." 그가 다가와 내 얼굴을 만지며 움직였어요. 내 이마 위로 뜨거운 입김이 별똥별처럼 쏟아져 내렸죠. 그의 손도 열기에 달아 있었고.

8

달빛이 나를 꾄다. 그러나 나는 베란다와 손바닥만 한 거실 겸 작업실 사이에 의자를 놓고 있어야 했다. 은빛 달빛이 넘실거리다가 유리창에 파도처럼 부서지며 해일같이 은은하게 내게 비쳤지만 나는 왠지 그녀가 다시 올 것 같은 망상에 빠져 움직일 수 없었다. 정말 나는 망집에 빠져 있었다. 그녀를 기다리고 있는 내 자신이 참으로 애잔하다. 그러나 움직일 수는 없다.

분명히 그녀는 올 것이다. 다 제쳐 두고 어제 일을 사과하리라. 그러나 더욱 모를 것은 내 심정이었다. 내가 왜 그녀를 만날 수 있기를 이렇게 애타게 기다리고 있는 것일까. 도대체 무엇이 나를 이끌고 있는가? 이 에너지는 어디에서 발원된 것일까. 인연. 허상의 공간에서 부딪친 그 엄청난 확률의 무게. 무슨 일에든 의미를 부여하는 이상심리? 운명이라 생각하자.

황료한 하늘엔 달밖에 없다. 이제 지쳤는지 차도 한 대 지나

가지 않는다. 저 흐릿한 달빛 아래에서 신화 속에 사라진 수많은 생명의 종(種)들이 적막한 시간을 빌려 내쉬는 호흡들이 해일처럼 엉겨 솟구친다. 그것은 허공에 매달린 어둠 덩이 같다. 그 시작과 끝의 경계가 이미 없는 또 하나의 우주가 내 창가로 밀려들자 나는 뭔가 해야 한다는 것을 느낀다.

그녀는 지금 무엇을 하고 있을까. 그녀. 그녀라고 부를 수 있을까. 통상 그녀라고 부를 때에는 뭔가 확실하고 구체적인 것을 가져야 하지 않는가? 그런데 나에겐 그녀의 추상 이외엔 아무 것도 없다. 나는 어리석게도 그녀를 찾아 다시 마우스를 움직인다. 그러나 아무것도 없다.

제석천은 벨라미를 공격한다. 무기의 성능이 같을 때에는 필연적으로 초능력으로 싸울 수밖에 없다. 그는 벽력진천장(霹靂震天掌)을 만들어 그녀를 공격한다. 그녀는 가볍게 웃으며 유령낙혼지(幽靈落魂指)로 그의 공격을 막는다. 우주가 흔들린다. 2억 광년 떨어진 다미우르 성좌에 균열이 생기면서 별들이 서로 부딪친다. 아수라 마왕은 그들의 싸움을 보고 지그시 미소를 짓고 있다. 그에겐 이이제이며 설혹 양패구상의 경우라도 아무 손해될 것이 없다. 천상의 질서에 도전하는 것, 그 자체에 그의 목적이 있기 때문이다. 부하들에게 명분으로 내세운 천상 정복은, 꿈을 주어야 비로소 전력을 다하는 아랫것들의 속성을 이용하려는 것뿐이다. 반면에, 석가세존과 자라투스트라는 머리를 맞대고 그들의 싸움이 끝나기를 바랄 뿐이다. 더욱 좋으려면 벨라미가 본성을 깨닫고 제석천의 어깨에 머리를 놓으면 된다. 그러면 지금 지상에 있는 인류라는 동물들이 조금 더 나은 도덕심을 갖게 되리라.

도덕심이라고 치면서 나는 문득 봉추명을 생각한다. 녀석은 지금 힘이 들 것이다. 아직도 자신이 왜 퇴출됐는가에 대한 확실한 답이 없다고 했다. 어떤 것에 대한 불확실성은 그것에 무능하다는 자각보다 더 아픈 법이다. 무능보다 더 아픈 것은 아무것도 없다고 말해 주고 싶다. 적어도 나는 그랬다고. 전공과 아무 상관도 없는 그 자리에서 나는 아노미에라도 빠진 양 멍하니 몇 주일을 보냈다. 그리고 남보다 몇 발자국, 정말 내 눈에 보일 정도로 바짝 뒤에 서서 걸어 봤지만 나는 무능을 자각했다. 그럴지도 모른다. 나는 부족함을 분명히 느꼈기에 군소리하지 못하고 나왔다. 그러나 봉추명에겐 그것이 아니었을지도 모르는 일이다.

다시 나는 자판에 손을 올려놓았다.

벨라미가 치마를 살짝 들어 올리며 그 늘씬한 다리로 현황천지축(玄黃天地蹴) 공격을 한다. 순간 하늘에는 온통 검은빛이 깔리더니 그 위로 노란 황금빛이 덧칠을 하듯 강렬하게 퍼져 갔다. 그러나 사람들을 놀라게 한 것은 그녀의 공력이 아니라 그녀가 들어 올려 만인에게 보여 준 다리였다. 우윳빛 뽀얀 다리가 움직일 때마다 짙은 향기가 났다. 향기가 모두를 뇌쇄시키고 있다. 제석천은 얼굴을 붉혔지만 순간적으로 탄천압지권(彈

天壓地拳)을 뿌렸다. 하늘에서 불꽃이 사방으로 터지며, 그의 보이지 않는 주먹이 그녀의 가슴을 향해 날아온다. 그녀는 주먹을 피하지 않고 맞서서 이번에는 마영우산(魔影雨散) 초식으로 도리어 공격을 퍼부었다. 그녀의 그림자가 하늘을 뒤덮는다. 그것뿐 아니라 그녀의 움직이는 치마폭에서 향기가 퍼져 중인을 어지럽게 한다.

이러면 봉추명의 소설처럼 된다. 천상의 존재들도 오욕과 칠정의 지배를 받는가? 나는 손을 멈춘다. 좀 더 지적으로 써야 한다. 밖을 본다. 여전히 어둡다. 그리고 나는 슬프다. 왜 슬픈지는 모른다. 더 이상 안 된다. 오늘은 여기까지 하자. 그때 전화가 때맞춰 울렸다.

"나예요. 산하의 미스 강이에요. 선생님 아파트 앞 공중전화예요. 기다리겠어요. 아뇨. 내가 올라가겠어요. 문이나 열어 줘요. 안 된다고 하지 마요. 열어 줄 때까지 초인종을 울릴 테니까."

9

아들이 가자 그녀는 비로소 컴퓨터 앞에 앉았다. 그가 이 시간에 가 준 것만도 고맙다. 그녀는 지역의 조간신문을 뒤적인다. 문화면을 찾아든다. 예술, 특히 검색어 미술은 꼼꼼히 살핀다. 다음으로 그녀는 신문의 부고란을 찾는다. 없다. 아직 그는 살아 있다. 그것은 그녀에게 즐거운 일이다. 그녀가 살아갈 수 있으므로. 다시 한번 점검해 보지만 없다. 그 사람은 오늘 죽지 않았다. 확인하고 고개를 들자 피곤함이 밀려왔다. 노인이 움직이는 소리를 냈지만 가지 않았다.

거실 바닥에 그대로 눕는다. 샹들리에가 그녀 위에서 떨어질 듯 위태하다. 그리고 마침내, 이 집에서 가장 눈에 거슬리던 그림을 뒤집어 놓는다. 싫다. 달마다. 유난히 배를 드러내 놓은 달마가 성이 난 듯 눈을 부라리고 있다. 그 남자는 성난 부처는 그리지 않았다. 자비만 그린다고 했다. 자비. 그 우스운 추상. 나는 그의 추상에 빠져 삶을 어지럽혔다. 내 삶은 구상화라야 했다. 분명하고, 색채가 또렷해야만 했다. 그러나 그 사람은 언제나 그랬다.

그가 죽으면 제일 먼저 그의 집에 전화를 하고 싶다. 축하합니다, 부인. 내 인연을 다하게 해 주어서 감사드립니다. 고인에게 명복을 빈다고 전해 주세요. 그러려면 관 옆으로, 귀가 있는 언저리에 구멍을 뚫어 놓아야겠네요. 누구냐고요. 당신 남자의 여자 중 하나죠. 아니, 단 하나의 여자인지도 모르죠. 아니다. 삼우가 지난 뒤에 할까? 지나치나? 그러면 사십구재 다음 날이 좋을 것 같다. 쉰 날이 지나고 나서 전화하리라. 당신의 남편을 사랑했던 여잡니다. 그런데 그이가 정말 죽었나요? 이제야 소식을 전해 들었습니다. 묘소는 어디에 있나요? 그 사람이 좋아하는 명자나무는 심어 줬나요? 그 붉고 한 가지 색깔로 봄이면 피어나는 꽃을요. 누구라고 전해 줄까, 물었어요? 저, 전 명자나 뭅니다. 유마사의 명자나무요.

어떠시나요, 공사가 끝난 암자는? 아이를 떼고 가자 당신은 이제 부녀의 연을 끊자고 했습니다. 부처 안에서야 부녀의 연이 무엇이겠습니까. 그러면 지장보살도 허망한 일이죠. 아이 아비가 누구냐고 묻지도 않았지요? 허물어진 부도전에 서서 하마 덜 핀 과꽃을 보면서 아이를 위한 천도염불이라도 외우고 계셨 겠죠. 결혼한 남자를 만나는 것은 모계 쪽 유전인가 봅니다. 그러면 나도 어머니를 욕할 것은 못 되죠.

당신은 사랑이란 것이 뭔지 아십니까? 그 깊이 모를 우물 같고, 찾지 못하면 아쉬운 물건 같고, 빠지면 헤어날 수 없는 늪 같은 것을요. 부도전에 담긴 사리만큼 가슴 아픈 것을 아시나요? 그 부도를 다 쌓아도 사랑이란 나무의 수많은 가지 중 하나에도 못 미친다는 것을요? 사랑을 모르고 자비를 아는 그 모순을 저는 어떻게 받아들여야 하나요. 그 사람을 미워하지 않는데 미워지는 이치와 같겠지요, 당신 말처럼.

당신을 마지막으로 보고 오던 때가 그립습니다. 수선화가 막 피어나는 지장전 모퉁이에서 아버진 내려가는 나를 보고 있었죠. 올해도 너만 옥샘의 옥빛을 못 보는구나. 그렇겠지, 내년에는 보겠지. 남들 다 보는 것을 너라고……. 사랑도 혼자 할 수 있다면 얼마나 좋을까요. 당신이 죽음을 준비하듯 담담하게요.

그녀는 잠자는 컴퓨터를 깨웠다. 문득 어제, 그 무례한 사람
에게 써 보낼 이야기가 떠올랐다.

어둠을 껍질째 으깨는 듯한 섬광이 있다.

긴 시간 동안 모아 둔 작품들을 한 권의 책으로 묶는다는 것은 여간 즐거운 일이 아니다. 그리고 한 편 한 편에 얽힌 고통과 기쁨의 순간들을 기억해 내는 것도 사실은 매우 중요한 일인 것 같다, 작가들에게는. 더구나 세 번째 소설집과의 기간이 너무 길었다는 점도, 이번 작품집에 대하여 더욱 깊은 애정을 갖게 한다.

어떤 작가들에게나 그러하듯, 언제나 한 권으로 묶인 소설들은 심한 낯가림처럼 그것을 똑바로 보지 못하게 한다. 과작을 하는 이유도 있겠지만, 사실 나의 무능함과 다른 곳을 향한 시선으로, 또 나름대로 소설의 새로움을 추구하려고 좌충우돌하며 방황한 탓도 있었다. 새로운 소설의 길을 찾겠다는 어리석은 시도 아래 놓인 헛된 욕망의 추구가 있었고, 그래서 더 부끄러운 것도 같다. 이제 그 부끄러움과 정면으로 맞서고 싶다. 이런 과오에 대한 독자들의 매서운 질책을 달게 받으려고 한다. 그리고 다시 한번 순수한 마음으로 나만의 길을 모색하겠다.

소설이란 사실 시정 거리가 차단된 여정인 것 같다. 내가 발을 딛는 곳이 정확히 어디인지 모르며, 오로지 발바닥에서 느껴지는 감각만으로 찾아가는 곳. 그러나 그곳에는 사람과 세상에 대한 새로운 해석이 있고, 피곤한 생에 던져 주는 휴식 같은 즐거움도 있다. 그러므로 소설가는 두렴 없이 그 길을 가는 것이다. 나도 그 길에 보다 용감하게 나서겠다. 이번 방황은 결코 허욕과 동행하지 않겠다는 약속을 스스로에게 먼저 하겠다.

늘 어려운 시절에 눈길을 돌려 준 민음사에는 항용 고마움과 따스한 정을 느낀다. 이번 출판도 그러한 애정이 없었다면 힘들었을 것이다. 특히 교정에 애를 쓴 편집부와 민음사 모든 분들에게 고마움을 표한다.

쥐와의 화해

김형중

망각과 불안

『최소한의 도덕』에서 아도르노는 언젠가 "기억이란 그 누구도 우리에게서 앗아갈 수 없는 유일한 재산"이라는 장 파울의 경구를 "무력한 감상적 위로물에 속한다."고 호되게 비판한 적이 있다. 그에 따르면 파울의 경구를 포함해서, 이상화된 기억에 퍼부어지는 흔한 향수의 발언들이란, "성취를 포기한 주체에게 내면성 속으로의 체념적인 후퇴야말로 성취라고 설득하는", 말하자면 기만에 불과하다. 문장 하나하나에 이르기까지 지독할 정도로 세상의 모든 상식을 의심하곤 하는 아도르노는 그렇다 치고(아마도 긍정으로 회귀하는 법이 없는 '부정변증법'이 그러할 텐데), 프로이트도 이와 유사한 말을 한 적이 있다. 가령『꿈의 해석』에서 그가 '이차 가공'이라 불렀던 심리 기제를 기억에 적용하면 어떨까? 기억 속의 과거는 설령, 실제로는 가난과 결핍, 비탄으로 점철되어 있었다 해도, 현재의 시점에서 돌이켜 보면 왜 항상 아름답고, 견딜 만했으며, 돌아가고픈 시절로만 남는 것일까? 또한 노인들은 왜 항상 기억에 비추어 당대를 폄하하고, 신경증 환자들은 현재에 대한 환멸을 유년기 기억으로의 퇴행을 통해 보상받는 것일까? 기억 속의 박정희는 왜 독재자가 아닌 건설자이며, 전두환은 학살자라기보다는 카리스마가 매력적인 '사내'인 것일까? 기억에도 쾌락 원칙이 작용하는 바, 아마도 우리는 어떤 방식으로건 언제나 기억에 대한 이차 가공 작업을 수행하기 때문일 것이다.

자아는 자신이 견뎌 내기에는 너무나 많은 심리적 에너지가 필요한 어두운 기억에 대해서는 두 가지 가공 작업을 수행한다. 그 첫째는 왜곡 즉 수정 작업이고, 그 둘째는 삭제 즉 망각 작업이다. 기억이 늘 실제로 일어났던 일을 기록하는 대뇌의 작업이란 말은 거짓말이다. 자아는 사건이 대뇌에 기록될 때, 기억하더라도 무방한 기억만을 걸러 내는 작업을 한다. 그렇지 못한 사건에 대해서는 망각하거나 수정한다. 노인들의 과거가 항상 지금보다 나았던 이유, 신경증 환자들이 현재를 피해 유년으로 퇴행하는 이유가 그와 같고, 어쩌면 고대 그리스가 인류사의 황금시대라 칭송되는 이유나, 고조선이 우리 역사에서 가장 위대했던 시기라고 기록되는 이유도 이와 같을 것이다.

그러니까 우리가 누리는 일상적 삶이란 망각에 기초해 있다고 해도 과언은 아니겠다. 우리가 나날이 겪어 온 감당하기 힘든 고통과 비탄을 낱낱이 기억하고 산다면 자아는 파멸을 면치 못한다. 사실 삶이란 우리를 영웅으로 만들기보다는 비열한, 초라한, 모순적인, 왜소한 주체로 만드는 경우가 많은 바, 그나마 우리가 자존을 포기하지 않고 목숨을 부지하고 있다면 그것은 망각 덕분이다. 역설적이게도 기억은 망각을 기반으로 하고, 바로 그 망각 덕분에 우리의 일상은 그나마 견딜 만한 것이 된다. 물론 망각된 그것들이 언제 그 어두운 영역으로부터 일상의 표면 위로 떠오를지 모른다는 항상적인 '불안'은 대가로 지불해야 하겠지만…….

채희윤의 새 소설집 표제작 「곰보 아재」의 화자가 일상의 도처에서 맞닥뜨리곤 했던 불안이야말로 그런 종류의 것이 아닐까 싶다.

"불안함요."

동생이라는 여자는 조심스럽게 입을 열었다. (중략)

"뭔지 모르지만 늘 내 곁에 감도는 안정되지 못한 느낌요.'

동생이라고 불러야 할 여자는 다시 한번 불안을 강조했다. (중략) 그런 느낌은 어느 곳에나 있다. 막 시작하는 치통의 전조로 느껴지는 통증, 서가에서 뽑아 온 책의 찢겨 나간 페이지, 승강장에 늘어선 사람들과 버스 좌석들 사이의 불균형, 분명히 다

가오지만 구체적이지 않은 죽음들이나, 이미 시작했지만 나만
모르는 불행의 예감같이 보이지 않으므로 보다 견디기 어려운
일들. 그녀 역시 그렇게 자신과 아버지 사이를 흐르는 비밀스러
운 흐름을 동물적인 감각으로 느꼈을 것이다.

——「곰보 아재」, 91쪽

"그런 느낌은 어느 곳에나 있다." 치통과, 찢어진 책과, 열이
맞지 않은 의자들과, 연원을 알 수 없는 불행에 대한 예감, 어디
에나 불안은 존재한다. 그 불안의 근저에는 화자 자신이 자발적
으로 망각해 버린 어두운 존재, 곰보 아재가 있다. 누나의 결혼
식 날 허름한 여관방에서 홀로 농약을 마시고 자살한 곰보 아
재에 얽힌 기억, 그의 사체를 가매장한 채 오랫동안 내버려 두
었고, 그의 아내와 딸을 가족들의 공모로 내쫓았으며, 그리고
오랫동안 그들의 존재 자체를 잊어버리고 살았다는 사실에 대
한 죄의식이, 곰보 아재의 딸이라는 여자의 등장과 함께 안온했
던 일상의 표면 위로 회귀한다. 아마도 "인생의 후반을 향해 가
는", 그래서 "이쯤에야 비로소 모두 다 먹고 살 만큼 되었지만,
이따금 귀찮은 일들이 생겨 시간과 돈을 앗아 가는데, 이에서 더
지나기는 솔직히 싫"(95쪽)었던 화자의 불안은 바로 그 '억압된
것의 회귀'에 대한 불안일 것이다. 역설적이게도 우리의 안온한
일상이 기실은 망각에 기초한다는 사실, 그리고 망각된 것의 돌
연한 회귀와 함께 언제 균열될지 알 수 없다는 불안을 항상 수

반하게 마련이라는 사실, 채희윤의 소설집 『곰보 아재』에 실린
거의 모든 작품들이 드러내는 삶의 비의가 바로 이것이다.

어둠의 소환

우리의 기억으로부터 삭제된 기억들은 다 어디로 갈까? 흔
히 우리는 망각의 저편에는 어둠이 있다고 말한다. 생물학적으
로 망각된 기억의 저장소가 대뇌피질에서 어디인지 찾아내는
것은 문학의 몫이 아니다. 고래로 문학 작품은 그곳을 '어둠'
으로 묘사해 왔다. 망각된 것들은 모두 어둠 저편에 있다. 그래
서일까? 채희윤의 작품 속 주인공들은 거개가 어둠과 친하다.
「15호짜리 풍경화」의 무대는 눈에 고립된 고속도로 휴게소의
어느 날 밤이다. 「밤, 견인의 시각」 역시 제목 그대로 낮을 피해
밤에 견인차를 모는 화자의 하룻밤 이야기다. 그는 드러내 놓고
"도로 건너 고층 아파트의 밝은 조명과 대조적인 이곳의 어둠
을" 좋아한다고 말하고, "밤일을 택한 것은 백번 생각해도 옳았
다고 확신"한다. 「칼 벼리는 밤」의 주인공인 여성 간병인이 가
장 좋아하는 시간 역시 환자가 잠들고 혼자 남아 인터넷 서핑
을 즐기는 새벽 시간대다. 그리고 그들 모두는 어김없이 '어둠
속에서' 제 마음 속의 '어둠과' 해후한다. 그 밤에, 그들은 자신
을 배신한 연인에 대한 기억(「15호짜리 풍경화」), 자신이 배신

한 노조 동지들에 대한 기억(「밤, 견인의 시각」), 자신을 버리고 출분해 버린 어머니와 역시 자신을 버리고 출가해 버린 아버지에 대한 기억(「칼 벼리는 밤」)의 회귀에 맞서야 한다. 비록 어둠을 배경으로 하지 않는다 하더라도 사정은 마찬가지인데, 채희윤의 주인공들은 대낮에도 어둠에 의해, 정확히는 버려진 기억에 의해 소환 당한다. '기억의 소환' 구조는 채희윤의 이번 소설집 전체를 아우른다. 가령 다음의 두 인용문은 망각된 기억이 주인공들을 소환하는 장면에 대한 예로 모자람이 없다.

염산에, 왜 나는 염산에 가고자 했을까. 그녀는 해안 도로로 들어섰다. 바다는 보이지 않았지만, 갯내음이 먼저 달려들었다. 그것은 마치, 그녀를 이곳으로 이끈 그 무엇인가처럼, 방기되었다가, 홀연히 나타나서 제 존재를 드러내고 가는 우리 생의 몇 가지 결점처럼, 그랬다.

——「염산에 가다」, 180쪽

그녀를 다시 만난 것은 겨울이었다. 처음부터 나는 그녀가 바로 그 여자라는 것을 확신할 수 있었다. 먹빛 누비 승복 차림으로 일습하고, 겨울 추위에 누렇게 뜬 산 노을을 얹은 낯빛으로 그 남자를 내려다보는 오기진 눈이 짜장 그녀였다. 순간 20년 시간을 두루마리처럼 말아 버리며 내 부끄러운 과거가 예리한 거멀못이 되어 그녀와 나를 동시에 마음에 박는다. '당신이었나,

나를 소환한 사람이?'

——「내 마음의 유목」, 101쪽

첫 번째 인용문에서 미혼인 상태로 임신을 확인한 「염산에
가다」의 여자 주인공은 그녀를 영광의 염산으로 이끄는 무엇인
가가 존재함을 감지한다. 내내 정체를 드러내지 않던 그 존재는
소설 말미에 이르러 바로 아버지였음이 확인된다. 그녀가 일상
의 유지를 위해 어쩔 수 없이 어둠 저편에 망각된 채로 버려두
었던 아버지의 존재가 시간의 켜를 뚫고 회귀한다. 두 번째 인
용문에서 강제 퇴직 해결사가 직업인 남자 주인공은 어느 날
느닷없는 '수행 결사' 소환문을 받는다. 뭔가에 끌리듯 그 정체
모를 소환문의 안내대로 보리암에 도착하여 그가 만난 이들은
20년 전 자신이 겁탈했던 여자와 간질에 걸린 그녀의 남편이다.
역시 억압되었던 기억의 회귀이자, 기억의 소환이다. 그럴 때,
이제 남은 것은 그들이 자신을 소환한 기억과 어떤 방식으로
대면하는가 하는 점이겠다.

방어기제

어둠의 돌연한 소환은 일단 채희윤의 주인공들에게 방어기
제를 작동한다. 그들은 어떻게든 자신을 소환한 어둠을 피하려

하고, 그것이 일상의 안온함을 깨뜨리지 못하도록 안간힘을 쓴
다. 가령 「곰보 아재」의 화자는 사실이 명백한데도, 애써 찾아
온 사촌 여동생이 진짜인지를 오랫동안 의심한다. 「내 마음의
유목」의 주인공은 느닷없이 자신을 소환한 보리암의 주지를 두
고 "순간, 꼭 그만큼 나를 이 추운 날, 예각의 황량한 역에 던져
놓고 떨게 하며, 처량하게 하고, 비위까지 돌게 만든 녀석을 잡
아서 치도곤을 내야지 하는 오기가 가슴속에서 비등했다. 내친
김에, 천박하고 간릉스러운 중들의 되먹지 못한 부박경동도 비
웃어 주리라. 재치가 망신이 될 수 있다는 것을 가르쳐 주리라.
그렇다. 이런 은밀한 행동 뒤에 숨어 있을 불손한 의도를 찾아
내고 말겠다는 생각이 마치 사명감처럼 들었다."(107쪽)라고 말
한다. 무의식이란 항상 부정의 형태로만 의식의 표면에 나타날
수 있다는 프로이트의 말을 이처럼 정확하게 보여 주는 예도
별로 없을 텐데, 화자의 이와 같은 분노는 사실 주지를 향한 것
이 아니라 자기 자신을 향한 것임에 틀림없다. 자신의 무의식에
서 의식 위로 부상해 오는 억압된 기억에 대한 방어가 분노의
형태로 표출된 셈이다. 분노는 그가 기억의 소환에 대해 작동하
는 방어기제다.

　「염산에 가다」의 주인공도 마찬가지다. 염산에 가는 동안 내
내 그녀는 자신이 가족을 얼마나 혐오하는지 평정이 깨진 불안
한 심리 상태 속에서 여러 차례 누설한다. 소설의 끝까지 누설
하지 않았다 뿐이지 그 불안의 대상을 여자는 이미 알고 있었

던 것이다. "두려운 것이 뭔지를 그녀는 지나치게 잘 안다. 늘 그녀의 생에 복병처럼 나타나 순식간에 질리게 만드는 것이 그 것이다. 아직 내가 모르는 것. 눈을 보고 있어도 알 수 없는 사람들의 속내. 만져도 알 수 없는 직물의 염료. 온갖 욕을 퍼부으면서도 남편을 받아들이며 헉헉거리는 어머니의 색욕과 출분. 두 마디도 채 못하고 뺨에 떨어지는 아버지의 주먹. 알 수 없다. 사위가 딸을 죽였다고 증오하며 돌아가신 외할머니. 단 한 번도 딸을 찾지 않은 여자의 마음도. 모르는 것은 모두 다 두려움이다. 평정 상태를 깨뜨리는 것은 두려움이다."(167~168쪽) 같은 구절은 여자의 두려움이 실은 자신의 임신이 결국엔 기억 속의 처참한 가족을 재현하게 될지 모른다는 사실에 대한 방어기제에 다름 아니다. 불안과 두려움이 이 여자의 방어기제다.

채희윤 소설에 자주 등장하는 동음이의(pun)적 수사 역시 주인공들의 방어기제와 관련이 있어 보인다. 몇 가지 예를 들어보자. 먼저 「사인정에서」의 한 구절이다.

"그는 내게 성을 가르쳐 주었지."
성(性), 성(成), 성(姓). 그중에서 어느 것?

——「사인정에서」, 32쪽

주인공의 직업은 의사다. 그는 어떤 환자를 죽게 했다는 누명을 쓰고, 세상에 환멸을 느껴 아버지가 축조한 '사인정'에 스스로를 유폐한다. 유폐의 원인 중 하나는 그 환자와 주인공 둘 사이에 오고간 모종의 동성애적 상황도 있다. 그리고 거기 사인 정에 어느 날 밤 찾아든 한 사내로부터 아버지의 양성애에 대해 듣는다. 사내가 주인공의 아버지를 두고 "그는 내게 성을 가르쳐 주었지."라고 말하자 주인공은 '성(性)'임에 명백한 이 말을 두고 동음이의어 말장난을 친다. 그러나 정작 자신은 알고 있다. 두 대를 걸쳐 아버지와 자신의 피를 타고 흐르는 동성애 성향을 다만 동음이의어 말장난을 통해 회피하고 싶었을 뿐.

둘이 아니다. 아니면 둘이어서는 안 된다. 둘이 아니면 안 된다. 어느 것이 불이의 뜻일까.

—「내 마음의 유목」, 114쪽

「내 마음의 유목」에서 인용한 위 구절도 마찬가지다. 주인공은 지금 보리암에 들어서기를 망설이고 있다. 거기 문에 새겨진 '불이문(不二門)'이란 현판 앞에서 그가 보여 주는 동음이의어 말장난은 그가 그 글자의 뜻을 모른다는 의미로 해석해서는 곤란하다. 이제 그 문을 통과하면 그는 자신이 저질렀던 추악한 강간의 기억과 맞대면해야 한다. 그러므로 그의 말장난 역시 방어기제다.

이런 사실은 「염산에 가다」의 주인공이 '임신'을 유사한 음가의 '염산'으로, 그리고 다시 그 염산을, "HCL. 염산(鹽酸). 아니고 염산(鹽山), 염산(艷産)."(「염산에 가다」, 165쪽)처럼 의도적으로 모호하게 만들 때, 혹은 염산으로 가는 도중에 만난 한 촌부가 자기 가족의 단란함을 과시하자 "단란함? 좋지. 단란주점도 참 단란하더라."(173쪽)라며 마음속으로 응수할 때도 마찬가지다. 여자는 어떻게든 이제 곧 맞대면할 가족사의 기억으로부터 달아나고 싶은 심정을 동음이의어 말장난을 통해 무의식적으로 표출하고 있는 셈이다. 그러니까 그녀에게도 말장난은 곧 방어기제의 일종이다.

분노의 형식이 되었건, 두려움의 형식이 되었건, 혹은 동음이의어 말장난이 되었건, 채희윤의 주인공들이 보여 주는 기억의 회귀 앞에서 방어기제는 그 기억이 얼마나 그들에게 위협적인 것인가를 반복적으로 보여 준다. 그것은 일상의 안온을 순식간에 송두리째 앗아가 버릴 수 있을 만큼 파괴적이다. 그것들은 우리가 언제 어디선가 돌연 맞부딪칠 수 있는, 삶의 도처에 편재하는, 허방이자 함정이며, 징후이고, 복선이다.

쥐와의 화해

작품 「사인정에서」의 '사인정' 역시 생각하기에 따라서는 동음이의적 다의성이 활용된 예에 해당한다. 처음 주인공의 아버지가 그 정자를 지었을 때 그곳의 명칭은 '사인정(舍人停)'

이었다. 정황상 벼슬에 욕심이 있었던 아버지의 노욕이 지어낸 이름으로 보인다. 그러나 현실을 피해 그곳으로 찾아든 주인공은 그곳이 바로 죽은 자들(조상을 모신 사당)의 집임을 여러 차례 암시한다. 그러니 그곳은 이제 '사인정(死人停)'이 된다. 현실에 환멸을 느낀 자가 죽은 자들의 집에 찾아들었다면 그것은 당연히 프로이트의 죽음 충동(thanatos)을 연상시킨다. 소설 초반부 주인공이 "도피처가 어머니의 자궁이기를 바랐지만 나는 너무 커서 그곳으로 다시 들어갈 수 없었다. 그 아늑함, 둥둥 떠다니는 표박함, 양수의 알맞은 온도와 습도에 잠겨 깊은 숙면에 빠지고 싶었다. 그렇게 하기 위해 나는 사인정을 찾아왔다."(11쪽)라고 말하는 장면은 그에 대한 적절한 증거가 될 만하다.

그곳에서 그는 쥐들을 만난다. 그들의 춤을 보고, 그들의 환대를 받고, 그들과 친해지고자 노력한다. 문제는 바로 그 쥐들이다. 이 쥐들은 다시 할아버지와 아버지가 모두 쥐띠였다는 사실, 그리고 자신도 쥐띠라는 사실이 할머니에 의해 밝혀짐으로써 쥐의 성질을 지닌 가계사와 연결된다. 쥐 인간인 그들이 지닌 어둠의 습성은 무엇일까? 그것은 바로 동성애 성향이다. 아버지는 바로 그 사인정에서 고등학교에 다니던 남학생에게 성을 가르쳐 준 적이 있다. 그리고 주인공은 자신이 치료하던 청년 환자와의 범상치 않은 육체적 접촉에서 자신에게도 그와 같은 습성이 존재함을 확인한 바 있다. 청년이 죽기 전에 주인공은 그와 이런 대화를 나눈다.

> "스물한 살입니다. 살 가치는 없지만, 이유는 있을 나이지요.
> ……에이즌 줄 알았는데. 암이라니 믿을 수 없어요."
> "그럼?"
> "예, 체육관에서 배웠어요. 관장이 그것이었죠. 자신을 그림
> 자라고 불렀죠. 그렇게 어두운 사람."
>
> ——「사인정에서」, 37쪽

그렇다면 쉽사리 어둠과 관련된 기호들의 계열체가 추출 가
능해진다. 쥐, 죽음, 아버지, 나, 동성애, 청년 환자, 관장으로 이
어지는 이 어둠의 계열체야말로 그가 맞대면해야만 했던 기억
들의 전모다. 그는 제 속에도 있고, 아버지 속에도 있었으며, 청
년에게도 있고, 그 청년이 사랑했던 관장에게도 있는 어둠, 그
러나 그가 낮의 세계에서는 체계적으로 배제해 버렸던 바로 그
것들과 맞대면하기 위해, 그들의 소환에 따라, 어두운 밤 사인
정에 들었던 것이다. '사인정(舍人停)'에서 '사인정(死人停)'
으로의 변화는 그렇다면, 그가 어둠의 소리에 귀 기울이기 시
작했음을 지시한다. 그는 그곳에서 어둠의 존재인 쥐와 화해하
지 않았던가? 그러나 동음이의적 미끄러짐은 여기서 멈추지
않는다. 소설 말미에 주인공은 다시 한번 정자의 명칭을 바꾼
다. '사인정(思人停)'이 그것이다. 그 뜻은 '사람을 그리워하는

곳'이다.

정리해 보자. 벼슬의 세계, 그러니까 우리가 안온하게 누리고 있는 일상적이고 세속적인 가치의 공간이 죽은 자들의 세계, 곧 어둠의 공간으로 변한다. 일상의 공간 다음으로, 채희윤의 주인공들이 기거하게 되는 두 번째 공간이 그곳이다. 격렬한 방어기제가 동원되기도 하지만, 그곳에서 그들은 어쩔 수 없이 자신들이 유폐해 버린 어둠의 세력과 맞대면한다. 기억의 소환이다. 혹은 억압된 것들의 회귀다. 그리고 마지막 공간이 있다. 그 두 번째 공간은 이제 어둠과 화해한 공간, 기억과 화해한 공간, 그래서 부득불 망각하고 살았던 존재들과 화해하는 공간이다. 그들은 이제 기억 속의 사람들을 그리워하는 법을 배운다. 자신을 버린 아버지를 만나고, 자신의 몸속에 내장된 어둠의 습성과 화해하고, 자신이 강간했던 여자에 대한 기억을 인정한다.

채희윤의 소설이 최종적으로 도달한 지점이 바로 여기다. 그러니까 채희윤의 소설은 결국 어둠 속에 스스로 유폐해 버렸던 기억들, 일상의 안온을 순식간에 파괴해 버릴지도 모르는 바로 그 기억 속의 존재들과 화해하기 위해 쓰인 셈이다. 그것이 제아무리 불안하고 공포스럽다 할지라도 결국엔 그 존재를 인정하고, 긍정하고, 품어 안아야 한다는 용기야말로 채희윤이 소설을 통해 우리에게 전해 주고자 하는 전언이다.

그것은 채희윤식 변증법이다.

(문학평론가)

채 희 윤

1954년 전남 목포 출생. 1989년《한국일보》신춘문예로 등단했다. 소설집
『한 평 구 홉의 안식』, 『별똥별 헤는 밤』, 『스무고개 넘기』와 비평집『한국 서
사문학의 통사적 고찰』, 『광주정신 문학원천자료 DB화 연구』등이 있다.
현재 광주여자대학교 상담심리학과 교수로 재직 중이다.

1판 1쇄 찍음 · 2007년 4월 27일
1판 2쇄 펴냄 · 2007년 8월 6일

지은이 · 채희윤
편집인 · 장은수
발행인 · 박근섭
펴낸곳 · (주) 민음사

출판등록 1966. 5. 19. (제16-490호)
서울 강남구 신사동 506번지 강남출판문화센터 5층 (135-887)
대표전화 515-2000 팩시밀리 515-2007

www.minumsa.com

값 10,000원

ⓒ 채희윤, 2007. Printed in Seoul, Korea
ISBN 978-89-374-8122-2 (03810)